L'OMBRE ET LA LUMIÈRE

LANCEDRAGON
AU FLEUVE NOIR

La trilogie des Chroniques de Lancedragon
1. Dragons d'un crépuscule d'automne
2. Dragons d'une nuit d'hiver
3. Dragons d'une aube de printemps
par Margaret Weis et Tracy Hickman

La trilogie des Légendes de Lancedragon
1. Le temps des jumeaux
2. La guerre des jumeaux
3. L'épreuve des jumeaux
par Margaret Weis et Tracy Hickman

Les Préludes de Lancedragon
1. L'Ombre et la Lumière
par Paul B. Thompson
2. Kendermore
par Mary Kirchoff
3. Les frères Majere
par Kevin Stein

A paraître en mars 1997
4. Rivebise, l'Homme des Plaines
par Paul B. Thompson et Tonya R. Carter
5. Sa Majesté Forgefeu
par Mary Kirchoff et Douglas Niles
6. Tanis, les années secrètes
par Barbara et Scott Siegel

L'OMBRE ET LA LUMIÈRE

par
Paul B. Thomson
et
Tonya R. Carter

Couverture de
JEFF ESLEY

FLEUVE NOIR

Titre original :
Darkness and Light

Traduit de l'américain
par Dominique Mikorey

Collection dirigée par Patrice Duvic
et
Jacques Goimard

ISBN : 2-265-05869-6

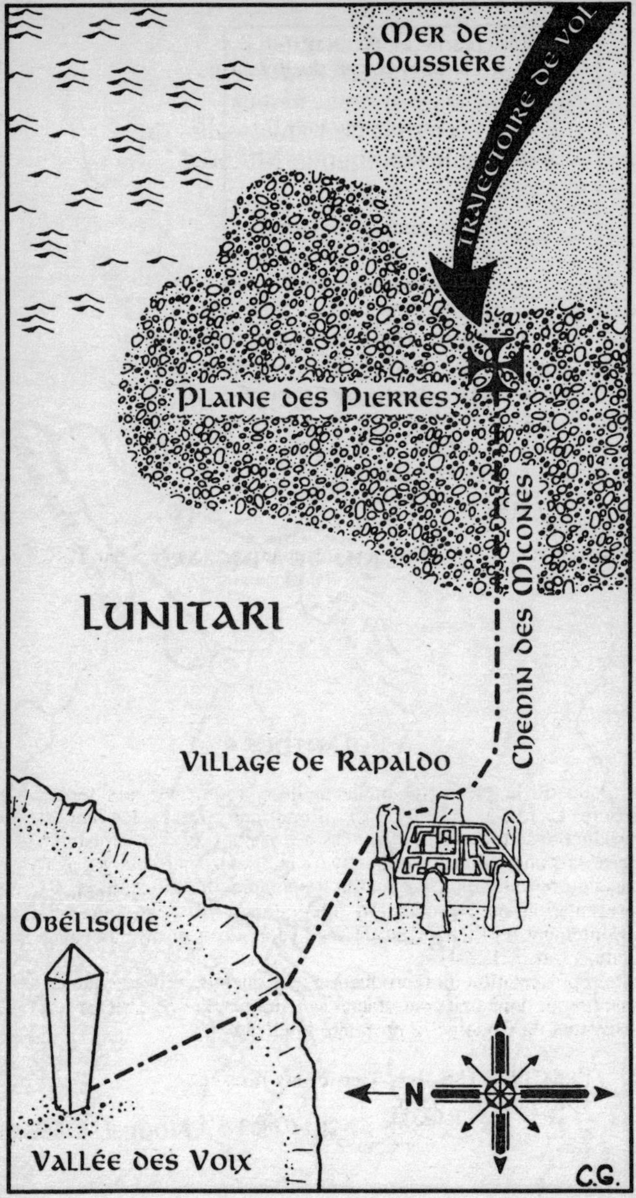
Mer de Poussière
Trajectoire de vol
Plaine des Pierres
Chemin des Micones
Lunitari
Village de Rapaldo
Obélisque
Vallée des Voix
N
C.G.

A Rencontre de Sturm et Kitiara avec les gnomes
B Point d'atterrissage retour de l'Étoile des Nuages
C Gué de Kerdu
D Château Lumlane
Itinéraire de Sturm et Kitiara
Itinéraire solitaire de Sturm
Monts Vingaard
Palanthas
Tour du Grand Prêtre
Donjon de Vingaard
Fleuve Vingaard
Solanthus
Monts Garnet
Caergoth
Nouvelle Mer
C.G.

CHAPITRE PREMIER

L'automne avait revêtu Solace de couleurs éclatantes, drapant de pourpre et d'or les maisons nichées dans les arbres.

Par un après-midi ensoleillé, deux bretteurs croisaient le fer sous l'œil attentif d'un troisième. Les lames s'entrechoquaient en miroitant sous le soleil.

— Bien joué ! s'exclama Caramon Majere. Sturm, ta parade est excellente !

Le grand jeune homme à la moustache tombante répondit d'un hochement de tête. Il avait fort à faire. Son adversaire se fendit, le visant à la poitrine. Sturm de Lumlane para in extremis. La pointe de l'épée l'avait manqué de l'épaisseur d'un cheveu.

Désarçonnée, son adversaire perdit l'équilibre.

— Redresse-toi, Kitiara ! dit Caramon pour encourager sa demi-sœur.

Elle se rétablit avec la grâce d'une danseuse, ramena les talons et se mit de nouveau en garde.

— Maintenant, mon ami, je vais te montrer comment on se bat quand on est payé pour le faire.

Kitiara exécuta une série de moulinets rapides. Deux ou trois fois, Sturm se vit mort. Caramon contemplait la scène, bouche bée. Ce grand gaillard de dix-huit ans avait encore l'âme d'un gamin. L'impétueuse Kitiara, auréolée de son expérience du monde, était son idole. Elle était plus combative que dix hommes réunis.

Sa lame polie par les années portait les marques de ses combats. Celle de Sturm était encore flambant neuve.

— Garde-toi à droite ! cria Caramon.

Sturm prit son épée à deux mains et se mit de face, selon les règles de la chevalerie solamnienne.

Kitiara pivota sur une jambe et se fendit. Caramon retint son souffle. La pointe de l'épée se pointa sur la gorge de Sturm. Le jeune homme para le coup. Les deux lames s'entrechoquèrent. Sturm et Kitiara restèrent soudés l'un à l'autre, leurs armes pointées vers le ciel.

Le poignet de Kitiara tremblait. Sur la garde de son épée, sa main libre vint à la rescousse de la droite. Lentement, sa lame s'inclina vers le sol. Son visage blanchit de colère. Caramon, qui connaissait bien sa sœur, savait qu'elle était furieuse. Dans ce duel entre amis, elle avait perdu l'avantage, et elle n'aimait pas ça.

Face à la supériorité physique de Sturm, elle dut céder. Son épée s'abaissa.

Avec un grognement désappointé, Kitiara interrompit le combat. Elle planta sa lame dans l'herbe.

— Ça suffit pour aujourd'hui ! dit-elle. C'est moi qui offre la tournée. Comment ai-je pu me laisser surprendre ainsi et baisser ma garde ! Viens, Sturm, allons vider une chope chez Otik.

— Excellente idée !

A peine avait-il fait un pas que Kitiara lui jeta sa lame entre les jambes. En rupture d'équilibre, il s'étala de tout son long dans l'herbe et lâcha son arme. La pointe d'une épée lui chatouilla la gorge.

— Le combat n'est pas qu'un sport, dit Kitiara. Garde l'œil ouvert et ne lâche jamais ton arme, mon ami, si tu veux vivre longtemps.

Par-dessus la lame, Sturm voyait le visage de Kitiara encadré de boucles brunes trempées de sueur. Elle sourit et rengaina son épée.

— Ne fais pas cette tête ! Mieux vaut recevoir cette

leçon d'un ami plutôt que trépasser au fil de la lame d'un ennemi ! Allons, dépêchons-nous, Tanis et Flint sont capables de vider les réserves d'Otik !

Sturm prit la main qu'elle lui tendit. Bien qu'il la dépassât d'une tête, il se sentait comme un gamin devant elle. Mais les yeux vifs et le sourire de la jeune femme chassèrent ses appréhensions.

— Je comprends comment tu as réussi dans le métier des armes. Merci pour la leçon. La prochaine fois, je ferai attention !

— Tu m'apprendras de nouvelles passes, Kitiara ? demanda Caramon.

Sa sœur lui avait fait cadeau d'une épée courte, ramassée sur un champ de bataille. Flint Forgefeu, qui connaissait bien son métier, affirmait qu'elle avait été fabriquée au Qualinesti. C'était de cette façon qu'on pouvait apprendre où la vie aventureuse de Kitiara l'avait menée.

— Pourquoi pas ? Je me battrai d'une seule main pour que les forces soient égales. Maintenant, en route pour l'auberge ! Je meurs de soif !

Sous l'arbre qui accueillait l'*Auberge du Dernier Refuge*, ils trouvèrent l'ami Flint assis au pied de l'escalier. Ses grosses mains noueuses taillaient un morceau de bois.

— Tu es entier ! s'exclama-t-il en regardant Sturm. Je m'attendais à te voir revenir en petits morceaux !

— Ta confiance en moi fait plaisir à voir ! répliqua le jeune homme.

— Prends garde, Flint. Le bras de Sturm est en acier ! Le jour où il renoncera à ses principes démodés de chevalier...

— L'honneur ne se démode pas, dit Sturm.

— C'est cependant ce qui t'a envoyé rouler dans l'herbe, avec la pointe d'une épée sur le gosier. Si tu...

— Ça ne va pas recommencer, grogna Caramon. Plutôt mourir sur-le-champ que de supporter un millième débat sur l'honneur !

— Je ne discute pas, je constate ce que je vois.

— Viens, Flint, Kitiara nous offre la tournée, dit Caramon.

— Toi, tu ne bois pas ! protesta-t-elle. Tu n'as pas encore l'âge.

— Mais, Kitiara, j'ai dix-huit ans !

— Dix-huit ? En es-tu bien sûr ?

Son « petit » frère dépassait Sturm d'une tête.

— Evidemment, répondit-il. Je suis un homme, à présent, ne l'oublie pas.

— Tu es un bébé ! Plus un mot ou je te découpe en rondelles !

— Ah ah ! Jamais tu ne pourras m'attraper ! dit-il en riant.

Il monta l'escalier en courant, Kitiara à sa poursuite. Sturm et Flint les suivirent sans se presser.

— Ça me fait un drôle d'effet de ne plus courir les routes, dit Flint. Pendant plus d'années que n'en compte ton existence, j'ai arpenté l'Abanasinie.

Le nain avait surpris tout le monde en annonçant qu'il abandonnait son travail de forgeron itinérant.

— Tout ça est bien fini, reprit-il. Il est temps que je m'arrête. Je vais m'occuper de mon jardin.

L'idée du nain bourru cultivant des roses laissa Sturm songeur. Il ne répondit pas.

— Qu'y a-t-il, mon garçon ? demanda Flint, à qui rien n'échappait. On dirait que tu meurs d'envie de me dire quelque chose.

— Je vais partir, répondit Sturm. Je retourne en Solamnie réclamer mon héritage.

— Et ton père ?

— Quoi qu'il ait laissé derrière lui, je trouverai.

— Tu pars pour un long voyage, et fouiller dans le passé comporte des risques. J'aurais aimé t'accompagner.

A l'instant où ils pénétraient dans l'auberge, une gerbe d'épluchures et de trognons de pommes leur tomba dessus. De grands éclats de rire accueillirent les deux hommes.

— Quel est le crétin qui a fait ça ? rugit Flint.

Une gamine à la tignasse rousse lui tendit une serviette.

— Otik vient de faire du cidre, il fallait bien jeter les résidus, dit-elle pour s'excuser.

Sturm s'essuya le visage. Accoudés au comptoir, Kitiara et Caramon se tordaient de rire. Otik, en bon aubergiste, secoua la tête d'un air sévère.

— Vous êtes dans un établissement de premier ordre, dit-il. Allez faire vos facéties ailleurs !

— Pas question ! lança Kitiara en faisant claquer une pièce de monnaie sur le comptoir.

Caramon ouvrit de grands yeux. C'était une pièce d'or comme il n'en avait jamais vu de sa vie.

— Eh bien, Otik, voilà de quoi te radoucir, non ? dit Kitiara.

Un homme de belle prestance se leva de sa chaise et approcha. Sa démarche souple, ses pommettes saillantes et ses yeux mordorés témoignaient de son héritage elfe. Il ramassa la pièce.

— Qu'y a-t-il, Tanis ? Est-ce la première fois que tu vois une pièce d'or ?

— Je n'en ai jamais vu d'aussi grosse, répondit Tanis Demi-Elfe. Où a-t-elle été frappée ?

— Aucune idée. Elle faisait partie de mes gages. Pourquoi tiens-tu à le savoir ?

— Elle porte des inscriptions elfes. Il se peut qu'elle vienne du Silvanesti.

A leur tour, Sturm et Flint examinèrent la pièce. Le nain confirma les dires de Tanis. Le Silvanesti étant coupé du reste de l'Ansalonie, ils se demandèrent comment elle avait pu arriver jusque-là.

— Pillage ! lança une voix du fond de la salle.

— Que veux-tu dire, Raist ? demanda Caramon en se tournant vers un homme d'une pâleur extrême, attablé devant un parchemin.

Le frère jumeau de Caramon se leva et rejoignit les autres.

— Pillage, répéta-t-il, vol, rapine, butin.

— Nous avons compris, Raistlin, répondit sèchement Flint.

— La pièce a probablement été volée au Silvanesti, et elle a échoué par la suite dans les coffres du mercenaire qui a engagé Kitiara, conclut Tanis.

Le petit trésor passa de main en main. Chacun voulait toucher ce qui évoquait une contrée lointaine, habitée par un peuple auréolé de magie.

— Montrez-la-moi !

Un petit bras se tendit entre Caramon et Sturm.

— Pas question ! répondit Otik. Quand un kender met la main sur une pièce, on peut lui dire adieu !

— Tass ! s'écria Caramon. Je ne t'ai pas vu entrer.

Comme tous les kenders, Tasslehoff Racle-Pieds était de taille modeste, un handicap qu'il compensait par une agilité extraordinaire. Connu pour avoir « la main heureuse », il savait se faire tout petit pour escamoter l'objet de sa curiosité.

— Bière pour tout le monde, dit Kitiara, puisque j'ai du crédit.

Les amis gagnèrent une table ronde et s'assirent.

— Puisque nous sommes tous réunis, dit Tanis, nous allons porter un toast !

— Buvons à Kitiara qui nous régale ! dit Caramon en levant sa chope.

— Je bois à la santé des elfes sous toutes leurs formes, fit la jeune femme en souriant à Tanis.

— Je propose que nous buvions à la santé de Flint, dit Tass. C'est la première fois depuis le Cataclysme qu'il ne reprend pas la route.

Les amis éclatèrent de rire. Le nain rougit.

— Toi, le bébé, grommela-t-il, sais-tu seulement quel âge j'ai ? Quelqu'un veut-il lutter avec moi ? dit-il en tapant du poing sur la table.

Personne ne releva le défi. Malgré son âge et sa petite taille, Flint était un solide gaillard.

D'une libation à l'autre, les chopes défilèrent. La nuit tomba. Pour dissiper les premières vapeurs de l'ivresse, les amis soupèrent de fromage, de gibier et des fameuses pommes de terre aux épices cuisinées par Otik.

La gamine aux boucles rousses faisait le service.

Caramon ne put se retenir de jeter un os de poulet dans son tablier. Elle lui rendit la pareille en glissant une pomme de terre chaude dans le col de sa veste. Il bondit de sa chaise tandis qu'elle s'enfuyait dans la cuisine.

— Qui diable est cette peste ? demanda-t-il en se contorsionnant pour extraire la pomme de terre de sa tunique.

— C'est Tika. Elle a été confiée à Otik, répondit Raistlin.

L'aubergiste alluma les chandelles. La conversation prit un tour plus intime.

— Je pars demain, annonça Kitiara.

Tanis la regarda, le cœur chaviré. La jeune femme était très belle.

— Où vas-tu ? demanda Caramon.

— Vers le nord.

— Pourquoi le nord ? dit Tanis.

— J'ai mes raisons, répondit-elle en souriant.

— Puis-je venir avec toi ? demanda Caramon.

— Non, petit frère.

— Et pourquoi ?

Kitiara, assise entre ses deux demi-frères, jeta un coup d'œil vers Raistlin. Caramon comprit. Son frère avait besoin de lui.

Bien que jumeaux, ils ne se ressemblaient en rien. Caramon était un jeune ours débordant de vitalité, tandis que Raistlin, malingre et renfermé, passait son temps le nez dans les livres. Souvent malade, il avait la manie de s'opposer aux gens plus forts que lui. Leur mère ne s'étant jamais remise de leur naissance, Kitiara s'était battue pour la survie de ce frère délicat. A présent, le tour de Caramon était venu de veiller sur lui.

— Moi aussi, je m'en vais vers le nord, annonça Sturm.

— C'est triste, le nord ! dit Tass. J'y suis allé. L'est est bien plus intéressant. Il y a mille choses à voir : des villes, des forêts, des montagnes...

— Des poches à vider, des chevaux à « emprunter », enchaîna Flint.

— Je n'y peux rien si j'ai le don de tomber sur des choses intéressantes !

— Un jour tu tomberas sur ce qu'il ne faut pas, et tu seras pendu !

— Je dois aller dans le nord, dit Sturm, car je retourne en Solamnie.

Les regards convergèrent vers le jeune homme. Tous connaissaient son histoire. Ils savaient qu'il s'était exilé il y a douze ans, lorsque les paysans de Solamnie s'étaient soulevés contre les chevaliers. Sturm et sa mère avaient fui au péril de leur vie. Aujourd'hui encore, les chevaliers étaient traités avec mépris dans leur pays.

— Tu pourrais avoir besoin de moi pour faire la route. Je t'offre mon bras. Qu'en dis-tu ? demanda Kitiara.

— Je ne voudrais pas te détourner de ton chemin, répondit Sturm.

— Il n'y a pas trente-six routes pour le nord. Je suis déjà allée à l'ouest, à l'est et au sud.

— Dans ce cas, parfait ! Je serai honoré de ta présence. Et toi, Tanis ?

— Je songe à partir, moi aussi. Sans but particulier, juste pour voir ce que je ne connais pas encore. Mais je n'irai pas vers le nord.

— J'ai une idée, dit brusquement Tass. Si on allait tous les deux vers l'est, Tanis ?

— Non, Tass. Ce voyage-là, je dois le faire seul.

Tout le monde se tut. Caramon eut une crise de hoquet, ce qui ramena la gaieté.

— Pardonne-moi ! dit-il en reposant la chope de sa sœur.

Elle lui flanqua une claque sur la main.

— Il t'en cuira davantage si je t'y reprends, dit-elle.

Décidé à ne pas se laisser faire, Caramon lui montra le poing.

— Ménage tes forces, frère, dit Raistlin, car tu vas en avoir besoin.

— Que veux-tu dire, Raist ?

— Puisque chacun part en voyage, je saisis l'occasion d'annoncer le mien.

— Tu ne tiendras pas deux jours ! grogna Flint.

— C'est fort probable. A moins que mon frère vienne avec moi.

— Où et quand ? demanda Caramon, pas fâché à l'idée de bouger un peu.

— Je ne peux encore rien dire, mais le voyage risque d'être long et périlleux.

— Je suis prêt ! répondit Caramon en se levant avec enthousiasme.

— Assieds-toi, fit Kitiara en le tirant par la veste.

Flint poussa un soupir éploré.

— Tout le monde m'abandonne. Au moment où je renonce à voyager, mes amis ne songent qu'à faire leur propre chemin...

— Vieil ours mal léché ! dit Kitiara. Inutile de t'apitoyer sur toi-même, rien ne t'oblige à rester seul à Solace. Tu n'as pas de parents à qui rendre visite ?

— C'est ça, tu pourrais aller voir ta vieille mère dont la barbe à dû blanchir avec les années, euh je veux dire les cheveux..., lâcha le kender.

Sous l'outrage, Flint vira au pourpre. Caramon et Sturm s'écartèrent précipitamment. Le nain posa violemment sa chope sur la table. La bière gicla sur Tass, inondant sa queue-de-cheval, ruisselant dans ses yeux.

— Je ne permettrai à personne de se moquer de ma mère ! s'écria Flint.

— En tout cas, pas la prochaine fois, fit remarquer Tanis.

Arborant un air de dignité humiliée, Tass s'essuya du revers de la manche et se mit au garde-à-vous.

— Je suis prêt à me battre en duel.

— Je serai ton témoin, Tass, lança Kitiara.

— Et moi celui de Flint ! dit Caramon.

— Qui choisit les armes ? demanda Tanis.

— Flint ; c'est l'offensé, dit Sturm en souriant.

— Alors, vieux chameau, que choisis-tu ? Des épluchures de pommes, à vingt pas ? Une louche et un couvercle de marmite ? demanda Kitiara.

— Tout, sauf des chopes de bière ! fit Tass en prenant la pose.

Leurs éclats de rire cessèrent à l'arrivée de Tika.

— Chut ! Il est tard ! Que ces messires et dame se calment ! chuchota-t-elle.

— File, si tu ne veux pas recevoir une fessée, dit Caramon sans lui jeter un regard.

Tika se plaça derrière lui et fit d'horribles grimaces. Dérouté par l'hilarité de ses compagnons, Caramon s'étonna :

— Qu'y a-t-il de si drôle ?

Tika dégaina prestement l'épée de Caramon et la brandit dans son dos, faisant mine de le transpercer. Kitiara riait aux larmes, et Tass tomba de sa chaise.

Caramon tourna la tête et surprit la mimique de Tika. L'adolescente s'enfuit entre les tables, poursuivie par le colosse, fou de rage.

Otik apparut en chemise de nuit sur le seuil de la cuisine.

— Que signifie ce cirque ? Les braves gens ont le droit de dormir ! Tika, où es-tu donc ? Tu étais censée renvoyer ces gens, non festoyer avec eux !

— Cet homme me poursuivait ! dit-elle en montrant du doigt Caramon.

— Va dans ta chambre !

Ayant décoché une ultime grimace à Caramon, Tika s'éloigna en lui tirant la langue. Il fit un pas vers elle. D'une main leste, elle lui jeta son épée dans les jambes avant de s'esquiver dans la cuisine.

Les poings sur les hanches, Otik harangua ses hôtes :

— Flint Forgefeu, je ne m'attendais pas à cela de ta part ! A ton âge, tu devrais être plus raisonnable. Et toi, messire Sturm ! Un garçon si bien élevé, qui fait du tapage nocturne dans les tavernes !

Flint semblait confondu. Sturm se lissa la moustache en silence.

— Ne joue pas les rabat-joie, Otik, répondit Kitiara. Tika nous a beaucoup divertis. De toute façon, c'était une soirée d'adieu.

— Tout est amusant quand on a quatre chopes de bière dans le ventre, grommela Otik. Lequel de vous va-t-il partir ?

— Tout le monde...

— Eh bien allez-y, mais doucement, par pitié ! dit Otik en tournant les talons.

Caramon revint s'asseoir en bâillant.

— Cette Tika est le plus grand laideron de tout Solace. Otik aura fort à faire pour réussir à la caser !

— On ne peut jamais savoir, dit Raistlin, les gens changent.

Il était l'heure de partir.

— Nous allons nous séparer, déclara Tanis, mais le temps qui passe et l'éloignement ne devraient pas détruire le lien qui nous unit, si nous le voulons assez fort. Retrouvons-nous dans un an jour pour jour dans cette auberge.

— Et si nous sommes empêchés ? demanda Sturm.

— Alors que chacun de nous soit ici dans cinq ans, quoi qu'il arrive. Nous allons prêter serment. Qui est d'accord pour le faire avec moi ?

Kitiara tendit la main droite sur la table.

— J'en fais le serment, dit-elle, les yeux dans ceux de Tanis. Dans cinq ans.

Le demi-elfe posa sa main sur la sienne.

— Dans cinq ans !

— Sur mon honneur, et sur celui des Lumlane, dit Sturm d'un ton solennel, je serai ici dans cinq ans.

Il posa la main sur celle de Tanis.

— Moi aussi, dit Caramon.

— Si je vis encore, je serai là aussi, dit Raistlin avec un tremblement dans la voix.

— Moi aussi ! Je vous attendrai ici, dit Tass en montant sur une chaise pour placer sa main sur celle de Raistlin.

— Quelle ânerie ! grommela Flint. Comment saurais-je où je serai dans cinq ans ? J'ai mieux à faire que d'attendre une bande de vagabonds dans une auberge !

— Allons, Flint, nous avons tous prêté serment, dit le kender.

— Hum !

Le vieux nain abattit sa grosse main calleuse sur les autres.

— Que Reorx vous accompagne et vous ramène ici, dit-il d'une voix enrouée par l'émotion.

Chacun savait combien Flint était sentimental.

*
* *

Les amis sortirent de l'auberge. Arrivés au bas de l'escalier, Tanis, Sturm et Kitiara s'arrêtèrent.

— Je te souhaite une bonne nuit, Tanis, mais je ne te dis pas adieu, fit Sturm en serrant la main du demi-elfe. Kitiara, mon cheval est chez le maréchal-ferrant. Veux-tu que nous nous y retrouvions demain matin ?

— Très bien, mon cheval y est aussi. Demain matin, au lever du soleil ?

Sturm acquiesça et se mit en route. Tanis et Kitiara restèrent seuls.

— Tu m'accompagnes ? demanda Tanis.

— Où bon te semblera, répondit Kitiara.

Elle glissa son bras sous celui du demi-elfe.

— J'ai quelque chose à te dire.

— Quoi ?

— Je voudrais rester avec toi cette nuit. Nous ne nous reverrons peut-être pas avant cinq ans.

Il s'arrêta et se dégagea d'elle.

— Je ne peux pas, dit-il.

— Tiens ! Et pourquoi donc ? Il n'y a pas si longtemps, tu ne pouvais pas te passer de moi.

— Oui, du peu de temps que tu me consacrais entre deux lointaines campagnes au service du plus offrant.

— Je n'ai pas honte de ce que je fais.

— Il n'est pas question de cela. Mais je me rends compte que nous vivons dans deux mondes différents, Kitiara. Deux mondes qui ne se concilieront jamais.

— Qu'essaies-tu de me dire ?

— Pendant que tu n'étais pas là, j'ai fêté mon anniversaire. Sais-tu quel âge j'ai ? Quatre-vingt-dix-sept ans. Si j'étais un humain, je serais un vieillard décati, ou mort depuis des lustres.

Elle leva sur lui un œil admiratif.

— Justement ! Mon sang elfe prolongera ma vie bien au-delà des normes humaines, dit-il en lui prenant les mains. Tandis que toi, tu vieilliras et tu mourras.

— Laisse-moi ce souci !

— Tu t'en moques, Kitiara. Je te connais. Tu brûles ta jeunesse comme une chandelle allumée par les deux bouts. Pendant que tu risques ta vie au combat pour je ne sais quel seigneur de guerre, je suis sans toi, y as-tu pensé ? Non, tout cela est bien fini pour moi. Dès maintenant.

Un instant, le chagrin envahit le visage de Kitiara. Puis redevenue maîtresse d'elle-même, elle afficha un sourire supérieur.

— C'est peut-être aussi bien ainsi. Je ne me suis jamais laissée brider. Ma pauvre mère n'aurait pas su quoi faire sans un mari pour le lui dire. Ce n'est pas mon genre. Je ressemble à mon père. Je brûle ma vie ? Soit ! Je te dois des remerciements, Tanthalas Demi-Elfe, pour m'avoir tendu le miroir de la vérité.

Il interrompit sa tirade par un baiser. Un baiser fraternel sur la joue. Kitiara le foudroya du regard.

— Kitiara, j'aurais voulu que les choses se passent autrement, mais elles sont comme elles sont.

Elle le souffleta. Tanis tituba. Un filet de sang coulait de ses lèvres.

— Garde tes beaux discours pour quelqu'un d'autre, cracha-t-elle, si toutefois tu trouves ! Qui sera la prochaine ? Une gamine cent pour cent elfe ? Non, les elfes méprisent les demi-elfes. Il te faut une version femelle de toi-même. Tu ne la trouveras jamais ! Jamais !

Elle s'éloigna dans l'obscurité.

Les grillons, qui s'étaient tus, se remirent à chanter. Tanis était seul.

CHAPITRE II

Sturm achevait de ficeler son paquetage à la selle de son cheval lorsqu'une voix l'appela :

— Tu es en retard.

Roulée dans une couverture rouge, Kitiara était étendue au fond de l'écurie du maréchal-ferrant.

— Vraiment ? Le soleil vient de se lever. Quand es-tu arrivée ?

— J'ai dormi sur place, dit-elle en rejetant la couverture.

Elle s'étira de tout son long. Les vêtements qu'elle portait étaient les mêmes que la veille.

— Pourquoi donc as-tu dormi ici ? Craignais-tu que je parte sans toi ?

— Oh non, tu ne ferais jamais ça, mon noble ami. Simplement, c'était l'endroit idéal où passer la nuit. Pira avait besoin d'un fer.

Sturm enfourcha Talfox et attendit Kitiara.

Elle revint en tenant par la bride une jument d'allure quelconque, à la robe tachetée brun et blanc.

— Quelque chose ne va pas ? demanda-t-elle devant l'air perplexe de Sturm.

— Je te voyais sur un fringant étalon plutôt que sur cet animal bizarre, qui ne te va pas du tout.

— Cet animal bizarre, comme tu dis, galopera longtemps encore après que ta bête n'aura plus que la peau et les os, répondit Kitiara. J'ai fait six campagnes avec Pira, et elle m'a toujours ramenée à la maison.

— Je te présente mes excuses.

Le soleil commençait à réchauffer l'aube quand ils se mirent en route. La matinée s'annonçant belle, la bonne humeur de Kitiara revint.

— Je vais toujours bien dès que je suis sur les routes, dit-elle. Il y a tant à voir et à faire.

— Que cela ne nous empêche pas de rester sur nos gardes. A l'auberge, j'ai entendu les voyageurs parler de brigands.

— Les paysans, qui vont à pied, ont de bonnes raisons de les craindre, mais deux guerriers à cheval, bien armés, leur feront plutôt peur !

L'itinéraire était simple. Ils se dirigeaient vers la côte nord, à destination d'un petit port de pêche appelé Zaradène. De là, ils prendraient un bateau pour le Caergoth, dans le sud de Thelgard. La Solamnie se trouvait au nord du Caergoth.

Sturm et Kitiara en avaient décidé ainsi. Mais comme le disait le sage Arcanist, les projets sont écrits sur du sable : vite tracés, vite effacés.

Les forêts et les collines d'Abanasinie étaient à présent loin derrière eux. Kitiara luttait contre l'ennui en racontant ses aventures à Sturm.

— La première fois que j'ai loué mes services, je me suis fait enrôler dans la bande de Mikkian. De gens vraiment peu recommandables. Mikkian, un rustre de bas étage, laissait souvent un de ses abattis dans la bataille. Un œil, un bras, une oreille. Laid à faire peur, tu imagines ! Sûre de moi, je me présente à son campement. Je me suis fait passer pour un homme, sinon ils ne m'auraient pas acceptée.

— Comment se fait-on engager comme mercenaire ?

— Dans la bande de Mikkian, il n'y avait qu'une solution : tuer un de ses hommes. Mikkian n'avait pas de quoi recruter un nouveau mercenaire. De toute façon, il n'aurait pas donné un sou pour le faire. Pourriture de brigand ! Ils se sont mis en cercle autour de moi et m'ont opposé un type qui se battait à la hache. Comment s'appelait-il ? Trilget ? Driglet ? Le premier homme que j'ai tué... Bref, un nom comme ça... Alors nous avons commencé à nous battre, hache contre épée. Ce n'était pas joli à voir, je t'assure. Nous étions obligés de rester au centre du cercle, sinon les autres nous piquaient avec leurs lances. Trilget... Driglet ? frappait comme un bûcheron. Tchak, tchak, tchak ! Il ne m'a pas effleuré un cheveu. Je l'ai eu d'un seul coup, qui lui a transpercé la gorge.

Sturm était troublé.

— Combien de temps es-tu restée avec la bande de Mikkian ?

— Trois mois. Nous avons pillé une ville fortifiée près de Takar, où Mikkian a perdu un truc de plus. Mais cette fois, c'était sa tête. Ce fut la fin de la bande. Chacun partit de son côté, pillant et massacrant alentour. Les habitants se sont mobilisés et les ont liquidés jusqu'au dernier. Tous, sauf ton humble servante, dit-elle en riant.

Kitiara possédait un stock d'histoires tout aussi sanglantes que celle-ci. Sturm la connaissait depuis deux ans, mais il ne la comprenait toujours pas. La jeune femme ne manquait ni de charme ni d'intelligence ; elle se livrait pourtant à la forme de guerre la plus sordide. Il admirait sa force et son habileté, mais il la craignait.

A la nuit tombée, ils établirent leur campement dans une forêt. A l'odeur des pommes de pins dont ils se servirent pour faire du feu se mêla une brise marine. La mer n'était plus très loin.

— Regarde, dit Kitiara en pointant un doigt vers le ciel. On voit Paladine, Mishakal et Branchala. Connais-tu les étoiles ?

— Vedro, mon tuteur, était astrologue. Il disait qu'on pouvait interpréter la volonté des dieux en observant le mouvement des planètes.

— La volonté de quels dieux ? demanda Kitiara.

— Tu ne crois pas aux dieux ?

— Pourquoi y croirais-je ? Qu'ont-ils donc fait pour le monde, et pour moi ?

Le ton mordant de Kitiara laissant augurer une discussion âpre, Sturm préféra changer de sujet.

— Quel est cet amas d'étoiles, là, en face de Paladine ? demanda-t-il.

— C'est Thakisis, la Reine des Ténèbres.

— Ah oui, la Reine Dragon.

Le disque d'argent de Solinari montait à l'horizon. A sa suite, une autre lune embrasa le ciel de rouge.

— Voilà un astre que je connais, dit Sturm. Lunitari, la lune rouge.

— Luin pour les Ergothites, Œil Rouge au Godlund. Drôle de couleur pour une lune, non ? demanda Kitiara.

— Et pourquoi ne serait-elle pas rouge ? Il n'y a pas de couleur définie...

— Blanc ou noir conviendrait mieux. Rouge ne veut rien dire. Je me demande pourquoi elle est ainsi.

— Les dieux l'ont voulu, expliqua Sturm. Lunitari est le berceau de la neutralité, de l'illusion et de la magie pure. Vedro suppose qu'elle symbolise le sang versé pour les sacrifices. D'autres sages prétendent que le rouge symbolise le cœur de Huma, le premier chevalier de Lancedragon.

Le silence lui répondit.

— Kitiara ?

Le discours de Sturm avait produit son effet. La jeune femme s'était endormie.

*

* *

Les maisons basses de Zaradène formaient une ligne sombre sur la falaise blanche. Pour aller au village, Sturm et Kitiara empruntèrent une dune semée de pieux, en partie calcinés.

— C'est une barrière de défense contre les cavaliers, fit remarquer Kitiara.

Arrivés dans la rue principale, des visages hostiles les accueillirent.

Kitiara mit pied à terre devant une taverne branlante à l'enseigne des *Trois Poissons*. Sturm attacha Talfox à un pieu, en réalité l'os d'une immense créature marine.

— De quel animal peut-il provenir ? demanda-t-il à Kitiara.

— Peut-être un serpent de mer. Entrons ici, il doit y avoir des marins dans cette taverne.

Malgré l'heure matinale, elle était pleine. Kitiara s'avança vers un capitaine.

— Mercenaires ! grommela-t-il en crachant à ses pieds.

Elle allait dégainer son arme, mais Sturm la retint par le poignet.

— Si tu touches à l'un d'eux, nous les aurons tous sur le dos, murmura-t-il. Sois patiente, nous avons besoin d'un bateau pour traverser le détroit.

Ils s'adressèrent à une douzaine de capitaines, sans le moindre succès. Kitiara écumait de colère. Sturm restait confondu. Peu encombrants et bon payeurs, les passagers étaient généralement bien accueillis sur les navires. Pourquoi cette hostilité à Zaradène ?

Au comptoir, Kitiara commanda de la bière, mais le tavernier n'avait que du vin. Après en avoir bu une gorgée, Sturm s'étrangla et repoussa son gobelet. Mieux valait rester sur sa soif que boire cette piquette.

Kitiara posa une pièce sur le comptoir. L'éclat de l'or attira l'attention du tavernier.

— Que voulez-vous ? demanda-t-il.

— Deux ou trois mots suffiront, répondit-elle.

— Pour cet or, je peux t'en dire plus.

— Que s'est-il passé par ici ?

— Ils n'aiment pas les mercenaires. Il y a dix jours, des cavaliers ont attaqué le village. Ils ont massacré tous ceux qui se trouvaient sur leur passage, y compris les femmes et les enfants.

— Qui était-ce ? demanda Sturm. Portaient-ils des signes distinctifs ?

— Certains ont dit qu'il ne s'agissait pas d'humains. D'autres ont prétendu qu'ils avaient la peau dure et noire, et même, ajouta-t-il en baissant le ton, qu'ils avaient des queues !

— Nous voulons traverser la mer pour aller au Caergoth, coupa Kitiara. Connais-tu quelqu'un qui pourrait nous emmener ?

— Non. Beaucoup d'entre eux ont souffert de la razzia. Plutôt que de vous prendre, ils préféreraient vous couper la gorge.

Le tavernier disparut au bout du comptoir.

— La situation ne me dit rien qui vaille, dit Sturm. Quelle sorte de monstres se sont déchaînés sur le village ?

— Ne prends pas cela trop au sérieux. Plus on s'éloigne de la tranquille contrée de Solace, plus on entend d'histoires à dormir debout. Cet homme a raison. Ce n'est pas ici que nous nous ferons des amis.

Une voix s'éleva derrière eux :

— Il n'y a rien de moins sûr, mes jolis !

Ils se retournèrent. L'homme avait une tête de moins que Kitiara. Ses traits fins et sans âge attestaient de ses origines elfiques. L'image fugitive de Tanis traversa l'esprit de Kitiara.

— Tirolan Ambrodel, pour vous servir, dit l'elfe en s'inclinant. Marin, cartographe, tailleur de diamants et joueur de flûte.

Il prit la main de la jeune femme et la porta à son front sans la baiser. Elle sourit.

Sturm fit les présentations.

— Pourrais-tu nous emmener en Caergoth, messire Ambrodel ?

— Sans difficulté. Mon navire, *La Haute Crête*, a déjà une cargaison pour cette destination. S'agit-il de vous deux ?

— Et de nos chevaux. Nous n'avons rien d'autre.

— Cela fera cinq pièces d'or, par tête.

Sturm poussa une exclamation. Le prix était exorbitant.

— Tu auras quatre pièces d'or pour nous deux, répondit-elle.

— Huit pour les deux, reprit Tirolan.

— Cinq, dit-elle, en or du Silvanesti.

— Du vrai or d'Eli ? s'étonna Tirolan Ambrodel.

Kitiara ouvrit la main et présenta sa pièce. L'elfe la prit religieusement et caressa du doigts ses inscriptions.

— Parfait, dit-il. Sais-tu que cette pièce a plus de cinq cents ans ? Elle a été frappée juste avant que les Seigneurs de l'Est se retirent dans la forêt, coupant tout lien avec le monde des humains. Combien de ces reliques as-tu dépensées en vin et en bonne chère ?

— J'en avais douze, répondit Kitiara. Il m'en reste cinq. Elles sont à toi si tu nous emmènes à Caergoth.

— D'accord !

— Quand levons-nous l'ancre ?

— La marée descendra au lever de Solitari. Au premier rayon, nous hisserons les voiles. Maintenant suivez-moi, je vais vous conduire sur *La Haute Crête*.

Tous trois sortirent de la taverne. Dans la rue, les gens se retournèrent sur eux. Un vieillard conjura le mauvais sort en regardant Tirolan.

— Les indigènes sont très superstitieux. Ici, par les temps qui courent, tout ce qui est étranger est suspect.

Ils arrivèrent devant la jetée, qui n'était qu'un ponton de bois décrépit.

— Où est ton bateau ? demanda Kitiara.

— De l'autre côté du promontoire.

— Pourquoi l'avoir laissé si loin ?

— Ni mon vaisseau ni mon équipage ne sont très aimés à Zaradène. Quand nous mouillons ici, nous restons dans les eaux profondes pour éviter les altercations avec les indigènes.

Une grosse chaloupe en forme de coquille était amarrée à la jetée. Un homme dormait à l'avant, enroulé dans son suroît.

— C'est ton esquif ? demanda gaiement Tirolan.

— Euh, oui.

— Eh bien au travail, mon gaillard. Tu peux gagner ta bière de la semaine.

Les chevaux passèrent les premiers. Kitiara murmura quelques mots à Pira, qui se laissa guider sans trop de réticence. Talfox, terrifié, se cabra. Sturm tira sur les rênes pour le forcer à monter sur le bateau.

— Non, pas comme ça, dit Tirolan. Tu permets, messire Lumlane ?

Sturm lui abandonna les rênes à contrecœur. Dès que Tirolan lui caressa l'encolure, Talfox se calma. Le marin lui parla doucement à l'oreille :

— Fort comme tu es, tu as peur d'une petite traversée ? Moi, je n'ai pas peur. Suis-je meilleur que toi ? Suis-je plus courageux ?

A la stupéfaction de Kitiara et de Sturm, Talfox secoua la tête et hennit.

— Alors pose un pied sur le bateau et prends place auprès de tes amis.

Le cheval vint se poster près de Pira.

— Comment t'y es-tu pris ? demanda Kitiara.

— Avec les animaux, j'ai la manière.

La chaloupe se fraya un passage entre les navires ancrés dans le port. Bientôt, la coque et le mât peints en blanc de *La Haute Crête* se détachèrent sur le bleu indigo de la mer. Ils arrivèrent face à la proue, qui s'élevait majestueusement vers le ciel.

— Voilà mon navire, dit fièrement Tirolan. N'est-il pas magnifique ?

— Je n'avais encore jamais vu de bateau blanc, dit Sturm.

— C'est un *très beau* bateau, lança Kitiara en faisant un signe à Sturm.

Tirolan héla son équipage. Un essaim de marins imberbes émergea sur le pont du navire. Avec des sourires jusqu'aux oreilles, ils hissèrent Kitiara et Sturm par-dessus la balustrade.

— Des chevaux ! s'exclama un homme. Nous n'en avons pas vu depuis que nous sommes partis de chez nous !

Les marins regardèrent Talfox et Pira avec admiration.

Quand hommes et bêtes furent à bord, le soleil était sur le point de disparaître. La grande voile verte fut hissée. *La Haute Crête* quitta les eaux de Zaradène et s'éloigna rapidement du cap d'Abanasinie.

Kitiara retira son gilet de cuir et secoua ses boucles noires. Sturm était à la proue du navire, ruminant ses pensées.

— Réjouis-toi ! lui dit-elle en le rejoignant. Le vent nous est favorable et Tirolan semble connaître son affaire. Nous serons au Caergoth en un rien de temps !

— Possible, mais je ne peux m'empêcher d'être soucieux. La dernière fois que j'ai navigué dans ces eaux, j'étais un enfant. Pour cause de magie, les choses ont mal tourné pour ma mère et moi.

— Mais vous vous en êtes sortis, non ?

— Oui.

— Alors calme-toi ! Tu es un chevalier, ou presque, en quête d'un héritage légitime. Sais-tu que j'ai de la famille en Solamnie, moi aussi ?

— Les Uth-Matar ?

Elle acquiesça.

— Je n'ai plus de nouvelles d'eux depuis que mon père nous a quittés. Aucun de mes voyages ne m'a emmenée dans la plaine de Solamnie. Quand tu as parlé d'aller dans le nord, il m'a paru opportun d'aller explorer par là-bas. Tu sais, les Uth-Matar sont aussi chevaliers depuis des générations.

— Non, je ne le savais pas.

En vérité, Sturm devait admettre qu'il savait bien peu de choses sur elle.

CHAPITRE III

Le capitaine elfe immobilisa les rames. La chaloupe accosta le long du quai, bordé d'une succession de tavernes s'alignant devant les entrepôts.

Heureuse d'être arrivée à terre, Kitiara sauta avec entrain sur la jetée.

— Je ne sais ce que vous en pensez, mes gaillards, mais moi, je meurs de faim.

— Cela peut attendre, non ? objecta Sturm.

— Pour quoi faire ? dit-elle en tirant son cheval par la bride.

Tirolan et Sturm la suivirent sans enthousiasme.

Pour une raison indéterminée, elle s'arrêta devant une taverne appelée *La Tête Coupée*. Après avoir attaché son cheval, elle poussa la porte et parcourut la salle du regard.

Au fond remuaient d'obscures silhouettes. Une odeur fétide parvint aux narines de Kitiara.

— Pouah ! fit Tirolan. Ce n'est pas une odeur humaine !

— Viens, Kitiara, ce n'est pas un endroit pour nous, dit Sturm en la prenant par le bras.

Elle se dégagea et entra dans la taverne.

— J'en ai assez d'arpenter des routes désertes et d'être enfermée dans un bateau. L'endroit me paraît intéressant.

— Reste sur tes gardes, murmura Sturm à Tirolan. Kitiara est une amie, mais après des mois de vie paisible à Solace, elle ne tient plus en place.

En fait de taverne, *La Tête Coupée* n'était qu'un réduit garni de quelques tables et de bancs de bois. Kitiara s'assit à une table, au milieu de la salle, et étendit ses jambes sur un banc.

— Tavernier ! cria-t-elle.

Sturm vit des yeux luire dans l'obscurité. Des yeux rouges ardents comme le feu d'une forge.

Un homme bedonnant arrivant en soufflant, dispensant autour de lui une odeur nauséabonde.

— Hé ?

— De la bière !

— Han, han.

— De la bière ! répéta Kitiara en élevant la voix.

L'homme secoua négativement la tête.

— Alors apporte-moi la spécialité de la maison. Et plus vite que ça !

Une silhouette émergea du fond de la salle. Plus grand que Sturm et deux fois plus large, le géant approcha de leur table.

— Ce n'est pas un endroit pour vous, dit-il d'une voix caverneuse.

— J'en ai vu de pires, répondit Kitiara.

— Je dis que ce n'est pas un endroit pour vous, répéta-t-il.

— Allons-nous-en, gémit Tirolan, un œil sur la porte. Il y a d'autres tavernes.

— J'ai déjà commandé à boire. Assieds-toi.

Le géant appuya sur la table son énorme main à la peau écailleuse.

— Allez-vous-en, ou je vous jette dehors !

Tirolan se leva d'un bond.

— Inutile de faire des histoires...

Le géant le saisit au collet. Sa capuche glissa, révélant ses oreilles d'elfe. L'exclamation qui monta de la salle fit frémir Sturm.

— Kurtrah ! vociféra le géant.

Sturm et Kitiara se levèrent et dégainèrent leur arme. Tirolan tira une épée courte. Tous trois firent front, se collant dos à dos.

— Tu nous as mis dans un joli pétrin, dit Sturm.

— Il faut bien s'amuser un peu, répondit Kitiara. Qu'est-ce qu'il te prend, Sturm ? Tu veux vivre éternellement ?

Un tabouret vola dans les airs. Sturm le repoussa du plat de son épée.

— Eternellement non, mais encore un certain temps !

Des lames étincelèrent dans l'obscurité.

— Dirigeons-nous doucement vers la sortie, dit Tirolan. Ils sont trop nombreux, cela ne vaut pas le coup de se battre. Je n'arrive pas à les voir !

Une chope vint se briser sur une poutre, les bombardant d'éclats de faïence.

— Une chandelle ou deux seraient effectivement bienvenues, admit Kitiara.

Une immense silhouette darda sa lame sur elle. Elle para, frappa à l'aveuglette dans l'obscurité, et sentit la pointe de son arme pénétrer dans de la chair.

— Des chandelles ? Je peux faire mieux que ça ! dit Tirolan.

Il planta son épée au centre de la table et se mit à chanter en elfe. La lame devint ardente.

Deux créatures s'acharnaient sur Sturm, qui se défendait en faisant beaucoup de bruit pour un piètre résultat.

— Tirolan, j'ai besoin de toi ! brailla-t-il.

L'elfe continua de chanter. Sa lame devenue blanche commença à fumer. Un instant plus tard, la table prit feu.

Huit créatures aux traits reptiliens, enveloppées comme des momies, apparurent à la lueur des flammes. Eblouies, elles reculèrent. Kitiara poussa son cri de guerre et attaqua.

Une des gigantesques créatures brandit son épée. La jeune femme esquiva le coup, puis lui abattit sa lame sur le bras. Le monstre lâcha son arme. Kitiara prit son épée à deux mains et la lui enfonça dans la poitrine. Un rugissement s'éleva, une main griffue tenta de l'agripper. Kitiara frappa de nouveau. La créature poussa un grognement et s'écroula sur le plancher.

Sturm se battait avec deux monstres. La fumée montant de la table en feu emplissait peu à peu la salle. L'ennemi reculait.

Tirolan était en mauvaise posture. Il avait récupéré son épée, mais elle ne tiendrait pas le coup longtemps.

Au bruit sourd d'une explosion, les créatures se ruèrent vers la porte. Les flammes s'étaient attaquées au plancher et aux pieds des tables.

— Sortons d'ici ! cria Sturm en tirant Kitiara par le collet.

— Laisse-moi tranquille ! dit-elle en lui flanquant un coup de coude.

Il lui bloqua le bras et la secoua.

— Ecoute-moi ! Nous allons rôtir comme des poulets ! Sors d'ici ! cria-t-il.

Elle s'exécuta. Les nuages de fumée qui s'échappaient de la taverne avaient attiré les curieux. Sturm scruta la foule. Les créatures reptiliennes avaient disparu. Les Caergothiens restaient étrangement silencieux devant eux. Sturm réalisa que tous avaient les yeux fixés sur Tirolan.

— Un elfe, dit l'un avec mépris.

— Il veut brûler la ville, lança un autre.

— Toujours en train de mettre la pagaille, ajouta un troisième.

— Retournons au navire, murmura Sturm à Tirolan. Et gare à ce qui se passe dans ton dos.

Quand ils furent à destination, Kitiara donna à Tirolan l'argent convenu pour leur passage. Il n'en prit que la moitié. Kitiara et Sturm se mirent en selle. Soudain Tirolan s'approcha de Kitiara et lui tendit un pendentif. C'était une améthyste taillée en cabochon. Il lui fit un clin d'œil qui lui arracha un sourire.

— C'est un cadeau, dit-il en guise d'adieu.
Les trois compères se séparèrent.

*
* *

Sturm et Kitiara chevauchaient côte à côte le long de la falaise qui dominait la baie. Ils jetèrent un dernier regard sur le navire elfe. *La Haute Crête* leur parut aussi minuscule qu'un jouet.

La grande route droite qui menait à l'intérieur du pays était déserte.

— Je me demande pourquoi les voyageurs ne passent pas par là, dit Kitiara au bout d'un moment.

— Cela m'étonne aussi, répondit Sturm. C'est mauvais signe.

— La guerre ou les brigands ont dû faire le vide.

— Je n'ai pas entendu parler de guerre, alors ce doit être les brigands.

Ils s'arrêtèrent pour mettre leurs heaumes et leurs cottes de mailles. Il eût été stupide de ramasser une flèche alors qu'ils étaient presque arrivés en Solamnie.

Fatigués de leur longue chevauchée, ils décidèrent de faire halte à la nuit tombante. Sturm trouva une source d'eau claire à proximité d'une clairière, où il attacha Talfox et Pira. Kitiara s'occupa du feu.

La nuit tombée, ils s'assirent devant les flammes et firent rôtir du jambon. La fumée s'élevait en spirales vers les étoiles et les lunes, qui s'étaient levées. *Les âmes doivent monter au ciel comme la fumée,* songea Sturm, mélancolique.

— Sturm !

Kitiara le sortit de sa rêverie.

— Oui ?

— Nous dormirons à tour de rôle.

— D'accord. Je prends le premier quart.

— Parfait. Réveille-moi au coucher de la lune d'argent.

Elle déroula ses couvertures et s'étendit à côté de

Sturm. Il contempla sa masse de boucles brunes. Kitiara était une guerrière chevronnée, mais elle s'endormait comme un bébé.

Il jeta du bois sur le feu puis s'assit jambes croisées, son épée sur les genoux. De temps à autre, Kitiara poussait de petits gémissements dans son sommeil.

D'où vient cette paralysie ? se demanda-t-il soudain, le nez dans la glaise. Il avait de la terre dans la bouche, mais il n'arrivait pas à la cracher. Pire, il ne pouvait pas remuer un membre. Il fit un effort surhumain pour parvenir à ouvrir un œil.

Plusieurs paires de jambes en culottes de cuir l'entouraient, dégageant une odeur âcre. Kitiara était étendue à côté de lui, les yeux clos.

— Il n'y a que de la nourriture dans leurs sacs, fit une voix criarde. Rien d'autre !

— Moi j'ai trouvé de l'argent !

Une des dernières pièces d'or du Silvanesti tomba sur le sol. Quelqu'un se mit à quatre pattes pour l'examiner. Sturm sut alors à qui ils avaient affaire.

Pas de doute possible. Ces crânes pointus, ces traits anguleux, ces yeux rouges, c'étaient des gobelins. L'odeur le confirmait. Sturm tenta désespérément de se relever, mais des tonnes de plomb semblaient peser sur ses épaules. Pourtant, il n'était pas ligoté ! La soudaineté de son état s'expliquait peut-être : lui aurait-on jeté un sort ? Mais qui ? Les gobelins, dont les facultés mentales étaient limitées, manquaient de la concentration nécessaire à la magie.

— Cessez de vous chamailler et continuez de chercher, ordonna une voix, qui, cette fois, était celle d'un humain.

Ainsi, les gobelins n'étaient pas seuls !

— J'ai trouvé ! J'ai trouvé ! brailla soudain un monstre.

Le gobelin avait découvert l'améthyste donnée à Kitiara par Tirolan. Des mains avides se tendirent vers la gemme violette.

— Montre-moi ça, ordonna l'humain.

Le gobelin contourna le feu et rejoignit l'homme caché dans l'ombre.

— De la pacotille ! dit-il. Un morceau de cristal trouble.

Il jeta la gemme en l'air. Elle rebondit sur le sol et atterrit dans la paume ouverte de Kitiara. Les gobelins s'affairèrent pour la retrouver.

— Laissez ! ordonna l'homme. La pierre n'a aucune valeur.

— Mais elle est jolie ! Je veux la garder, protesta le gobelin, fier de sa trouvaille.

— J'ai dit de laisser ça ! Ou dois-je me servir de ma baguette magique ?

Les gobelins, que Sturm estima au nombre de quatre, reculèrent, horrifiés.

— Nous prenons les pièces et les chevaux, laissez le reste, dit l'humain.

— Et leurs épées ? C'est du bon métal ! fit un monstre en désignant l'arme de Sturm.

— C'est vrai, et c'est trop beau pour toi. Apporte-la-moi, j'en tirerai un bon prix chez Lovo. Apporte-moi aussi celle de la femme.

Le gobelin écarta le bras de Kitiara et se pencha vers son épée. Elle était couchée dessus.

La jeune femme saisit le monstre par la cheville et tira d'un coup sec. Il s'étala dans l'herbe. En une seconde, elle fut debout, l'épée à la main. L'autre gobelin mit la main à son poignard mais il n'eut pas le temps de dégainer. Sa tête roula sur le sol.

— Attrapez-la ! Attrapez-la, misérables ! A trois, vous devriez y arriver ! cria l'homme.

Un gobelin brandit un couteau devant Kitiara, qui le repoussa à plusieurs reprises. Les deux autres la menaçaient par-derrière. Elle tourna le dos au feu.

Sturm enrageait de ne pouvoir rien faire. Mais Kitiara se débrouillait fort bien toute seule. Quand le gobelin se fendit, elle fit tournoyer son épée, qui brisa la pointe du couteau. Ebahi, le monstre regarda son arme tronquée. Kitiara en profita pour lui passer sa lame au travers du corps.

— Nous ne sommes plus qu'à deux contre un ! dit-elle.

Sautant par-dessus le feu, elle atterrit entre les deux gobelins, qui, hurlant de terreur, laissèrent tomber leurs épées. D'un seul geste, elle coupa en deux le plus médusé, qui n'avait pas fait un mouvement. L'autre s'enfuit vers la lisière de la forêt. Sturm l'entendit pousser un cri de douleur, puis il y eut des pas précipités et des craquements de branches.

— Tu n'imaginais pas pouvoir m'échapper, quand même ? dit Kitiara.

Elle ramena le sorcier vers le feu de camp. C'était un homme décharné vêtu d'une robe grise en piteux état. Des gris-gris pendait à son ceinturon. Kitiara lui flanqua un coup de pied dans les jambes. L'homme s'étala dans la boue, non loin de Sturm.

— Lève le sort que tu as jeté sur mon ami, ordonna Kitiara.

— Je ne peux pas.

— Dis plutôt que tu ne veux pas ! fit-elle en lui appuyant la pointe de son épée dans le dos.

— Non ! Je ne sais pas comment faire ! dit-il d'un ton navré. Jusqu'ici, je n'ai jamais eu à lever un sort de paralysie. Les gobelins coupent la gorge à tout le monde.

— Parce que tu le leur ordonnes !

— Non ! Non !

Kitiara cracha par terre.

— Il n'y a pire voleur qu'un couard idiot !

Elle leva son épée.

— Je ne connais qu'un moyen de rompre le sort.

Kitiara avait raison. Quand le sorcier s'effondra, Sturm récupéra l'usage de ses membres. Il se releva et massa sa nuque endolorie.

— Par tous les dieux, Kitiara, tu es sans pitié ! dit-il en voyant le camp transformé en charnier.

— C'est toute la gratitude que tu as pour moi ? Ils nous auraient égorgés sans sourciller. Parfois, je ne te comprends pas, Sturm.

— Tu as raison, ils nous auraient exécutés. Mais tuer ce sorcier gâteux n'était pas un exploit.

Elle essuya son épée sur la robe du mort et la rengaina.

— Je ne l'ai pas fait pour l'honneur. C'était une solution strictement pratique.

Ils rassemblèrent leurs affaires éparpillées autour du feu.

— Regarde, dit Kitiara en montrant à Sturm l'améthyste qu'elle avait remise à son cou. Elle est redevenue transparente.

Devant la lumière des flammes, Sturm vit que la gemme avait perdu sa couleur violette.

— Tout s'explique, dit-il. Ta paralysie a cessé dans l'instant où la pierre est tombée dans ta main, n'est-ce pas ?

— Exactement. Je la portais entre ma chemise et ma cotte de mailles...

— Dès qu'elle a touché ta peau, le sort a été levé, et avec lui, le cristal a perdu sa couleur. Ce n'est plus qu'un quartz taillé.

— Quoi qu'il en soit, je le garde sur moi. Tirolan ne saura sans doute jamais qu'il nous a sauvé la vie en me donnant cette gemme.

Sturm jeta du bois mort sur le brasier, dont jaillirent de hautes flammes.

— Pourquoi ranimes-tu le feu ? demanda Kitiara.

— Je fais un bûcher. Nous ne pouvons pas laisser ces corps pourrir sans sépulture.

— Abandonne-les aux vautours.

— Je ne fais pas cela pour honorer ces morts. Les sorciers, même les plus médiocres, ont la regrettable habitude de revenir sous forme de spectres. Aide-moi à les brûler et la menace sera levée.

Quand ils se remirent en selle pour repartir, Kitiara interrogea Sturm :

— Comment sais-tu tant de choses sur la magie ? Je croyais que tu l'avais en horreur.

— C'est vrai. La magie mine l'ordre du monde. Il

est déjà difficile de vivre dans la vertu et l'honneur, inutile d'y ajouter les tentations de l'occulte. Pour ma part, j'ai beaucoup parlé avec ton frère, et j'ai appris deux ou trois choses pour me défendre.

— Tu parles de Raistlin ? Ses discours sur la magie m'ont toujours endormie.

— Je sais, tu t'endors très facilement.

Ils prirent la direction du soleil levant.

CHAPITRE IV

La journée qui suivit l'attaque des gobelins fut torride. Kitiara et Sturm traversaient une contrée semée de potagers et de vergers. Ils s'arrêtèrent au bord d'un champ de figuiers.

— Dommage qu'elles ne soient pas mûres, dit Kitiara en tâtant un fruit vert. J'adore les figues.

— Je doute que le propriétaire de ce champ se réjouisse de ton amour pour ses figues, à moins que tu les lui achètes.

— Oh ! Arrête ! Tu n'as jamais chipé des pommes ? Ou volé un poulet pour le faire rôtir en plein air pendant que le fermier te pourchassait, la fourche à la main ?

— Non, jamais.

— Moi, si. Rien de plus délicieux qu'un plat assaisonné de malice, dit-elle en rejoignant Sturm, assis sous un arbre.

— Tu ne t'es jamais demandée ce que les larcins que tu trouves *malicieux* avaient coûté au fermier, Kitiara ? Lui et sa famille ont peut-être jeûné toute une journée à cause de cela.

— Comme tu parles bien, messire de Lumlane. As-tu jamais gagné le pain dont tu t'es rempli le ventre ? Pour un fils de seigneur, il est facile de parler de justice.

Sturm attendit que sa colère s'apaise.

— J'ai travaillé, répondit-il. Quand nous sommes arrivés à Solace, il y a douze ans, nous avions un peu d'argent, mais il a vite fondu. Nous nous sommes retrouvés dans l'embarras. Ma mère était très fière et n'aurait jamais accepté la charité. J'ai donc accepté toutes sortes de travaux pour nous nourrir et je ne l'ai jamais dit à ma mère.

— Quel travail as-tu fait ? demanda Kitiara, radoucie.

— Comme je savais lire et écrire, je suis devenu copiste chez le scribe Derimius. Non content de gagner dix pièces d'argent par semaine, j'ai lu toutes sortes de choses.

— Je ne savais rien de cela.

— C'est à la boutique de Derimius que j'ai connu Tanis. Quand il a vu un gamin de seize ans gribouiller à la plume d'oie, il s'y est intéressé. Nous avons lié connaissance, puis nous sommes devenus amis.

Un roulement de tonnerre ponctua ses paroles. Le ciel se chargeait de gros nuages noirs.

— Il faut mettre les chevaux en sécurité. L'orage arrive !

Des éclairs zébrèrent le ciel. En hâte, ils attachèrent leurs montures sous un figuier. La pluie commençant à tomber, ils s'abritèrent sous une couverture.

Un vent violent souffla sur le verger. En quelques secondes, Sturm et Kitiara furent trempés jusqu'aux os.

Talfox piaffa et rua. Il communiqua sa terreur à Pira, qui devint de plus en plus nerveuse. Un éclair frappa l'arbre le plus haut du champ, qui éclata en mille morceaux. C'en était trop pour les chevaux. Arrachant leurs brides, ils partirent au triple galop.

— Il faut les rattraper ! cria Sturm.

Talfox partit à terrain découvert, Pira, plus aventureuse, bondit entre les arbres.

Chacun courut derrière sa monture.

Talfox ayant disparu, Sturm dut le suivre à la trace sous les trombes d'eau. Après une course effrénée et un bain forcé dans un fossé, Kitiara arriva au sommet d'une butte. Dans la clairière qu'elle surplombait, pas de trace de Pira. Mais il y avait bien autre chose à voir.

Cela ressemblait à un immense bateau qu'on aurait pourvu d'ailes de cuir. Il n'avait pas de mât, mais une proue rappelant un bec d'aigle, et des roues sous la coque. Tendu au-dessus du bateau par un réseau de cordes, un gros sac gonflé d'air pulsait comme s'il était vivant.

Un essaim de petits hommes s'agitaient autour de l'étrange vaisseau. Au sommet de plusieurs poteaux ondulaient des cordes au bout desquelles étaient accrochés des rectangles de métal noir.

Kitiara aperçut Sturm à l'autre bout de la clairière. Bouche bée de stupeur, il se dirigeait vers l'étrange navire.

Un petit homme couvert d'un manteau et d'un chapeau brillant l'accueillit.

— Bienvenue et congratulations ! dit-il chaleureusement.

— Bonjour, répondit Sturm, éberlué. De quoi s'agit-il au juste ?

Dans un bruit de tonnerre, un éclair frappa une des pièces de métal flottant au bout d'une corde. Une lueur bleue courut le long du poteau, jusqu'au plancher du bateau, où elle disparut. Les roues de l'engin se mirent à tourner.

— Actuellement, nous rechargeons, comme tu peux le voir, répondit le petit homme en relevant le bord de son chapeau.

Sturm remarqua ses yeux pâles et ses sourcils blancs en broussaille. C'était un gnome.

— Quelle magnifique tempête ! s'exclama-t-il. Nous avons vraiment de la chance !

Pour une raison inconnue, le petit être, s'il parlait vite, n'avait pas le débit délirant de la majorité de ses congénères.

Kitiara mit les mains en cornet et appela Sturm.

Il lui fit signe d'approcher.

— Tu as retrouvé les chevaux ? demanda-t-elle en le rejoignant.

— Non, j'espérais qu'ils t'auraient suivie. Qu'allons-nous faire ?

— Hum, dit le gnome, dois-je comprendre que vous avez perdu vos moyens de transport ?

— C'est exact, répondirent-ils en chœur.

— Le hasard fait bien les choses ! Nous pouvons peut-être nous aider mutuellement. Voulez-vous me suivre ?

— Et où irons-nous ?

— D'abord où il ne pleut pas, répondit le gnome.

— Je suis d'accord ! acquiesça Kitiara.

Le gnome les conduisit à l'intérieur du navire, où régnait une douce chaleur. Il retira chapeau et manteau. Comme tous ses congénères d'âge mûr, il était chauve et portait une barbiche blanche. Kitiara et Sturm se séchèrent avec des serviettes proportionnelles à la taille de leurs hôtes.

— A présent, suivez-moi. Mes collègues sont occupés à collecter la foudre. Ils nous rejoindront plus tard.

Ils empruntèrent un long passage longeant une haie de machines singulières qui donnait accès au pont supérieur par une échelle. Le pont était une succession de petites cabines encombrées de hamacs, de coffres, de récipients et de dames-jeannes.

Une autre échelle les mena à une grande cabine plantée au centre du pont. Elle était spacieuse, et pourvue de tous les ustensiles de navigation possibles. De mystérieuses inscriptions étaient accrochées à la barre : « Altitude », « Vitesse de l'air », « Densité des raisins dans les brioches ».

Kitiara fit les présentations. Le gnome sourit avec chaleur en apprenant que Sturm venait d'une vieille famille de Chevaliers de Solamnie. La jeune femme lui expliqua le but de leur voyage et mentionna la perte de leurs chevaux.

— Peut-être puis-je vous être utile, répondit-il. Mon nom est Celui-qui-bégaye-à-propos-de-la-plus-absconse-explication-technique...

Connaissant la longueur des noms gnomes, Sturm l'interrompit :

— Pardon ! Comment t'appelle-t-on ailleurs que chez les tiens ?

— Bego, une vague équivalence de mon véritable nom...

— Il a le mérite d'être bref.

— La brièveté, mon cher chevalier, n'est pas une vertu quand on cherche le savoir pour lui-même. Je pourrais vous offrir un poste, si les conditions vous intéressent.

— Quel genre de poste ? demanda Kitiara.

— Mes collègues et moi-même sommes arrivés aujourd'hui du Caergoth. Nous sommes venus dans cette région à cause des violents orages qui y sévissent.

— Vous recherchiez une tornade ? dit Sturm.

— Exactement. La foudre est vitale pour le fonctionnement de notre machine. N'est-elle pas magnifique ? Elle s'appelle *Etoile des Nuages*.

— Que sait-elle faire ?

— Elle vole.

— Oh ! Bien sûr..., fit Kitiara, au bord du fou rire. Très ingénieux ! Mais quel rapport avec nous ?

Bego vira au pourpre.

— Nous avons joué de malchance. Voyez-vous, en calculant le poids optimal au décollage, quelqu'un a omis de prendre en compte que l'*Etoile des Nuages* arrimée au sol, atteindrait un stade avancé d'hydratation.

— Que veux-tu dire ?

— Nous sommes enlisés dans la boue, avoua le gnome.

— Et tu voudrais que nous vous en sortions ?

— Nous vous transporterions gratuitement dans tout Krynn. Enstar, Balifor, Karthay...

— Nous allons dans la plaine de Solamnie, nulle part ailleurs.

Kitiara consulta Sturm du regard.
— Tu ne prends quand même pas ces hurluberlus miniatures au sérieux ? demanda-t-elle entre ses dents.
— Je connais les gnomes. Leurs inventions fonctionnent étonnamment bien.
— Vous voulez certainement en discuter. Je vous suggère de dîner d'abord et de vous décider ensuite.

*
* *

A table, Bego s'excusa de la simplicité du repas. Il ne disposait pas d'un cuisinier scientifiquement formé. Soulagés, Kitiara et Sturm poussèrent un soupir.
Les gnomes mangeaient à toute allure sans échanger une parole. Il fallait être efficace. Devant le spectacle de dix crânes roses et luisants penchés sur leurs assiettes dans le claquement des cuillers, Sturm se sentit un peu nerveux.
— Tu pourrais peut-être nous présenter à l'équipage ?
— Tout le monde sait qui vous êtes, répondit Bego sans lever la tête. J'ai fait diffuser un rapport. D'ailleurs, il ne s'agit pas d'un équipage. Nous sommes des collègues.
— Je m'excuse.
— Tu es excusé. Mais puisque tu y tiens...
Bego se lança dans des explications élaborées définissant le profil de chacun. Sturm se fit une liste personnelle qui se résumait ainsi :
Oiseleur, chef mécanicien chargé du moteur et grand imitateur de cris d'oiseaux. Wingo, bras droit de Bego, pilote de la machine volante. Longuevue, astronome et navigateur céleste. Cordevoile, spécialiste en cordages et textiles, Brikolo, son apprenti. Eclair, collecteur de foudre. Belcar, métallurgiste et chimiste. Tirebois, charpentier, menuisier. Cumulus, physicien et météorologue.
— Comment t'est venue l'idée de construire cette machine ? demanda Sturm.

— Cela fait partie du destin que la vie m'a assigné, dit Wingo, un gnome au nez crochu plus grand que la moyenne. Mon but est de pratiquer une navigation aérienne fructueuse. Après des années d'expérimentations, j'ai rencontré notre ami Belcar, qui a découvert l'*air éthéral*, lequel, enfermé dans un sac adéquat, est capable de flotter en portant des objets lourds.

— Absurde ! dit Longuevue. Ce prétendu *air éthéral* est une idiotie !

— Vous entendez ce que dit l'expert en étoiles ? ricana Belcar. Comment crois-tu que nous sommes venus du Caergoth ? Par magie ?

— Les ailes nous ont portés, répliqua Longuevue. Les données le prouvent clairement...

— C'était l'*air éthéral* ! rétorqua Cumulus.

— Les ailes ! cria Longuevue.

— L'air ! crièrent les alliés de Belcar.

— Voyons, chers collègues ! dit Bego pour les calmer. Le but de notre expédition est d'établir scientifiquement l'efficacité de l'*Etoile des Nuages*. Ne nous disputons pas inutilement avant que les données aient été confirmées.

Un silence pesant suivit.

Au bout d'un moment, Cumulus leva les yeux vers la fenêtre.

— La pluie va cesser.

Un instant plus tard, le tambourinement des gouttes se tut.

— Comment pouvait-il le savoir ? s'enquit Kitiara.

— Plusieurs théories se présentent, répondit Wingo. Une commission s'est réunie sur l'île de Sancrist pour étudier les talents de notre collègue.

— Mais alors, pourquoi est-il ici ? demanda Sturm, à l'indifférence générale.

— A cause de son nez.

— Son nez ? fit Kitiara.

— Oui, sa dimension et la configuration de ses narines lui permettent de détecter la pression de l'air et l'humidité.

— Billevesées ! dit Cordevoile.

— Billevesées ! répéta Brikolo, le plus petit et le plus jeune de tous.

— Ce sont ses oreilles, poursuivit Cordevoile. Il entend la pluie avant qu'elle tombe sur le sol.

— Ineffable niaiserie ! répliqua Longuevue. N'importe quel imbécile se rendra compte que ce sont ses cheveux. Il les sent friser dès que l'humidité tombe...

Belcar prit une brioche et la lança à travers la table. Longuevue la reçut en pleine figure.

Eclair et Brikolo se jetèrent sur la brioche et l'ouvrirent.

— Douze, treize, quatorze, compta Eclair.

— Mais que fait-il ? s'étonna Sturm.

— Il compte les raisins secs, répondit Bego. C'est le projet sur lequel il travaille : déterminer la moyenne mondiale de densité des raisins secs dans les brioches.

Kitiara enfouit la tête dans ses mains en gémissant.

Après le dîner, les gnomes s'en allèrent démonter leur matériel. Sturm et Kitiara restèrent seuls, en proie à des sentiments mitigés.

— Crois-tu que ce soit la bonne décision ? demanda Kitiara. Ces gnomes ne tournent pas rond !

— Ils manquent de sens commun, mais ils sont inventifs et infatigables. S'ils peuvent nous emmener en Solamnie en un jour, cela ne m'ennuie pas de les aider à sortir de la boue.

— Je ne crois pas cet engin capable de voler, dit Kitiara d'un air sombre. C'est sans doute la tempête qui l'a poussé jusqu'ici. Nos chevaux ont pris la fuite, et nous ferions peut-être bien d'en faire autant.

CHAPITRE V

Sturm sentit le plancher trembler sous ses pieds. Le vaisseau émit un craquement sinistre. Wingo abaissa des leviers. De chaque côté de l'engin, les ailes se déployèrent. Les roues libérées de leur gangue de glaise le propulsèrent en avant. Les ailes s'ouvrirent lentement. Entraînées par le moteur, elles battirent de plus en plus vite. L'*Etoile des Nuages* quitta la terre ferme.

— Hourra ! hurla Bego en sautant de joie.

— Quelle direction prenons-nous, Longuevue ? demanda Kitiara.

— Droit sur l'est. Nous survolons la forêt de Lemish. Dans quelques minutes, nous devrions être en vue de la Nouvelle Mer.

— Mais elle est à une centaine de lieues de la forêt de Lemish, dit Sturm. Nous ne volons quand même pas aussi vite !

— Nous volerons plus vite encore, répondit Longuevue, l'œil rivé à sa lunette.

— C'est merveilleux ! dit Kitiara en riant de bonheur. Je n'aurais jamais cru que ça marcherait ! J'adore ça ! Je vais dire à Wingo d'accélérer.

Bego n'était pas moins excité qu'elle. Opinant du chef, il se dirigea vers la salle des machines. Sturm, sujet au vertige, les suivit.

Eclair les accueillit avec flegme.

— Collègues et passagers, je demande à faire un rapport sur une panne du moteur.

— Inutile de demander. Fais ton rapport, dit Cordevoile.

— Je ne peux plus l'arrêter. La foudre a coincé le démarreur.

— Ce n'est pas dramatique, dit Longuevue.

Oiseleur acquiesça.

— Mais nous n'allons pas passer notre vie à voler ! s'exclama Kitiara.

— Non, en effet, répondit Eclair. J'estime que nous avons de quoi voler six semaines et demie.

— Six semaines ! s'écrièrent Sturm et Kitiara à l'unisson.

— Je me permets de poser la seule question qui vaille ! grogna Sturm, furieux. Peux-tu te débrouiller avec le moteur ?

Une lueur de défi brilla dans les yeux d'Eclair.

— Si je peux ? Je vais le faire ! Viens, Oiseleur, allons-y !

Le chef mécanicien le suivit, la mine réjouie.

— Wingo, où arriverons-nous si nous ne pouvons pas nous arrêter ? demanda Sturm.

— Nous continuerons à prendre de l'altitude, puisque les ailes sont bloquées. Nous aurons très froid. L'air se raréfiera. C'est pourquoi les aigles et les vautours peuvent voler si haut. L'*Etoile des Nuages* n'aura pas de problème avec ça.

— Nous avons nos fourrures avec nous, dit Kitiara, remise de sa colère. Ce ne sera pas si terrible.

— Vous savez, ce que les chamanes arrivent à faire grâce à leurs pratiques magiques, les gnomes y parviennent avec la technologie, dit fièrement Bego.

Sturm regarda par le hublot. Une couche de givre commençait à s'y dessiner.

— J'espère bien, répondit Sturm. Nos vies en dépendent.

*
* *

L'*Etoile des Nuages* continuait sa course à travers les nuées. Sur le pont, qui se couvrait peu à peu d'un manteau de givre, Sturm contemplait les nuages.

Il n'avait pas vu un gnome depuis des heures. La mise en œuvre de l'Appareil Individuel de Chauffage Perfectionné qu'ils avaient imaginé était venu s'ajouter aux innombrables activités de Cordevoile.

Devant l'étrangeté du monde vaporeux qu'il avait devant les yeux, Sturm se sentit soudain seul au monde. Il descendit se réchauffer dans la grande cabine centrale.

Roulée dans ses fourrures, Kitiara y faisait un somme. Il la regardait dormir quand une odeur de brûlé lui monta au nez. De la fumée pénétra dans la pièce en même temps que la figure grimaçante d'Oiseleur.

— Hello ! Que dites-vous de l'invention de Cordevoile ? Il l'a baptisée Appareil Individuel de Chauffage Perfectionné marque III.

— Je sais, répondit Sturm. Mais pourquoi marque III ?

— Eh bien, les deux premiers prototypes n'ont pas marché. Le pauvre Brikolo s'est brûlé le... Bref, il devra prendre ses repas debout. C'était marque I. Marque II a soufflé presque entièrement la barbe de Cordevoile. Imaginez qu'une simple bougie, dans ce petit réservoir, produit quatre heures de chaleur à l'intérieur de ce scaphandre, fit-il en montrant ce qu'il portait sur son dos.

— Très ingénieux, commenta Kitiara. Et le moteur ? Y a-t-il du nouveau ?

— Oiseleur et Eclair ne sont pas d'accord sur l'origine de la panne. Oiseleur prétend que c'est la faute des réservoirs de foudre d'Eclair, qui affirme que le démarreur du moteur est tout simplement bloqué.

— En attendant, le givre commence à se former à l'intérieur de la cabine, fit remarquer Kitiara, qui s'était réveillée.

Bego apparut dans l'encadrement de la porte. Un courant d'air glacé s'engouffra dans la pièce.

— Maintenant, nous allons entendre le rapport de Longuevue sur la salle des machines, déclara-t-il.

Il se tourna vers Longuevue.

— Quelle est notre position ? demanda-t-il.

— Oh, zut ! Nous entrons dans une mer de nuages ! Ce n'est pas un problème, je vais aller sur le pont pour la calculer !

La moustache de Sturm était déjà blanche de givre.

— Longuevue, reviens ! cria-t-il.

Le brouillard était si épais qu'il voyait à peine l'échelle. Il fallait à tout prix ramener Longuevue à l'intérieur, décida-t-il.

Le pont était devenu une véritable patinoire. Pris dans des tourbillons de neige, Sturm avança à quatre pattes sur la glace. Mort de peur à l'idée de tomber du vaisseau, il songea à Tirebois calculant la profondeur du trou que ferait son corps en atterrissant sur le sol.

Il tendit la main en avant et sentit une botte sous ses doigts. Longuevue était à son poste, son astrolabe devant les yeux. Le spécialiste des étoiles était entièrement couvert de givre. A l'aide de son poignard, Sturm entreprit de découper la glace qui clouait le gnome au plancher comme une statue sur son socle.

— Sturm ! Où es-tu ? appela Kitiara, affolée.

— Au-dessus de vous ! Attention, je vous passe Longuevue. Il est congelé.

Il fit glisser le nain raide comme une colonne le long de l'échelle et se hâta de rentrer dans la cabine.

— Emmenons-le en bas pour le dégeler, décida Bego.

Cumulus et Bego disparurent par l'écoutille avec leur collègue statufié. Sturm et Kitiara entendirent un grand bruit. Ils se précipitèrent, s'attendant à trouver l'infortuné Longuevue en morceaux. Mais non. Cumulus s'était pris les pieds dans les cordages et gisait sur Bego.

— Ouh ! la la...! Ouh ! la la...! marmonnait-il.

Sturm et Kitiara ne purent s'empêcher de rire. Brusquement, la jeune femme redevint grave.

— Sauver ce gnome, quelle témérité ! s'exclama-t-elle. Tu aurais pu finir frigorifié, et tu n'aurais pas dégelé de sitôt !

A sa grande surprise, elle le serra contre elle en lui donnant une claque dans le dos.

— Nous en sommes sortis ! Victoire ! Nous en sommes sortis ! cria Wingo à tue-tête.

Laissant derrière lui le chaos, l'*Etoile des Nuages* entrait dans un ciel clair et serein.

Devant eux, parmi les étoiles, luisait un gros disque écarlate, plus grand que le soleil ne leur était jamais apparu. Le vaisseau piquait sur le globe rouge.

— Hydrodynamique, haleta Wingo.

Sturm et Kitiara ne se rendirent pas compte qu'il prononçait un mot sacré pour les gnomes.

— Qu'est-ce que ça veut dire ? demanda Kitiara.

— Si mes calculs sont exacts, ce que je crois, vous avez devant vous Lunitari, la lune rouge de Krynn.

Bego apparut dans l'écoutille.

— Exact ! C'est ce que j'ai découvert avant que nous entrions dans la tempête. Nous sommes à cent mille lieues de chez nous et nous nous dirigeons vers Lunitari.

CHAPITRE VI

Une fois sur un projet, les gnomes déployaient une énergie phénoménale. Belcar, chargé de fabriquer une ancre pour amarrer le vaisseau à l'atterrissage, avait réalisé une œuvre d'art à l'aide de pièces de métal, d'échelles, de poignées de portes et des cuillers de la salle à manger. Wingo avait dû employer la force pour sauver les manettes de commande.

Tout ce qu'il était possible de tresser avait été confisqué par Cordevoile et Brikolo, qui en avaient fait une amarre grosse comme un boa. Pour prévenir le choc du contact avec le sol, Tirebois avait bourré la salle à manger de couettes, d'oreillers et de couvertures au point qu'on risquait d'y périr étouffé.

Du pont inférieur, Oiseleur siffla longuement pour attirer l'attention de ses collègues. Après avoir écouté sa ritournelle, Bego traduisit :

— Eclair et Oiseleur ont trouvé un moyen de neutraliser le moteur avant que nous atterrissions. Il suffirait de couper le câble de transmission à une altitude de cent pieds, et de maintenir les ailes en position tendue. Ça nous évitera de nous écraser.

— Nous n'avons guère d'autre choix, dit Sturm. Puis-je vous aider ?

— Tu pourrais jeter l'ancre au moment où nous te le dirons, répondit Wingo.

— Moi aussi, je peux faire quelque chose, dit Kitiara.

— Pourquoi n'irais-tu pas aider Eclair et Oiseleur ? Ils ne peuvent à la fois bloquer le moteur et couper le câble de transmission.

— Je le ferai avec mon épée ! Sonne du cor pour donner le signal !

Ils n'eurent plus que Lunitari dans leur champ de vision. Bientôt le vaisseau survola une terre rouge. Au-dessus de lui, le ciel avait pris une teinte violacée.

— Deux cent soixante-dix pieds d'altitude, annonça Wingo. Dans quatre minutes, nous entrerons en contact avec le sol.

Un nuage de graviers rouges et de poussière s'écrasa contre la vitre de la salle. Sans lâcher la barre, Wingo abaissa un levier après l'autre. Le sol rouge défilait sous eux à une vitesse folle.

Pris de vertige, Sturm se colla à la paroi de la cabine pour avancer vers l'ancre. Il s'agrippa au poteau où elle était arrimée et la soupesa. Belcar avait fait du bon travail : elle était aussi lourde que lui.

Le vaisseau survolait une étendue plane et lisse comme du marbre rouge. Paladine leur avait au moins procuré un terrain d'atterrissage sans obstacles.

Wingo, c'est le moment de sonner du cor, songea Sturm. Avec le vent et ce bourdonnement dans les oreilles, peut-être n'avait-il pas entendu le signal ?

Après un instant d'hésitation, il jeta l'ancre par-dessus bord. La corde n'en finit plus de se dérouler. Puis le dernier tronçon se tendit avec un clac sonore.

Le pesant assemblage hétéroclite de Cordevoile flottait dans le sillage du vaisseau. Sturm l'avait jeté trop tôt.

L'ancre se rapprocha de la terre rouge. Il attendit l'instant où elle se fracasserait sur le sol de Lunitari.

Elle heurta la surface lisse qu'elle stria d'un large sillon. Sturm ouvrit la porte de la salle des machines et trouva Wingo, prêt à sonner du cor.

— Non ! Arrête ! La surface du sol est liquide ! J'ai

déjà jeté l'ancre et elle s'est enfoncée comme dans de l'eau. Si nous atterrissons là-dessus, nous coulerons !

— Il ne nous reste plus beaucoup de temps ! Moins de cent pieds !

Sturm se précipita vers la rambarde et scruta désespérément le relief. Que faire ?

Il remarqua des rochers hérissés d'arêtes.

— Terre ferme à tribord ! cria-t-il.

Wingo tourna la barre. L'aile droite effleura les pics, soulevant un nuage de sable. Un vaste plateau rocheux s'étendait sous eux.

Des hurlements s'élevèrent. L'*Etoile des Nuages* frémit jusque dans ses tréfonds. Les ailes se figèrent en position haute. Sturm se précipita à l'intérieur de la cabine. Il fut projeté face contre terre. Les bras par-dessus la tête pour se protéger, il attendit.

Les roues heurtèrent le sol. La coque se tassa sur elle-même et fit une embardée. Le vaisseau poursuivit sur sa lancée, soulevant des nuages de poussière et de graviers. Puis, comme s'il était à bout de souffle, il s'immobilisa avec un dernier craquement.

*
* *

Sturm releva la tête et regarda autour de lui. Les yeux fermés, Wingo était aplati sur la barre, les bras coincés contre la poitrine.

— Tu peux ouvrir les yeux, Wingo, tout va bien.

— Par Reorx, je suis coincé !

— Attends !

Sturm attrapa le gnome par les pieds et le tira d'un coup sec. Wingo protesta avec véhémence, puis se réjouit de sa liberté retrouvée.

— Ah ! Lunitari !

Ils coururent sur le pont. La porte de la salle à manger s'ouvrit et les gnomes sortirent en trombe. Muets, ils balayèrent des yeux l'étendue de terre désolée. Mis à part de lointaines collines, Lunitari offrait la vision d'une vaste plaine désertique. Un des gnomes poussa alors un cri d'enthousiasme, qui donna le signal d'une activité fébrile à l'intérieur du vaisseau.

Kitiara apparut sur le pont en compagnie d'Eclair et d'Oiseleur. Elle avait un œil au beurre noir.

— Coucou ! fit Sturm. Que t'est-il arrivé ?

— Je me suis cogné la tête contre le moteur quand nous nous sommes écrasés.

— Quand nous avons atterri ! corrigea-t-il malicieusement. Le moteur doit être en miettes !

Heureux de s'en être sortis, ils se jetèrent dans les bras l'un de l'autre.

— Nous ferions bien de les surveiller, ils vont se faire du mal, dit-elle.

Les gnomes vaquaient à leurs affaires dans l'agitation. .

— Eh bien, Bego, maintenant que nous sommes là, qu'allons-nous faire ? demanda Sturm.

— Explorer. Etablir des cartes et étudier les conditions.

— Mais il n'y a rien ici, c'est un désert.

— Il n'y a pas que cet endroit-là. Si tu atterrissais sur la Plaine de Sable, dirais-tu qu'il n'y a que du sable sur Krynn ?

— Les réservoirs de foudre sont aux trois quarts vides, annonça Eclair. Si nous ne nous occupons pas de les remplir, nous n'en aurons pas assez pour rentrer à la maison.

Oiseleur siffla son rapport, Bego le traduisit :

— Le choc de l'atterrissage a fait sortir le moteur de son carénage. Mais le câble d'alimentation peut être réparé.

— J'ai une idée, dit Wingo. Je pourrais y souder le réseau de câbles endommagé par les éclairs de Cumulus.

— Ce n'est pas la faute de mes éclairs ! protesta le météorologue. Depuis quand est-ce moi qui fabrique les éclairs ?

— Une soudure ? Quelle genre de soudure ? fit Tirebois d'un ton hargneux.

— Une soudure avec interrupteur à deux temps, répondit Wingo.

— Du travail d'amateur ! Un interrupteur avec une soudure ! On n'a jamais vu ça ! Ce qu'il faudrait, c'est un levier isolé...

Kitiara poussa son cri de guerre et fit tournoyer son épée au-dessus d'elle. Le silence tomba immédiatement.

— Vous, les gnomes, vous me rendez folle ! Fixez-vous une tâche, et que chacun s'en acquitte jusqu'au bout !

— Une seule tâche par personne ? s'exclama Longuevue, scandalisé. Rien ne sera jamais fait !

— Peut-être Belcar pourrait-il fabriquer l'interrupteur, suggéra timidement Brikolo. Il sera en métal, non ?

Les gnomes en restèrent bouche bée.

— C'est une idée géniale ! s'écria Kitiara. Géniale !

— Nous n'avons plus beaucoup de métal, fit remarquer Wingo.

— Nous pourrions prendre des parties de l'ancre, suggéra Cumulus.

Les gnomes lui sourirent.

— C'est une bonne idée, dit Tirebois.

— Brikolo et moi allons récupérer l'ancre, déclara Cordevoile.

Saisis d'un élan nouveau, tous les gnomes s'attelèrent à leurs tâches respectives.

*
* *

Le métal récolté s'avéra insuffisant. Après d'interminables tergiversations et avec le soutien de Sturm, Bego décida qu'ils partiraient en expédition sur Lunitari pour en chercher.

Oiseleur, Eclair et Bego furent désignés pour garder le vaisseau. Quand le chariot confectionné par Cordevoile et Brikolo fut terminé, Sturm proposa de partir dès le lendemain matin à l'aube.

— Le matin, c'est quand ? demanda Belcar.

Longuevue déploya sa lunette télescopique et examina les étoiles. Après mûre réflexion, il annonça :

— Dans seize heures ! Peut-être davantage. C'est difficile à dire avec précision.

— Seize heures ! s'exclama Kitiara. Pourquoi aussi longtemps ?

— Lunitari n'occupe pas la même position dans le ciel que Krynn. En ce moment, nous nous trouvons à l'ombre de notre monde. Quand il s'en sera allé, nous aurons à nouveau la clarté du jour.

— Il faudra faire avec, conclut Sturm. Qu'y aura-t-il à manger ? demanda-t-il à Brikolo, qui était de corvée de cuisine.

— Des haricots, répondit-il. Des haricots bouillis, assaisonnés de lard.

*
* *

Sous l'œil ému de leurs collègues, les explorateurs se mirent en route à l'aube.

Sturm et Kitiara marchaient d'un bon pas depuis plus de deux heures. Ils ne tarderaient pas à atteindre les collines prometteuses où les gnomes comptaient bien découvrir du fer. Sturm proposa de faire halte.

Kitiara but quelques gorgées d'eau et reposa aussitôt la gourde ; il n'en restait presque plus.

Adossé au chariot, Sturm était très silencieux. Il songeait à ses parents. La scène de leurs adieux lui revint à l'esprit. Sous la neige, ils s'étaient enlacés sans échanger un baiser. Sturm frissonna. Il se mit à claquer des dents.

Il était pris dans une tempête de neige et il était sur Krynn.

Il vit quatre hommes portant des capes de fourrure par-dessus leurs armures, foulant la neige qui leur montait jusqu'aux genoux...

— Sturm ! Ça ne va pas ? demanda Kitiara. Tu as

les yeux dans le vide et tu as grogné quelque chose. Es-tu malade ?

Il cligna des yeux et se passa la main sur le visage. Sa peau était glacée.

— Je ne sais pas, j'étais sur Krynn, il y avait une tempête de neige, des hommes perdus dans une forêt... Je n'y comprends rien.

Hochant la tête, Kitiara reprit la barre qui servait à pousser le chariot des gnomes.

Crac !

L'attelle lui était restée dans les mains.

— Elle a cassé le chariot ! s'écria Brikolo.

— C'est idiot, tu sais très bien que c'est impossible, vu l'épaisseur du bois, dit Longuevue.

— Il doit y avoir un défaut, conclut Wingo.

— Je ne savais pas que tu étais si forte, dit Sturm.

— Moi non plus ! répondit la jeune femme, aussi étonnée que lui.

— Tiens, essaie de briser ce morceau-là, proposa Belcar.

Kitiara posa le bout de bois sur son genou et le cassa en deux sans difficulté.

— Il s'est indubitablement passé quelque chose depuis que tu es sur Lunitari. Tu n'étais pas aussi forte il y a vingt-quatre heures.

— Nous sommes peut-être tous devenus plus forts ! dit Tirebois.

Chacun s'essaya à briser les morceaux restants de la barre. En vain.

— Il semblerait que tu sois la seule bénéficiaire de ce don, dit Sturm. Il peut se révéler très utile.

— Je ne sais ni pourquoi ni comment c'est arrivé, mais je trouve ça très plaisant, dit-elle en poussant le chariot d'une seule main, sans le moindre effort.

Quelques heures plus tard, ils arrivèrent au pied des collines. Les gnomes assoiffés se jetèrent sur ce qui restait d'eau.

— Si seulement nous pouvions trouver une source ! s'exclama Wingo.

— S'il pleuvait, nous pourrions récupérer l'eau dans une étoffe, renchérit Longuevue. A propos, Cumulus, va-t-il pleuvoir ?

— Je ne crois pas qu'une goutte d'eau soit jamais tombée sur Lunitari, répondit le météorologue en poussant un soupir. Si Reorx voulait bien nous envoyer la pluie...

Un petit nuage de vapeur se forma au-dessus de lui. Gnomes et humains le virent doubler de volume, puis virer au gris foncé. Une goutte tomba sur Cumulus, qui n'osait plus bouger, éberlué.

— Ce n'est pas drôle, grogna-t-il.

Mais à la vue de l'eau qui tombait de son petit nuage personnel, il ne se tint plus de joie.

— Hydrodynamique ! s'écria-t-il.

Avec des mines extatiques, les gnomes se pressèrent autour de leur collègue pour profiter de la douche.

— Ça m'a tout l'air d'être de la magie ! dit Sturm.

— Mais je n'ai rien fait ! protesta Cumulus. J'ai simplement souhaité qu'il pleuve.

— Tu as peut-être acquis le don de formuler des vœux, dit Wingo, comme Kitiara a reçu sa nouvelle force.

Les gnomes accablèrent leur camarade de requêtes. Wingo voulait du rôti, Tirebois des pommes au caramel, Belcar du porc grillé et des pommes de terre rissolées. Cordevoile et Brikolo demandèrent des brioches aux raisins.

— Si vous faites un vœu, coupa Sturm, souhaitez au moins de quoi réparer le vaisseau !

Tous le regardèrent avec surprise.

— Je... je souhaite la pièce qui nous manque pour réparer le moteur, cria Cumulus.

— En cuivre ! dit Tirebois.

— En fer ! murmura Belcar.

Rien ne se passa.

— Il faut peut-être employer la même formule qu'avant, suggéra Wingo.

— J'avais invoqué Reorx.

Créateur de la race gnome, Reorx était aussi son unique divinité.

— Je souhaite que Reorx nous envoie une pièce de métal pour réparer le moteur !

Toujours rien.

— Tu es un incapable, dit Belcar.

— Je suis désolé, fit le météorologue en reniflant. Je souhaite qu'il pleuve. Tout le monde sera content.

A peine avait-il achevé sa phrase qu'un nuage se forma au-dessus de lui. Comme par dérision, la pluie l'inonda, formant une flaque d'eau rougeâtre à ses pieds.

Piqué au vif, Cumulus perdit tout sens de la mesure.

— Tonnerre et éclairs ! cria-t-il.

La foudre illumina le nuage avec des roulements de tonnerre.

— Cela démontre au moins une chose, dit Longuevue. Cumulus peut faire pleuvoir. Ses pouvoirs s'arrêtent là.

— Ça va nous rendre un immense service, déclara Kitiara. Nous manquons d'eau, non ?

Enthousiasmés par cette judicieuse découverte, les gnomes confectionnèrent des récipients de fortune.

— Je me demande qui sera le prochain, dit Wingo.

— Le prochain quoi ? dit Belcar.

— Le prochain à acquérir un don, répondit Longuevue. D'abord Kitiara, puis Cumulus. Il peut nous arriver à tous la même chose.

La remarque de Longuevue fit réfléchir Sturm. Son rêve avait été si vivant... Etait-ce le résultat d'une mystérieuse transformation due à l'atmosphère de Lunitari ? Il demanda à Longuevue si le songe pouvait avoir été provoqué par le phénomène lunitarien.

— Difficile à dire, répondit le gnome. Mais il est évident que c'est en rapport avec Lunitari.

— C'est l'air, dit Belcar. Il doit contenir certains effluves.

— Chut ! fit soudain Kitiara. Ecoutez ! Tu entends, Cumulus ?

— Oui. Le soleil va se lever.

D'est en ouest, les étoiles se mirent à filer à travers le ciel. Le sommet des collines se teinta de rose ; un frémissement fit vibrer l'air. Le soleil chassa l'ombre vers le pied des collines. Les explorateurs virent onduler le manteau spongieux qui les couvrait. Des bosses se formèrent çà et là, se mouvant comme des animaux invisibles sous la végétation écarlate. Les gnomes sautèrent pour les éviter.

Puis une tige rose émergea de la terre. Elle grandit et épaissit en montant en spirale vers le soleil.

— Qu'est-ce que c'est ? souffla Brikolo.

— Je dirais que c'est une plante, répondit Tirebois.

D'autres tiges roses sortirent de terre, arborant des feuillages divers. Une flore de gros lampions boursouflés, de bâtonnets rigides, de plantes-araignées se mit à éclore à côté de champignons géants tachetés de blanc et de jolis parasols à pois ocre. Quand le soleil eut atteint le fond du ravin, les flancs des collines pulsaient d'une vie nouvelle. Une seule bande d'ombre avait échappé à l'éclosion de cette végétation luxuriante.

— Une forêt instantanée, dit Longuevue.

— Je dirais plutôt une jungle instantanée, répondit Sturm face à cette soudaine profusion de chlorophylle. Il va falloir se tailler un chemin à travers ces plantes.

Kitiara dégaina son épée à contrecœur.

— C'est faire insulte à une bonne lame comme la mienne, dit-elle avec dégoût, mais nous n'avons pas le choix.

Elle donna quelques coups d'épée qui fendirent les hautes tiges roses sans difficulté. Soudain, elle recula.

Les tiges se tortillaient par terre.

Une sève rouge qui ressemblait à s'y méprendre à du sang coulait des fibres sectionnées. Elle renifla le liquide qui maculait la lame de son épée.

— J'ai pris part à bien des batailles et je connais l'odeur du sang, que ce soit celui des humains, des nains ou des gobelins. Ceci *est* du sang !

Les gnomes étaient fascinés. Ils se penchèrent sur les tiges et prélevèrent des échantillons. Belcar cueillit une plante-araignée, qui éclata en pétales blancs. Il poussa un hurlement de douleur. Chaque pétale était armé d'une épine qu'il cracha à la figure du gnome.

Kitiara et Sturm s'entretinrent seul à seul pendant que les gnomes remplissaient des boîtes de spécimens lunitariens. Ils tombèrent d'accord : s'ils ne trouvaient pas de minerai avant la nuit, ils rebrousseraient chemin.

Ils prirent leur courage à deux mains et entreprirent de tailler la forêt rose. Les plantes gémissaient et se convulsaient dans des torrents de sang. Après quelques pas, Kitiara n'en pouvait plus.

— C'est pire que le massacre de Valkinord !

— Au moins, elles n'ont pas l'air de souffrir longtemps, dit Sturm pour se consoler.

Les gnomes les suivaient, collectant les plantes mourantes avec délectation. Comme le disait Tirebois, c'était pour eux une aubaine qui valait une cargaison d'« outils », mot sacré entre tous.

Ils arrivèrent dans un endroit ombragé ; le chemin devint praticable. Sturm exigea une halte.

Kitiara nettoya sa lame et celle de Sturm à l'eau de pluie. Le sang partit sans difficulté.

— Tu sais, dit-elle à Sturm, je ne suis pas peureuse et je ne suis pas non plus de ces femmes qui s'évanouissent à la vue du sang, mais cet endroit est vraiment horrible ! Quel est ce monde où les plantes croissent à vue d'œil et saignent quand on les coupe ?

— Comment te sens-tu ? demanda-t-il. Tu ne sembles même pas essoufflée. Regarde-moi. Je suis plus fatigué que toi d'avoir défriché cette jungle bizarre.

— Je me sens bien. J'ai une énergie inépuisable. Tu veux te battre ?

— Non, merci, je finirais en bouillie et je ne fais pas confiance à la médecine gnome.

— Je ne vais pas te blesser ! se moqua Kitiara. Mais qu'est-ce qui te tracasse ? Nous sommes vivants, non ?

— Les puissances à l'œuvre sur cette étrange lune m'inquiètent. Ta force peu commune est anormale.

— Lunitari n'est pas exactement ce que j'appellerais un paradis, mais ça ne va pas trop mal pour nous jusque-là.

Sturm était d'accord, mais pourquoi éprouvait-il ce qui ressemblait fort à un pressentiment ?

— Je te demande simplement de rester vigilante. Il faut se méfier de ce qui peut paraître un cadeau.

Elle éclata de rire.

— A t'entendre, on croirait que je cours un danger. As-tu peur que je m'égare sur de mauvais chemins ?

— C'est exactement ce que je redoute.

CHAPITRE VII

Le chemin qui serpentait à travers les collines ne menait nulle part. Les explorateurs n'y trouvèrent rien à récupérer, ni aucun trésor scientifique.

Sturm prit la décision d'annoncer qu'ils s'étaient perdus. Longuevue décida aussitôt de calculer leur position et grimpa sur les épaules du jeune homme pour scruter le ciel avec sa lunette télescopique. Comme le soleil était trop bas pour qu'il vît quelque chose, il se dandina tant et si bien qu'il tomba en arrière. Après un vol plané, il atterrit sur des épines roses, que Brikolo et Cumulus essayèrent de lui extraire du fessier.

— Inutile ! soupira Longuevue. Tout ce que je peux vous dire, c'est que le soleil se couche.

— Mais nous n'avons eu que quelques heures de jour ! protesta Wingo.

— Lunitari occupe une position bizarre dans le ciel, expliqua l'astronome. Les nuits y sont très longues et les journées très courtes.

— Et nous n'avons pas trouvé de minerai, dit Belcar.

— C'est vrai, mais nous n'avons pas creusé non plus.

— Creusé ? fit Cordevoile.

— Creusé ! insista Sturm. Wingo a raison. Choisis

un endroit, Belcar, et nous allons voir ce que nous pouvons trouver.

— Pourrions-nous dîner avant ? Mon estomac crie famine !

— Nous n'en sommes plus à une heure près, répondit Sturm. C'est d'accord, nous camperons ici, puis nous creuserons.

Comme à l'accoutumée, les gnomes s'activèrent de manière débridée. Pour décharger le chariot, Cordevoile et Brikolo le renversèrent tout simplement cul par-dessus tête. Enterré sous un monceau d'ustensiles, Brikolo en émergea, sa marmite favorite à la main.

— Le souper sera prêt en un rien de temps, dit-il joyeusement.

Les gnomes gémirent.

— Des haricots, encore des haricots, toujours des haricots ! s'exclama Tirebois. J'ai assez, plus qu'assez des haricots !

— Tais-toi, andouille de charpentier ! rétorqua Longuevue.

— Ah, ah ! Pas de ça ! avertit Kitiara, menaçante, en voyant Tirebois avancer dans le dos de Longuevue, un maillet au poing.

Brikolo prit une hachette et tailla du petit bois dans les flancs du chariot.

— Dis-moi, demanda Sturm, c'est avec ça que tu as fait le feu tous les jours ?

— Evidemment. Avec quoi d'autre ?

— Pourquoi n'essaierait-on pas de brûler les plantes ? proposa Belcar.

— Elles sont trop humides, elles ne brûleront jamais, répondit Wingo.

— Allume le feu avec le petit bois que tu viens de couper et pose les plantes dessus. Quand elles auront séché, elles brûleront, dit Kitiara.

Brikolo et Tirebois écumèrent les abords du campement et revinrent les bras chargés de flore lunitarienne.

Brikolo construisit une véritable arche au-dessus du

petit bois qui commençait à brûler. Peu de temps après, un délicieux fumet embauma les airs.

Alléchés par l'odeur, les gnomes affamés se massèrent autour de Brikolo.

— Mon vieux, je n'aurais jamais cru qu'une soupe de haricots puisse sentir aussi bon qu'un faisan rôti ! dit Wingo.

— Tu divagues sérieusement, dit Cordevoile, cela sent le pain à peine sorti du four.

— Le gibier, corrigea Sturm, définitif.

— Les saucisses au court-bouillon ! cria Belcar en se léchant les babines.

— Mais je n'ai pas encore mis les haricots sur le feu, répliqua Brikolo, et je trouve que cela sent la brioche aux raisins.

— Ce sont ces machins ! dit Cumulus en pointant un doigt sur les tiges roses.

Certaines plantes étaient devenues brunes et exsudait un suc qui se solidifiait en séchant.

Longuevue saisit une tige fraîche et huma son extrémité brûlée. Puis il mordit dedans à pleines dents et mâcha consciencieusement. Son visage méfiant s'éclaira.

— Flan au caramel, déclara-t-il avec émotion. Comme ceux que faisait ma mère quand j'étais petit.

Les gnomes se jetèrent sur les tiges roses qui restaient. Sturm réussit à en sauver une, qu'il partagea en deux avec son couteau. Il en tendit un morceau à Kitiara.

— On dirait de la viande, dit-elle.

— Et quel goût cela a ? demanda-t-il.

— Celui des pommes de terre aux épices d'Otik, répondit-elle, surprise. Avec beaucoup de sel.

— Une expérience unique, commenta Longuevue. Ces plantes ont le goût de notre plat préféré.

— Comment est-ce possible ? Elles sont toutes identiques..., dit Kitiara.

— Ma théorie, c'est qu'il s'agit du même phénomène... Celui qui permet à Cumulus de faire pleuvoir.

— Magie ? demanda Sturm.

— Possible, répondit Longuevue, mal à l'aise. Nous, les gnomes, considérons que ce qu'on appelle magie est une autre énergie naturelle qui ne demande qu'à être canalisée.

Les tiges roses fut rapidement englouties. Malgré leur modeste taille, les gnomes avaient un appétit dévastateur.

— Quel festin ! s'écria Belcar.

— Des plus fameux ! acquiesça Cordevoile.

Les poings sur les hanches, Sturm les accabla de son mépris :

— Regardez-moi ça ! Quelle équipe de goinfres ! Et qui va creuser maintenant ?

— Une sieste s'impose, marmonna Tirebois en choisissant une position confortable.

— Oui, nous devons nous reposer, renchérit Cumulus, pour nous assurer une bonne digestion et détendre nos muscles.

Le campement retentit bientôt de ronflements sonores.

Le soleil disparut derrière la colline. A mesure que la lumière décroissait, les plantes s'étiolèrent. Aussi rapidement qu'elles étaient sorties du sol au lever du soleil, elles moururent et tombèrent en poussière. Quand les étoiles apparurent, il ne restait plus sur le sol que des flaques rougeâtres.

— Je vais monter la garde pour l'instant, dit Kitiara. Ça te fera du bien de dormir un peu, tu me relèveras plus tard.

— Bonne idée, répondit Sturm.

Il s'allongea et rabattit sa cape de fourrure sur sa tête. L'air frais de Lunitari était devenu froid. L'hiver dernier, Tanis et lui avaient été à la chasse au loup dans les montagnes du Qualinesti, d'où ils avaient ramené la fourrure qu'il portait. Tanis était un archer hors pair, songeait-il, lorsqu'il entendit siffler une flèche.

Il était sur Krynn. Il faisait jour, le temps était froid

et couvert. Dans la forêt, il vit deux hommes qui marchaient assez loin devant lui, portant un troisième, blessé à la cuisse par une flèche. Il n'arrivait pas à distinguer le visage du quatrième, mais il l'entendit crier :

— Courage, Hurrik ! Tu vas y arriver !

Il y eut des craquements dans les fourrés. Sturm se retourna et aperçut de vagues silhouettes entre les arbres. Elles étaient couvertes de peaux de loup et portaient des arcs. Il savait qui étaient ces gens : les Traqueurs de Leerach. Des chasseurs de primes qui tuaient n'importe qui pour de l'argent.

— Allons, Hurrik, tiens bon ! dit le chef.

— Laissez-moi ici, mon seigneur, répondit le blessé.

— Je ne t'abandonnerai pas aux mains de ces tueurs !

— Je t'en prie, seigneur, partez vite tous les trois. Ils me ramèneront à leur maître, et cela vous donnera le temps de fuir, dit Hurrik.

Sturm vit que l'armure de Hurrik était tachée de sang. Les deux hommes qui le portaient le déposèrent contre un arbre et lui mirent son épée dans la main. Son visage était livide.

Les chasseurs de primes s'arrêtèrent. Un sifflement parcourut la forêt. La proie était proche. La curée allait commencer.

Le seigneur tira un poignard de son ceinturon et le glissa dans la main gauche de l'homme.

— Que Paladine te protège, maître Hurrik !

— Que Paladine te protège, seigneur ! Dépêchez-vous !

Les trois hommes s'éloignèrent aussi vite que leurs armures leur permettaient. Hurrik brandit son épée.

Une tête de loup apparut entre les branches d'un houx.

— Montrez-vous ! Venez vous battre ! cria Hurrik.

Le traqueur lui logea une flèche dans la poitrine.

— Mon seigneur ! cria Hurrik.

Celui-ci s'arrêta. Il se retourna vers son camarade,

qui venait de trouver la mort. Sturm put voir son visage.

— Père !

Ce cri de surprise le ramena sur Lunitari. Il était étendu sur le ventre, entortillé dans ses couvertures. Kitiara était penchée sur lui.

— J'ai fait un cauchemar, dit-il, gêné.

— Non, répondit-elle, tu étais éveillé. Tu t'es longtemps agité en gémissant, les yeux grands ouverts. Que voyais-tu ?

— J'étais de nouveau sur Krynn. Je ne sais pas où c'était, mais il y avait des traqueurs. Ils pourchassaient des hommes, dont l'un était mon père.

— Les Traqueurs de Leerach ?

Sturm acquiesça.

— Ce ne peut être réel, n'est-ce pas ? demanda-t-il.

— Je crois au contraire que ça l'était. C'est peut-être le don que tu as reçu de Lunitari.

— Des visions, mais de quoi ? Du passé, du présent, du futur ? Verrai-je ce qui se passe ailleurs ? Comment le savoir, Kit ?

— Je l'ignore. Cela fait mal de ne pas savoir, n'est-ce pas ?

— Je crois que je vais devenir fou !

— Non. Tu es assez fort pour supporter ça.

Elle s'assit près du feu. Sturm s'allongea et rabattit ses couvertures sur lui. Ces visions avaient de quoi lui faire perdre la tête. Survenant sans signe précurseur, elles lui donnaient l'impression d'être la proie de rites occultes.

Il ne pouvait cependant s'empêcher de passer en revue les détails de la terrible scène. Ces chimères étaient peut-être la clé du mystère qui entourait la disparition de son père.

La main de Kitiara se posa sur sa poitrine de Sturm. Son cœur battait à tout rompre.

*
* *

Les gnomes se réveillèrent gonflés d'énergie. Courant d'un bout à l'autre du campement, ils sautèrent sur leurs outils avec force vociférations.

Belcar traça une marque sur le sol, à flanc de coteau.

— C'est là que nous allons creuser, annonça-t-il.

— Pourquoi là ? demanda Tirebois.

— Pourquoi pas ?

— Ne serait-il pas préférable de grimper au sommet et de creuser un puits ? suggéra Wingo.

— S'il s'agissait de chercher de l'eau, je serais d'accord, mais nous voulons trouver du minerai, dit Belcar.

Après d'interminables discussions sur la sédimentation des couches géologiques et le statut professionnel des mineurs de fond, les gnomes s'aperçurent que tous les outils qu'ils possédaient pour creuser avaient des manches trop courts.

— A qui sont ces louches ? demanda Longuevue.

— A moi, dit Brikolo. L'une est pour les raisins, l'autre pour les haricots.

— N'y a-t-il rien de mieux dans le chariot ?

— Non, répondit Cordevoile. Evidemment, si nous avions du fer, nous pourrions fabriquer nos pioches.

Tirebois et Wingo le bombardèrent de linge sale pour le punir de sa remarque.

— Si nous n'avons que des louches, il faudra faire avec, dit Belcar en les tendant à Tirebois et Wingo.

— Pourquoi nous ? s'insurgea Tirebois.

— Pourquoi pas ?

— Si seulement il pouvait s'arrêter de temps en temps..., fit Wingo en levant les yeux aux ciel.

Il remonta ses manches et s'agenouilla sur l'emplacement délimité par Belcar.

Leurs collègues rassemblés autour d'eux, les deux terrassiers se mirent au travail. Ils plongeaient leur louche dans la terre meuble et la vidaient par-dessus leur épaule. Longuevue et Cumulus en prenaient plein la figure. Lassés, ils se replièrent jusqu'à un poste d'observation moins exposé.

Belcar plongea la main dans la terre fraîchement creusée. Elle était granuleuse et humide.

— Hé ! Regardez-moi ça ! C'est du sable !

Sturm et Kitiara examinèrent les grains rosâtres éparpillés dans la main de Belcar.

— Ouille ! Ouah ! J'ai trouvé quelque chose ! grommela Tirebois.

Il sortit du trou quelque chose qui roula le long de la pente puis s'immobilisa. Brikolo alla ramasser l'objet.

— On dirait du verre ! s'exclama-t-il.

— C'est du verre, renchérit Longuevue. Sous sa forme la plus primitive.

Les fouilles continuèrent. De Wingo et Tirebois, on ne voyait plus que les pieds, qui dépassaient à peine du trou.

Sturm décida d'arrêter.

— Inutile de creuser plus longtemps. Il n'y a pas de minerai ici.

— Je suis de l'avis de messire de Lumlane, dit Belcar. Cette colline n'est qu'un monticule de sable.

— Alors d'où vient le verre ? demanda Kitiara.

— N'importe quelle source de chaleur peut faire fondre le sable : la foudre, les feux de forêts, les éruptions volcaniques ; le sable se transforme alors en verre.

— Peu importe, coupa Sturm. Nous creusions pour trouver du fer, et nous avons trouvé du verre. Qu'allons nous faire à présent.

— Partir chercher ailleurs ? hasarda timidement Brikolo.

— N'oublions pas Bego et les autres, dit Kitiara.

— Sapristi ! J'ai abandonné nos collègues ! dit Cordevoile. Comment faire ?

— Nous allons retourner au vaisseau. Nous cueillerons des plantes pour apporter de quoi manger à Bego, à Eclair et à Oiseleur. Quand nous serons tous ensemble, nous réparerons le moteur avec le métal que Kitiara et moi pouvons vous donner, dit Sturm en regardant la jeune femme. Vous forgerez les pièces dont vous avez besoin à partir de nos armures et de nos épées.

La proposition souleva un murmure d'approbation parmi les gnomes.

— Crois-tu que je vais laisser réduire mon épée et ma cotte de mailles en bouillie pour une vulgaire machine ? Avec quoi allons-nous nous défendre ? Des louches ou des haricots ? répliqua Kitiara, furieuse.

— Nos armes ne nous ont servi qu'à couper des plantes. Cette fois, elles nous permettrons de rentrer chez nous.

Kitiara croisa les bras sur sa poitrine d'un air déterminé.

— Je n'aime pas du tout cette idée.

— Moi non plus, mais nous sommes face à une alternative : conserver nos armes et rester ici, ou retourner chez nous sans elles. Que choisis-tu ?

— On ne peux pas dire que ce soit vraiment un choix, admit-elle.

— Tu n'es pas obligée de te décider sur-le-champ. Réfléchis encore. Quelle que soit ton option, il faudra bien retourner au vaisseau et retrouver les autres.

CHAPITRE VIII

Tout le monde ayant fini par tomber d'accord, il avait été décidé de retourner à l'*Etoile des Nuages*. Avec leur entrain coutumier, les gnomes rembarquèrent le chariot en se querellant comme à l'ordinaire. Enfoui sous un amoncellement d'objets, Brikolo fut sauvé in extremis grâce à la vigilance de Sturm. Sous un ciel clair constellé d'étoiles, les explorateurs retrouvèrent le chemin de la plaine. En quittant la région des collines, ils tombèrent sur un spectacle inattendu. A l'ouest, une lueur bleutée illuminait l'horizon. Krynn. Pour la première fois depuis qu'ils étaient sur la lune rouge, ils voyaient Krynn.

La troupe s'arrêta pour admirer le globe azuré.

— Que sont ces petits points blancs ? demanda Kitiara.

— Des nuages, répondit Cumulus.

— Les taches bleues, ce sont les océans, les brunes, la terre ?

— Exactement, ma dame.

Sturm restait à l'écart, abîmé dans la contemplation de cette planète, qui était la sienne. Kitiara examina Krynn avec la lunette télescopique de Longuevue, puis la proposa à Sturm.

— Veux-tu jeter un coup d'œil ? demanda-t-elle.

— Non merci, je vois très bien ainsi, répondit-il sans même se retourner.

La lumière de Krynn fit briller la rose emblématique gravée sur la chevalière qu'il portait à l'annulaire. Cette relique de la Solamnie lui venait de sa mère. Soudain, il bascula de nouveau dans un autre temps.

Il était sur Krynn et sentit l'air glacé d'une nuit au clair de lune. Il se trouvait derrière un mur, devant lui un feu brillait dans ce qui semblait être la cour d'un château. Deux hommes aux manteaux en lambeaux se tenaient près des flammes, un troisième gisait sur le sol.

Sturm s'approcha. Le plus grand des deux hommes était son père. Le cœur battant, il tendit les bras vers Arman de Lumlane pour la première fois depuis douze ans. Le vieux chevalier leva la tête sans le voir.

Ils ne me voient pas, songea Sturm. *Comment me faire reconnaître ?*

— Tu n'aurais pas dû venir, mon seigneur, dit le compagnon de son père. C'est trop risqué !

— Mon château dévasté est bien le dernier endroit où nos ennemis viendront nous chercher, répondit le sire de Lumlane. Marbred est en plein courant d'air, il faudrait le mettre ailleurs. Il a de la fièvre.

— Père ! dit Sturm.

Il n'entendit pas même le son de sa voix.

Arman de Lumlane s'agenouilla près de l'homme étendu sur le sol.

— Comment ça va, mon ami ?

— Toujours prêt à te servir, mon seigneur, murmura Marbred.

Arman serra le bras du malade, et se retourna vers son compagnon.

— Il se peut qu'il ne passe pas la nuit, dit-il. Demain, il n'y aura peut-être plus que toi et moi, Bren.

— Qu'allons-nous devenir, mon seigneur ?

Arman de Lumlane souleva les pans de sa cape et détacha son épée de son ceinturon.

— Cette arme forgée par le premier de notre lignée, au service de l'honneur depuis tant d'années, ne doit pas tomber entre les mains de l'ennemi. Je ne le tolérerai pas.

— Mon seigneur... Tu ne vas pas la détruire ? s'écria Bren.

— Non. Tant que mon fils vivra, la survie des Lumlane sera assurée. Mon armure et mon épée seront les siennes.

Sturm sentit son cœur sur le point d'éclater. A la douleur qu'éveillait en lui cette scène se substitua une étrange illumination. Il tenta de lui résister, fixant intensément la vision qui devenait de plus en plus floue. Le feu, les deux hommes, son père, puis l'épée des Lumlane s'évanouirent tandis qu'il serrait les poings pour en retenir l'image.

Sturm se retrouva agrippé au manteau de fourrure de Kitiara.

— Tout va bien, dit-il en la voyant.

Les battements de son cœur avaient repris un rythme normal.

— Cette fois-ci, tu es resté très calme, constata-t-elle. Tu regardais dans le vide comme si tu étais au théâtre, à Solace.

— D'une certaine manière, j'y étais.

Il raconta la lugubre veillée à laquelle il avait assisté.

— Cela a dû se passer récemment, expliqua-t-il. Le château était en ruine, mais mon père n'avait pas l'air d'avoir plus de cinquante ans. Sa barbe ne grisonnait pas. Il doit être encore en vie !

Sturm réalisa qu'il était couché sur le dos. Il se redressa si précipitamment qu'il failli tomber du chariot.

— Comment se fait-il que je sois là-dedans ? demanda-t-il.

— C'est moi qui t'ai installé. Tu n'y serais pas arrivé tout seul, répondit Kitiara.

— Tu as pu me soulever ?

— D'une seule main, dit Wingo.

Sturm regarda autour de lui. Tous les gnomes, sauf Longuevue, s'étaient attelés aux barres pour faire avancer le chariot. Gêné de se laisser porter comme un paquet, il sauta à terre. Kitiara en fit autant.

— Combien de temps ai-je été inconscient ? demanda-t-il.

— Près d'une heure, répondit Longuevue, se basant sur les étoiles. Les visions deviennent de plus en plus longues, non ?

— Oui. Je crois qu'elles se déclenchent lorsque je pense au passé. Si je me concentre sur le présent, je pourrai peut-être éviter ce genre d'épisode.

— Sturm refuse tout ce qui est irrationnel, expliqua Kitiara aux gnomes. Le code de la chevalerie s'oppose à la magie et au surnaturel.

Krynn était loin au-dessus d'eux ; il faisait aussi clair qu'en plein jour. Pourtant, les plantes n'éclosaient pas sous cette lumière-là. Le paysage restait froid et sans vie. Longuevue avait entraîné ses collègues dans une nouvelle discussion. Sturm et Kitiara marchaient derrière eux, si bien que personne ne vit le fossé avant que les roues du chariot s'y soient enfoncées. Tirebois, Wingo et Brikolo tombèrent la tête la première. Cordevoile, Cumulus et Belcar tentèrent d'empêcher le chariot de culbuter. Sturm et Kitiara leur prêtèrent main-forte.

— Laissons-le rouler, dit Kitiara.

Cumulus et Belcar lâchèrent prise et reculèrent. Le chariot s'immobilisa dans le fossé. Cordevoile, qui ne s'était pas écarté, prit l'attelle en pleine figure.

— Mais qu'est-ce que tu fabriques ? grogna Belcar. Pourquoi n'as-tu pas lâché ?

— Je n'ai pas pu, gémit Cordevoile. Mes mains sont collées.

Il se releva, écumant de poussière. Ses phalanges étaient encore rivées à l'attelle. Cumulus essaya de les libérer.

— Ouille ! Tu vas m'arracher les doigts !

— Quel douillet tu fais ! dit Longuevue.

— Tirebois, as-tu mis de la colle sur cette barre ? demanda Cumulus.

— Jamais de la vie ! Par mes outils, je jure que je le lui aurais dit avant !

L'utilisation du mot sacré, « outil », indiquait qu'il disait vrai.

— Hum, fit Kitiara, c'est peut-être encore un tour que nous joue Lunitari.

— Tu veux dire que je vais rester collé au chariot pour le restant de mes jours ?

— Il ne faut pas désespérer, dit Brikolo pour le consoler. Je peux toujours scier l'attelle.

— Flûte ! dit Belcar. Si messire de Lumlane veut bien me prêter son couteau, je dégagerai tes doigts en quelques secondes.

Cordevoile blêmit.

— Pas question !

— Alors nous pourrions découper le bois autour de tes doigts en faisant très attention.

— Personne ne coupera rien, dit Kitiara. Si ce phénomène est du même ordre que les visions de Sturm et ma force nouvelle, efforçons-nous d'en trouver la cause, avant de trancher les phalanges de notre camarade.

— C'est juste, dit Longuevue. Serait-il possible que les dons acquis par magie soient en rapport avec notre personnalité, ou est-ce une simple coïncidence ? Cumulus fait la pluie et le beau temps, dame Kitiara devient une guerrière encore plus puissante, et Cordevoile, maître cordelier et spécialiste des nœuds, se retrouve les mains liées. C'est un peu tiré par les cheveux comme raisonnement, mais il semblerait que la magie lunitarienne renforce nos talents.

— Cordevoile peut se libérer tout seul s'il le désire, dit Kitiara. Exactement comme Cumulus peut faire pleuvoir à souhait.

— Tout ce que je voulais, c'était retenir le chariot pour qu'il ne verse pas dans le fossé, dit Cordevoile d'un air renfrogné.

Il ferma les yeux et se concentra sur son idée.

— Encore ! Plus fort ! Concentre-toi davantage ! l'encouragea Longuevue.

Tirebois sortit sa loupe et examina attentivement les doigts de Cordevoile.

Il y eut un bruit de succion, puis ses mains se détachèrent de l'attelle.

— Pouah ! Ça pue ! fit Cordevoile en agitant les mains.

On tira le chariot du fossé. Les gnomes se passèrent la bonbonne d'eau. Après avoir bu, Kitiara la tendit à Sturm. Il la regarda sans en prendre une gorgée.

— Qu'y a-t-il encore ? demanda-t-elle.

— Ces numéros de magie me tracassent. Ne pourrait-on pas trouver un moyen de les supprimer ?

— Pourquoi ? Apprenons plutôt à nous en servir et à les contrôler.

Kitiara serra les poings. Un délicieux courant lui parcourut les veines. Il était enivrant d'être en possession de ce pouvoir. Elle regarda Sturm dans les yeux.

— Si nous rentrons sur Krynn sans un sou et sans armes, j'espère que nous conserverons ces dons.

— Ce ne serait pas juste, insista Sturm, buté.

— *Juste* ? C'est un don, et c'est ce qui compte !

La bonbonne éclata entre ses doigts.

Brikolo ramassa les éclats de verre.

— Tu as brisé la bonbonne. J'espère que tu ne t'es pas coupée ?

Elle tendit vers lui des mains intactes.

— Je n'en ai pas fini de tout casser autour de moi, dit-elle.

A l'heure où Krynn disparut à l'horizon, les explorateurs avaient parcouru la moitié de la distance qui les séparait de l'*Etoile des Nuages*. Ils avançaient dans un paysage complètement plat et désert, les gnomes babillant, les humains se taisant.

Wingo avait ralenti l'allure. Au bout d'un moment, il s'arrêta.

— Remue-toi, Wingo, dit Longuevue en le poussant. Tu veux rester ici tout seul ?

— Il n'est plus là, déclara-t-il.

— Qui n'est plus là ? fit Longuevue.

— Le vaisseau n'est plus là. L'*Etoile des Nuages* !

— Tu es complètement toqué. Il est à quatre lieues d'ici, comment pourrais-tu le voir ?

— Je n'en sais rien, mais je vois clairement l'endroit où il était. Je distingue sa trace, des empreintes et des débris, mais il s'est envolé.

— Es-tu bien sûr de ce que tu dis, Wingo ? demanda Sturm.

— Sûr et certain. Il est parti.

Longuevue et ses camarades demeuraient sceptiques. Sturm leur fit presser le pas. Tout le long du chemin, Wingo ne changea pas d'avis : le vaisseau n'était plus à la place où ils l'avaient laissé. Il décrivit avec une telle précision ce qui restait sur les lieux de l'atterrissage que l'appréhension de ses compagnons augmenta de minute en minute. Kitiara n'y tint plus. Elle partit en courant, laissant la petite troupe clopiner derrière elle.

Elle revint au pas de charge.

— Wingo ne s'est pas trompé, dit-elle. L'*Etoile des Nuages* est parti.

Aussitôt, les gnomes se jetèrent sur le pilote pour soulever ses paupières et lui examiner le blanc de l'œil.

— C'est l'effet magique de Lunitari, dit Wingo. Laissez-moi tranquille, à la fin !

— Crois-tu que Bego et les autres auraient pu réparer seuls et s'en aller ? demanda Sturm.

— Il y a des traces autour de l'emplacement du vaisseau, dit Kitiara. Je crois qu'il a été enlevé.

— Enlevé ? dit Brikolo, horrifié.

— Sais-tu combien pèse le navire ? dit Longuevue.

— J'ignore s'il est plus léger ou plus lourd que le Mont Sasufi, mais il est évident que quelque chose ou quelqu'un l'a emporté, répliqua Kitiara.

— Quelque chose de très fort, ou quelqu'un qui n'était pas tout seul ! dit Sturm.

— Peut-être les deux, conclut Kitiara.

CHAPITRE IX

Les explorateurs marchaient de long en large autour du champ de cailloux où l'*Etoile des Nuages* avait touché le sol de Lunitari pour la première fois. Comme Wingo l'avait dit, le vaisseau volant et les trois gnomes avaient disparu. Ce qui restait d'eux se réduisait aux roues brisées au cours de l'atterrissage et à quelques sacs de haricots, près des tisons d'un feu de camp.

— Qui a pu faire ça ? demanda Belcar.

Tirebois examinait à la loupe les empreintes.

— Au moins, le sang n'a pas coulé, fit remarquer Sturm.

— Soixante, déclara Tirebois, le nez couvert de terre rouge. Soixante personnes sont passées par ici. Elles ont dû porter le vaisseau sur leurs épaules, car aucune trace n'indique qu'il ait été traîné sur le sol.

— Je ne crois pas, dit Longuevue. Soixante hommes ne suffiraient pas à soulever le navire.

— Même s'ils étaient aussi forts que dame Kitiara ? demanda Cordevoile.

Il y eut un silence. Kitiara se pencha sur les traces de pas.

— Ce ne sont pas des empreintes d'humains, dit-elle. Elles sont arrondies comme des fers à cheval, et si proches les unes des autres qu'ils ont dû se marcher dessus ! Il va falloir les suivre si nous voulons récupérer notre bien.

— Il n'y a rien d'autre à faire, dit Sturm.

Kitiara entreprit d'affûter la lame de son épée tandis qu'il rassemblait les gnomes.

— Nous partons à la recherche de vos collègues, annonça-t-il. (Les gnomes sautèrent sur place en poussant des cris de joie.) Il n'y a pas de temps à perdre, car nous ne savons pas depuis quand ils sont partis. Nous nous chargerons le moins possible, de façon à aller vite. Ce qui signifie, insista-t-il devant leurs mines consternées, que chacun ne prendra que ce qu'il peut porter.

Les gnomes se jetèrent tête baissée dans des manœuvres contradictoires. Puis ils s'échinèrent à se confectionner un paquetage personnel fait de bric et de broc. Chacun se retrouva chargé d'un bagage deux fois plus haut que lui, maintenu en équilibre par d'innombrables ficelles. Les gnomes titubaient sous leur fardeau, mais ils avaient réussi à ne rien laisser derrière eux, pas même une épingle.

Sturm pesta intérieurement. A ce train-là, jamais ils ne parviendraient à rattraper les autres, donc ils ne rentreraient plus à Krynn, si bien qu'il ne reverrait jamais son père. Il fut tenté de lâcher une remarque ironique, mais cela aurait sans doute fait plus de mal que de bien. Les gnomes fonctionnaient à leur façon, inévitablement compliquée et hasardeuse, mais ils fonctionnaient.

Oscillant comme un pendule, Longuevue se mit en marche, ployant sous une tour d'étoffes et de débris de bois qui arrivait sous le nez de Sturm.

— Je commence un nouveau journal de voyage, expliqua-t-il. La « Chronique de la découverte de Lunitari » est terminée.

— Nous commençons la « Mission de sauvetage du vaisseau volant sur Lunitari », dit Wingo.

Les ravisseurs présumés n'avaient pas pris la peine d'effacer leurs empreintes, parfaitement nettes et faciles à suivre. Ou ils étaient idiots, ou ils ne se doutaient pas que Bego, Oiseleur et Eclair avaient d'autres compagnons.

Kitiara et Wingo marchaient en tête. La jeune femme testait les dons du pilote en lui faisant dire ce qu'il voyait à des lieues à la ronde. Le pauvre en avait la migraine, d'autant que ses petites jambes ne pouvaient tenir le rythme forcené de Kitiara. Elle finit par prendre gnome et paquetage sous les bras, sans ralentir son train d'enfer.

Sturm marchait parmi les gnomes chargés comme des mules.

— Tu ne trouves pas que ces traces circulaires sur cinq colonnes continues ont quelque chose d'étrange ? demanda-t-il à Belcar.

— Effectivement, messire de Lumlane. Je dirais même que nous n'avons pas vu une seule empreinte animale sur cette terre.

— Exactement ! As-tu remarqué que les traces sont toutes rigoureusement alignées ?

— Je ne te suis pas.

— Même un cheval ne laisse pas d'empreintes parfaites. Il y a toujours un petit décalage...

— C'est une machine ! s'exclama Belcar. Messire de Lumlane, tu as trouvé ! Bien sûr, seule une machine pouvait être capable d'en enlever une autre !

— Par Reorx, je n'avais pas pensé à ça ! dit Cordevoile.

Brikolo secoua Cumulus pour qu'il l'écoute. L'idée fut aussitôt transmise à Tirebois et à Longuevue, qui formaient l'arrière-garde.

— Cela ne résout rien ! dit l'astronome. Là où il y a une machine, il y a nécessairement un mécanicien, non ?

Kitiara, Wingo calé sous un bras comme une miche de pain, arriva en courant.

— Dépêchez-vous un peu ! Nous avons encore beaucoup de chemin à faire ! Les empreintes continuent vers le nord, sur des *lieues* ! dit-elle, à peine essoufflée.

— Nous ferions bien de nous remettre en route, proposa Tirebois, qui était à une trentaine de pas d'eux.

— Il a entendu ce que dame Kitiara a dit ? fit Wingo dans un souffle.

— Bien sûr que j'ai entendu ! Je ne suis pas sourd ! vociféra Tirebois.

Longuevue lui tapa sur l'épaule.

— Moi, je n'ai rien entendu, dit-il en examinant l'intérieur des oreilles du menuisier. Tout me paraît normal, conclut-il. As-tu l'impression que je parle fort ?

— Evidemment, si tu me cries dans les oreilles !

Longuevue prit Tirebois par la main et remonta à la tête du groupe.

— Tirebois entend ce qui se murmure à trente ou même quarante pas de lui.

— Vraiment ? C'est ce qu'on va vérifier ! dit Cumulus, se débattant avec les ficelles de son paquetage, qu'il tentait de décharger.

— Nous ferions mieux de ne pas traîner, dit Kitiara. La journée est déjà sérieusement entamée. Essayons de couvrir le plus de chemin possible.

— N'es-tu jamais fatiguée ? As-tu songé aux autres ? fit remarquer Sturm.

— Les gnomes ont besoin de nous pour les protéger, et je donnerai jusqu'à la dernière goutte de mon sang pour les défendre ! Tu n'as pas le droit de me faire ce reproche !

Sturm garda le silence un moment, puis lui répondit :

— Pardonne-moi, Kit. J'ai de plus en plus de mal à te comprendre. Je crois que cette force a changé ton comportement.

— Tu veux dire que j'ai perdu la tête ?

— Tu exagères toujours tout.

— Ce n'est pas moi qui exagère, c'est la réalité qui est brutale.

A l'arrière-garde, Tirebois, qui entendait tout, s'exclama :

— Je crois qu'ils se disputent comme des chiffonniers !

— Tu n'y connais rien, répondit Longuevue. Les

humains mâles et femelles réagissent étrangement. Ils n'aiment pas montrer leurs véritables sentiments.

— Pourquoi donc ?

— Parce qu'ils ne veulent pas se sentir vulnérables. Les humains ont une étrange caractéristique qu'on appelle fierté, une sorte de satisfaction du genre de ce que tu éprouves quand une machine marche bien. La fierté leur fait faire l'inverse de ce qu'ils ressentent.

— C'est idiot !

Longuevue haussa les épaules, faisant dangereusement osciller son paquetage.

— Par Reorx, évidemment que c'est idiot ! Et ces deux humains sont particulièrement atteints par ce phénomène ; plus ils crient fort, plus ils tiennent l'un à l'autre.

Tirebois était impressionné par les connaissances de son collègue.

— D'où tiens-tu tout ça ?

— J'ai beaucoup écouté et appris, répondit Longuevue contre toute attente.

Il n'avait pas encore compris que c'était l'œuvre de la magie lunitarienne. Le gnome intuitif et impulsif qu'il était raisonnait à présent de manière réfléchie et déductive ; bref, il n'était plus vraiment un gnome.

*
* *

La poursuite des empreintes les avait conduits dans une vallée à la végétation dense et hostile.

Bien que les gnomes eussent acquis tour à tour des dons plus ou moins bénéfiques, ils ne se consolaient pas de la récente disparition de Belcar. Quelques heures plus tôt le malheureux s'était pris les pieds dans un enchevêtrement de lianes qui l'avaient étouffé, l'enserrant dans un cercueil végétal dont ses collègues n'avaient pu l'extraire.

— J'ai l'impression que la fin de Belcar les bouleverse, dit Kitiara à Sturm. Je crois que ces petits êtres n'ont jamais eu affaire à la mort.

Sturm acquiesça. Ce qu'il fallait aux gnomes, c'était un projet, quelque chose qui stimule leur imagination. Il les interpella :

— Ecoutez, il faudrait que nous progressions plus rapidement. A cette allure, nous ne rattraperons jamais les autres et nous ne récupérerons pas le vaisseau.

— Si seulement nous trouvions un moyen d'aller plus vite..., dit Kitiara. Je ne sais pas quoi, quelque chose comme un cheval, des bœufs...

— Une charrette..., fit Sturm, ironique.

Kitiara le foudroya du regard.

— Nous avons devant nous une pente raide, mais lisse, répliqua-t-elle. Nous pourrions en tirer avantage pour aller plus vite.

Ces suggestions d'ordre technique réveillèrent l'esprit d'entreprise des gnomes. Les idées les plus saugrenues et les plus gnomiques fusèrent du petit groupe. Ils déposèrent leurs bardas et se serrèrent les uns contre les autres en un essaim bourdonnant. Les humains n'y comprenaient goutte, mais c'était bon signe.

Puis ils s'égaillèrent comme une volée de moineaux, et démontèrent pièce par pièce le savant édifice de leurs paquetages.

— Qu'avez-vous imaginé cette fois ? demanda Sturm.

— Des glisseurs !

Perplexe face au laconisme inhabituel des gnomes, Kitiara interrogea Sturm :

— Ils ont dit « glisseurs » ?

Une demi-heure plus tard, chaque gnome avait construit une sorte d'engin sur patins, nommé un Véhicule Gnomique de Transport Autonome Individuel.

— Avec ça, nous descendrons la plus petite pente à une vitesse prodigieuse, annonça Longuevue.

— Et vous vous briserez le cou, ajouta Kitiara.

— Ceux-ci sont pour toi et messire Sturm, dit Cordevoile en poussant deux glisseurs devant eux.

La chose en bois qu'ils avaient assemblée était hérissée de clous, de vis, et renforcée par des ficelles et de la colle. Le véhicule de Wingo s'utilisait à plat ventre, celui de Longuevue se dépliait comme une chaise longue. Ceux de Kitiara et de Sturm n'offraient qu'une modeste place assise.

— C'est une plaisanterie ! s'exclama Kitiara. Nous n'allons pas monter là-dessus ?

— Ce ne sera pas pour longtemps, dit Longuevue, encourageant.

— Et ce sera amusant ! ajouta Brikolo.

— Nous avons vérifié les paramètres de pression et de résistance du matériel, dit Tirebois, brandissant un carnet rempli de chiffres. L'expérience a prouvé que tous les glisseurs, sauf les vôtres, atteignaient le niveau trois de sécurité.

— Sauf les nôtres, ça veut dire quoi ? demanda Kitiara.

— Comme vous êtes plus grands et plus lourds, vous exercerez une plus grande pression sur le Véhicule de Transport Gnomique Autonome Individuel. Votre chance d'atteindre le bas d'une pente sans vous écraser est de une sur deux.

Kitiara allait protester, mais Sturm la fit taire d'un regard.

— Ça vaut le coup d'essayer, dit-il. Tu viens ?

— Autant rester ici et nous tordre mutuellement le cou, cela nous épargnera les cabrioles de la descente.

— Tu as peur ?

Sturm savait comment la provoquer. Elle rougit.

— Tu veux parier sur qui sera le premier en bas ? dit-elle en empoignant son glisseur.

— Pourquoi pas ? Je n'ai pas d'argent.

— Ici l'argent ne sert à rien. Disons que le perdant portera le paquetage de l'autre jusqu'au vaisseau volant.

— Pari conclu ! firent-ils en se serrant la main.

Wingo donna un cours de conduite improvisé à ses collègues.

— Vous vous dirigerez en vous penchant dans la direction souhaitée. Pour vous arrêter, servez-vous de vos talons, non de vos orteils. L'impact de votre poids ajouté à la vitesse risquerait de les briser.

Cumulus et Tirebois griffonnaient à tour de bras dans leurs carnets.

— Etant donné une vitesse maximum de cinquante-six lieues à l'heure...

— Et un pied d'une longueur moyenne de sept pouces...

— On peut s'attendre à une fracture de trois orteils pour le pied gauche, et quatre pour le pied droit, conclut Cumulus.

Les gnomes applaudirent.

— Wingo vient de vous expliquer qu'il ne fallait pas se servir de vos orteils pour freiner, alors grands dieux pourquoi faire tous ces calculs inutiles ? demanda Kitiara, exaspérée.

— Le principe de la recherche scientifique ne consiste pas à se limiter aux possible et à l'utile d'un point de vue pratique, expliqua Longuevue. Seule la recherche de l'improbable et du déraisonnable fait avancer la science.

Sturm regardait ses pieds.

— Ce que je ne comprends pas, dit-il, c'est pourquoi il y aurait davantage d'orteils brisés au pied droit qu'au gauche.

— Si tu les encourages, nous n'en avons pas fini ! protesta Kitiara en s'éloignant avec son glisseur.

La pente lui parut vertigineuse. Elle respira profondément et détourna le regard. Les gnomes examinaient le terrain d'un œil intrépide.

— Un bel exemple de solidification, nota Tirebois en passant la main sur la surface polie du sol.

— Origine volcanique, non ? Qu'en penses-tu ? demanda Wingo.

— Peu probable. Je dirais plutôt que cette vallée constitue un vaste complexe thermoastral mal dégrossi, commenta Longuevue.

Kitiara poussa un grognement qui coupa court aux élucubrations des gnomes. Elle se laissa tomber sur son siège, d'où s'élevèrent des craquements inquiétants.

— Tu as dit que nous avions une chance sur deux de nous écraser, n'est-ce pas, Tirebois ?

Le gnome marmonna quelque chose au sujet de l'indice de déviation, et Kitiara n'insista pas. Elle s'aida des mains et des talons pour se placer face à la pente.

— Alors, tu viens, Sturm ! Ou aurais-tu l'intention de porter mon paquetage pour le restant du voyage ?

Expliquant à Wingo que Kitiara et lui allaient faire la course, Sturm se mit en position de départ.

— Oh ! fit Wingo. Dans ce cas, il faut que quelqu'un soit en bas pour dire qui a gagné ! Attendez ! J'irai en premier ; une fois en bas, je donnerai le signal du départ.

— Tu es d'accord, Kit ?

Elle hocha la tête.

— D'accord, les gars. J'y vais ! Pour la science ! cria-t-il en se lançant sur la pente.

Tous les gnomes se jetèrent à sa suite en criant :

— Pour Sancrist ! dit Tirebois.

— Pour la technologie ! beugla Cumulus.

— Pour l'*Etoile des Nuages* ! hurla Cordevoile.

— Pour les brioches aux raisins ! dit Brikolo.

Longuevue ferma la marche en invoquant la mémoire de son collègue :

— Pour Belcar !

Les gnomes rebondissaient comme des balles sur les bosses de roche vitrifiée. A plat ventre sur son glisseur, Wingo se coulait entre les obstacles. Les genoux repliés sous le menton, hurlant de terreur, Tirebois descendait dans son sillage.

Cumulus, qui avait pourvu son glisseur d'un frein arrière, progressait à une vitesse relativement modérée. Debout sur son véhicule, Cordevoile gardait l'équilibre en agitant ses bras comme des ailes. Le glisseur de Brikolo étant aussi large que long, il tournoyait comme une toupie entre les bosses, ce qui modérait sa vitesse mais donnait la nausée au passager. Rationnel et pondéré, Longuevue contrôlait son engin, se servant de ses talons pour se diriger.

Tout alla fort bien jusqu'à ce que Wingo atteigne le bas de la pente, où l'attendait un tapis de graviers rouges qui le stoppa aussi brutalement qu'un mur.

Tirebois et Cordevoile, qui venaient derrière, s'écrasèrent sur lui, suivis de Brikolo et de Cumulus. Un vol de gnomes et d'engins déchira les airs.

Sturm suivit des yeux Longuevue, qui fonçait vers la catastrophe. A la dernière seconde, le gnome eut une réaction incongrue pour quelqu'un de sa race : avec la plus parfaite logique, il infléchit sa trajectoire, tourna sur la gauche et s'immobilisa à deux pas de la mêlée.

Kitiara se tenait les côtes à force de rire.

— Une immensité de terrain, et ils s'arrêtent tous au même endroit !

— J'espère que personne n'est blessé, dit Sturm, les sourcils froncés.

De l'imbroglio de lattes, de bras et de jambes, émergèrent six gnomes tremblants. Longuevue les aida à se démêler les uns des autres et Wingo fit signe aux deux humains.

— C'est le signal du départ ! cria Kitiara en poussant sur ses mains pour descendre.

— Ce n'est pas de jeu ! protesta Sturm en donnant de grands coups de talons.

Il perdit immédiatement le contrôle de son engin, qui fondit sur le glisseur de droite. Sturm tenta de rétablir l'équilibre en se penchant sur la gauche. Il y eut un craquement sinistre, puis son glisseur vacilla sous son poids. Il l'allégea en changeant de posture.

Doucement, le glisseur se rétablit.

Assise en tailleur, Kitiara dévalait la pente en poussant des cris de joie. Elle était loin devant Sturm, qui semblait incapable de maîtriser sa trajectoire.

La guerrière franchit de front plusieurs bosses. Elle décolla de son siège, rebondissant comme une balle sur son engin. Loin de l'effrayer, cela la fit redoubler d'enthousiasme. Quand une nouvelle série de bosses se présenta, il n'était pas question qu'elle freine.

A la quatrième butte, elle réalisa que les choses

tournaient mal. Elle retomba si brutalement sur son siège que le glisseur droit ne résista pas au choc, se fendant sur toute sa longueur. Elle freina du pied gauche, ce qui lui tordit la jambe. Se souvenant de ce qu'avait dit Tirebois à propos des orteils brisés, elle leva le pied et fut aussitôt éjectée de son engin. Elle atterrit sur la pente, qu'elle dévala tête la première.

Sturm ne se risqua pas à intercepter le glisseur de Kitiara. Il atteignit la « ligne d'arrivée », freiné par les graviers, et sauta de son véhicule. La dernière roulade de Kitiara l'avait laissée à plat ventre, le nez dans la poussière.

Sturm se rua vers elle, suivi des gnomes. Il la retourna avec précaution. Le visage de la jeune femme était contusionné. Elle lâcha un féroce juron.

— Où as-tu mal ? demanda-t-il.

— A l'épaule, souffla-t-elle.

— Ce peut être une vertèbre brisée, supputa Cumulus.

— Comment pourrait-on contrôler ?

— Demande-lui de toucher son épaule gauche avec sa main droite, suggéra Cordevoile. Si elle réussit, c'est qu'il n'y a rien de cassé.

— Quel abîme d'ignorance anatomique ! s'écria Longuevue. La personne atteinte doit tâter elle-même entre les vertèbres pour localiser la fracture...

— Ne les laisse pas porter la main sur moi, murmura Kitiara. S'ils ne parviennent pas à vérifier leurs théories, ils sont capables de me disséquer pour trouver une explication.

Sturm entendit Tirebois prononcer les mots « chirurgie exploratoire ».

Penché sur Kitiara, Wingo déclara :

— Il n'y a pas de fracture.

— Comment peux-tu le savoir ? demanda Tirebois.

— Je vois les os, répondit-il. Ils ont l'air intacts. Ce doit être une foulure.

— Parce que tu vois à travers la chair ? s'ébahit Sturm, incrédule.

Wingo prit soudain conscience du prodige.

— Par Reorx ! C'est fantastique ! Je me demande à travers quoi d'autre je pourrais regarder...

Oubliant Kitiara, les gnomes se pressèrent autour de lui pour qu'il dise ce qu'il voyait à travers leur corps. Des prières à l'« hydrodynamique » fusèrent.

Kitiara tenta de se redresser. La douleur lui coupa le souffle.

— Reste tranquille, conseilla Sturm. On va trouver quelque chose pour bander ton épaule.

Fouillant son paquetage, il en sortit sa dernière bonne chemise. A contrecœur, il la déchira pour en faire un bandage.

— Il va falloir ouvrir les coutures de ta tunique pour dégager ton épaule, dit-il.

Il l'aida à se redresser. La douleur était telle qu'elle devint livide. Des larmes roulèrent sur ses joues.

— Tu sais que je ne t'ai jamais vue pleurer, constata-t-il à mi-voix.

— Et alors ? Tu m'en croyais incapable ?

Sturm ne répliqua pas. Le cuir se laissa facilement découper, mais dessous, il y avait encore la cotte de mailles.

— Je vais devoir te bander par-dessus la cotte, avertit-il.

— Oui, oui, fit-elle, exaspérée par la douleur.

Il enroula l'étoffe autour de son épaule et lui maintint le bras en écharpe.

— C'est assez serré ?

— Oui...

Le visage congestionné, elle laissa retomber la tête sur sa main gauche.

Je l'aurais crue plus dure que ça, songea Sturm. *Avec tous les combats qu'elle a essuyés, elle en a vu d'autres !*

— Avec ton métier, tu dois être experte en matière de bandages. Me suis-je bien acquitté de celui-ci ?

— Je n'ai jamais été blessée, murmura-t-elle. Quelques égratignures, c'est tout.

— Tu as eu de la chance, dit Sturm, surpris.

— Je ne laisse jamais l'ennemi approcher assez près pour qu'il me frappe.

Sturm l'aida à se relever. Les gnomes débattaient avec ferveur des perspectives qu'ouvraient le nouveau talent de Wingo.

— Il arrive à percevoir une infinité de lumières que l'œil ordinaire ne peut capter, dit Tirebois.

— Cela saute aux yeux du plus parfait imbécile, répliqua Longuevue, le processus est le suivant : les pupilles de Wingo émettent des ondes qui transpercent la chair et les tissus. L'origine de ce don se trouve dans son globe oculaire.

— Eh bien, dit Sturm, nous pourrions continuer cette discussion en marchant. Il reste du chemin à faire et la nuit sera courte.

— Comment va la dame ? demanda Cordevoile. Peut-elle marcher ?

— Je peux même courir. Et vous ?

Des glisseurs, il ne restait pas grand-chose d'utilisable. Pour la première fois, les gnomes voyageraient sans bagages, car ils n'avaient plus rien pour transporter les débris. Ils se chamaillaient pour savoir ce qu'ils allaient emmener ou laisser. La solution que proposa Cordevoile consistait à attribuer une valeur numérique aux fragments, chaque gnome ayant droit à un total de cent points.

— Je m'en vais, annonça Kitiara.

Elle tenta de charger son paquetage et celui de Sturm sur son épaule libre. Sturm l'en empêcha.

— J'ai perdu le pari, dit-elle.

— Ne sois pas stupide, je les porterai.

Ils parcoururent une lieue, puis s'arrêtèrent pour attendre les gnomes, qui les rejoignirent dans un tintamarre de bois et de ferraille. Un attirail hétéroclite pendait à leurs basques, à leurs bretelles et à leurs ceintures.

— Si nous voulions passer inaperçus, ce serait raté..., soupira Kitiara.

La troupe se remit en marche. Ils n'avaient pas fait dix pas que Tirebois se plaignit d'entendre des sons de cloche dans sa tête. Ses collègues se répandirent en plaisanteries sur son cas jusqu'à ce que Sturm les fasse taire. Cumulus procéda à un rapide examen de son collègue.

— Je ne vois rien d'extraordinaire, conclut-il.

— Ce n'est pas la peine de crier comme ça ! brailla Tirebois en faisant une horrible grimace.

Cumulus arrondit les yeux de surprise.

— Qui a crié ? demanda-t-il avec douceur.

Il s'éloigna de Tirebois et claqua des doigts. Son collègue rentra la tête entre les épaules et se protégea des mains comme quelqu'un qui s'attend à recevoir un coup.

— Vous avez entendu cet éclair ? dit-il d'une voix tremblante.

— Très intéressant. L'ouïe de Tirebois s'est développée en même temps que la vue de Wingo, constata Longuevue.

— Cela signifierait-il que tous nos pouvoirs augmentent ? s'étonna Cumulus.

— Ça se pourrait bien, répondit gravement Longuevue.

— Arrêtez de crier !

A partir de chaussettes propres, Cordevoile confectionna des protections pour les oreilles de Tirebois, qui retrouva son sourire.

— Les sons de cloches sont moins forts, merci !

— C'est tout naturel, dit Cordevoile à mi-voix.

Rayonnant, Tirebois lui flanqua une grand claque dans le dos.

— Tu sens-tu changée ? demanda Sturm à Kitiara.

— Mon épaule me fait toujours aussi mal.

— Pas de recrudescence de force ?

— Tout ce je ressens, c'est une affreuse envie de la meilleure bière d'Otik, dit-elle en secouant la tête.

Sturm sourit. Le bon temps passé à l'auberge d'Otik lui semblait à des siècles de là.

Au bout de trois lieues, les gnomes se traînaient lamentablement derrière Kitiara et Sturm. Leurs petites jambes ne pouvaient rivaliser avec celles des humains. Sturm proposa une halte. Les gnomes se laissèrent tomber sur le sol comme s'ils avaient été fauchés par une volée de flèches.

L'air vibra. Des rayons roses éclairèrent l'horizon.

— Le lever du soleil, dit Kitiara, l'air morne.

L'aube naissante apportait une autre lueur, à l'ouest, vers le milieu de la vallée. Longuevue pointa sa lunette télescopique sur cette nouvelle source de lumière.

— Un obélisque ! Il est entouré d'un halo rouge !

Les queues brillantes des étoiles filantes sillonnèrent le ciel. Le soleil émergea de derrière les rochers, chaud et clair, tandis que la lueur occidentale tournait à l'incarnat.

Quand celui-ci fut au-dessus des rochers, un roulement de tonnerre suivi d'éclairs rouges s'échappèrent de l'édifice. Agressés par l'odeur de la fumée, les explorateurs se plaquèrent au sol. La foudre rouge frappa cinq fois dans un bruit de fin du monde. Quand le soleil fut monté dans le ciel, l'étrange tempête prit fin.

Sturm se releva. Autour d'eux, le sol fumait. Des plantes commencèrent à surgir de la terre. Wingo se retourna vers la montagne qu'ils avaient dévalée.

— Maintenant, je comprends pourquoi la pente était aussi dure que du verre, dit-il. La foudre la frappe tous les matins. Rien à voir avec des alluvions. L'atmosphère est chargée d'une énergie inconnue.

— *Magique*, corrigea Sturm, bien qu'il répugnât à prononcer ce mot.

CHAPITRE X

Dans la vallée, la végétation était la même que partout ailleurs sur Lunitari, en plus grand. Les tiges atteignaient dix pieds en une heure et les champignons-parasols au moins trente. Les explorateurs découvrirent une nouvelle espèce de plante. Après qu'un gros bulbe gonflé d'air eut explosé, lâchant un tir nourri d'épines dans toutes les directions, ils firent de grands détours pour éviter la zone. Tirebois se plaignait constamment de bourdonnements, en dépit de ses cache-oreilles. Wingo se voilait la face pour se soustraire à tout ce qu'il voyait trop intensément. Les autres gnomes trouvaient leurs nouveaux talents difficiles à assumer. Cordevoile ne pouvait rien toucher sans y rester collé. Il s'était gratté le nez par inadvertance, et ses collègues avaient mis une heure à le libérer. Brikolo se cognait contre tout ce qu'il trouvait sur son passage. Il passait la moitié de son temps par terre et l'autre à se relever. Cumulus se mouvait dans un brouillard perpétuel, son nuage personnel flottant autour de ses épaules.

Seul Longuevue ne présentait pas d'effets secondaires fâcheux. Mais Sturm avait noté un changement dans son expression. Son regard incisif avait fait place à un rictus désabusé, comme si *Quelqu'un* lui murmurait de drôles d'histoires à l'oreille. Sturm n'était pas convaincu que le monde soit fait pour un gnome devenu logique. Il se faisait aussi du souci pour Kitiara. Elle avait pris la tête du groupe, laissant les autres loin derrière. Ses pas énergiques laissaient de profondes marques dans le sol.

Elle s'était arrêtée sous un énorme champignon-parasol qui la nimbait de lumière rose.

— Sturm ! Je viens de m'apercevoir de quelque chose, dit-elle en lui montrant l'améthyste qu'elle portait au cou.

Translucide depuis qu'elle avait annulé le sort du brigand gobelin, la gemme était devenue rouge sang comme un rubis.

— Débarrasse-toi de cette pierre, Kitiara. Elle est magique. L'atmosphère de Lunitari peut transformer ses pouvoirs. Il n'y a rien à en attendre de bon.

— Je la garderai ! As-tu oublié comment Tirolan nous a sauvés ?

— Non, mais la pierre s'est peut-être transformée. Nous ne savons pas quelles horribles conséquences cela peut avoir.

— Tu es fou, Sturm de Lumlane, avec tes frayeurs de petit garçon ! Je n'ai pas peur du pouvoir. Je le *souhaite* !

Les gnomes arrivant en file indienne, Sturm arrêta la discussion.

— Wingo a vu un obélisque à l'horizon ! dit Cordevoile, la main sur l'épaule de Brikolo. Il a beaucoup de mal a rester en place, je suis le seul qui arrive à le tenir.

— Un obélisque ?

— Oui, une sorte de tour très haute, renchérit Wingo.

— Ne perdons pas de temps et allons voir, coupa Sturm. Comment ça va, vous tous ? demanda Sturm.

Les gnomes prirent une mine affable pour assurer qu'ils allaient le mieux du monde.

— Il est évident que l'approche de cet obélisque diminue l'influence de Lunitari, fit remarquer Longuevue d'un ton supérieur.

— Alors continuons, décida Sturm.

Au bout d'une heure, la jungle s'ouvrit sur un sentier au bout duquel ils virent une tour d'une centaine de pieds, rayée de quartz rose et noir.

Les explorateurs approchèrent en silence.

— Avez-vous remarqué, dit Tirebois, que la végétation est tournée vers l'obélisque.

— Comme les tournesols vers le soleil, dit Kitiara.

Il y avait une entrée sombre comme un four, et d'étroites fenêtres sur la façade.

— Maintenant que nous sommes ici, qu'allons-nous faire ? demanda Wingo d'une voix timide.

Approchez !

Reculant d'un pas, Kitiara et Sturm saisirent la garde de leurs armes.

— Qui parle ? cria Sturm.

Moi, le Gardien des Nouvelles Vies, répondit une voix dans leur têtes.

— Où es-tu ? demanda Kitiara.

Dans l'édifice qui se trouve devant vous. Approchez.

— Nous préférons rester où nous sommes, merci, dit Tirebois.

Ah, vous avez peur. Tenez-vous à votre enveloppe charnelle au point de renoncer au spectacle merveilleux de ma personne ? Que les humains soient effrayés, je n'en doute pas, mais j'attendais mieux des gnomes.

— Nous avons perdu un collègue il y a peu, excuse donc notre prudence, dit Wingo.

Voulez-vous une preuve de la pureté de mes intentions ? Regardez.

Une petite silhouette se profila sur le seuil de l'entrée. Elle ressemblait à Bego.

— Roulements à billes de malheur ! éructa Brikolo en tirant Cordevoile avec lui.

Tirebois les suivit. Cumulus les rejoignit avec Wingo et Longuevue qui ricanait.

— Attendez ! N'y allez pas ! cria Sturm. C'est un mirage !

Mais ça n'en était pas un. Les gnomes se jetèrent sur Bego qui poussa des cris de joie. A leur tour, Oiseleur et Eclair sortirent de l'ombre et vinrent s'entasser sur leurs collègues.

Bego réussit à s'extraire de la mêlée. Il marcha vers Sturm et lui serra la main avec chaleur.

— C'est bien toi ! dit Kitiara en lui pinçant l'oreille.

— C'est moi, et je vais très bien, merci. Cela fait des jours que nous vous attendons.

— Mais tu ne bégayes plus ! remarqua Sturm, méfiant.

— Oh, ça s'est arrêté d'un seul coup ! Le Gardien l'attribue à l'effet neutralisant de Lunitari. Où est Belcar ? demanda Bego, l'œil inquisiteur.

— Nous avons de mauvaises nouvelles à t'annoncer, dit Sturm.

Vos craintes sont-elles apaisées ? coupa la voix.

— Pour l'instant oui. Nous rendras-tu notre vaisseau volant ?

Pas si vite ! Nous ne nous connaissons pas encore. Entrez, je vous prie.

— Nous nous expliquerons plus tard, dit Bego en les conduisant vers l'entrée. Nous avons vécu une aventure extraordinaire et le Gardien nous a merveilleusement reçus.

La première chose qu'ils virent en entrant fut l'*Etoile des Nuages*, éclairée par les rayons du soleil. Le vaisseau était intact, seules les ailes avaient été détachées, sans doute pour le faire entrer dans la tour.

En haut d'une série de corniches trônait le maître des lieux. Perché à cinquante pieds au-dessus d'eux, le Gardien était un dragon aux écailles vert-jaune.

Cela faisait des siècles qu'on avait plus vu de dragon sur Krynn, et Sturm eut si peur qu'il crut défaillir. Kitiara se remit plus vite que lui de sa frayeur.

— Est-ce toi le Gardien ? Celui qui nous a parlé ?

— Oui. Je suis très heureux d'avoir l'occasion de le faire. Il y a si longtemps que je l'attends ! Les fourmis, voyez-vous, communiquent par télépathie.

Il se laissa tomber sur une corniche inférieure. Le battement de ses ailes fit frémir les explorateurs.

— Je suis Cupelix Trisfendamir, Gardien des Nouvelles Vies, et de cet obélisque.

Tassés derrière Sturm et Kitiara, les gnomes s'avancèrent vers le dragon. Ils le bombardèrent de questions sur son poids, sa taille, la durée de son séjour en ces lieux et sur... les raisins secs.

D'un coup de patte griffue, le dragon éluda les questions.

— Vous êtes Kitiara Uth-Matar et Sturm de Lumlane, n'est-ce pas ? Votre ami Bego a fait votre éloge. Apparemment, vous avez fait montre de nombreuses qualités.

— Apparemment ? fit Kitiara.

— Je ne dispose que des impressions de Bego. Je suis très content que vous soyez arrivés jusqu'ici. J'ai suivi votre progression derrière les empreintes laissées sur mes ordres par les fourmis. Oui, messire chevalier, mes Micones ont délibérément tracé le chemin.

— Tu lis dans nos pensées, dit Kitiara mal à l'aise.

— Je vois ce que vous avez sur le bout de le langue, pas plus.

Bego présenta ses collègues au dragon, qui plaisanta avec chacun.

— Es-tu un dragon de bronze ? demanda Longuevue.

— De cuivre, si tu tiens à savoir. Mais foin de banalités ! Maintenant que vous vous êtes tous retrouvés, accordez-vous un moment de détente et laissez-moi vous régaler.

— Nous ferions mieux de nous mettre en route, dit Sturm.

— J'insiste ! fit Cupelix en sautant à terre.

Il atterrit devant la porte.

Sturm porta la main à son épée. Elle se changea aussitôt en patte de poulet. Les gnomes ouvrirent de grands yeux.

— Pardonne ces petites plaisanteries, dit Cupelix.

Ici, les armes sont inutiles et je tenais simplement à te le faire sentir. Les hommes ont souvent besoin de voir avant de croire à quelque chose. Et maintenant, que la table se couvre de victuailles !

Ses yeux lancèrent des étincelles qui tourbillonnèrent devant le vaisseau, puis disparurent, laissant place à une table croulant sous les mets et les boissons.

— Mes amis, on mange !

Les gnomes ne se le firent pas dire deux fois. Kitiara se rua sur un pichet de bière mousseuse. Seul Sturm resta les bras croisés, à bonne distance du festin.

— Pourquoi ne manges-tu pas ? demanda Cupelix.

— Les fruits de la magie ne sont pas de saines nourritures, répondit Sturm.

— Tu as de bien mauvaises manières pour quelqu'un qui prétend devenir chevalier.

— Il existe des lois plus importantes que les manières. Par exemple, la Règle exclut la magie sous toutes ses formes.

Les mâchoires du dragon s'ouvrirent sur une langue fourchue tachetée d'or battant entre des crocs de la taille d'un sabre. Sachant que toute lutte serait inutile, Sturm se contint. Mais Cupelix était hilare.

— Oh ! comme je me suis ennuyé, toutes années, sans me disputer avec personne ! Bénie soit ta raideur d'esprit, Sturm de Lumlane ! Quel plaisir tu me donnes ! Dis-moi, tu as certainement entendu parler de Huma, le héros de Lancedragon ?

— Bien sûr.

— Il s'entendait bien avec certains dragons, n'est-ce pas ?

— C'est ce que dit l'Histoire. Huma était sans aucun doute un guerrier valeureux et un grand héros, mais il ne fut pas un chevalier modèle.

Cupelix éclata d'un rire qui sonnait comme des dizaines de gongs.

— A ta guise ! Comme il te plaira ! Je ne voudrais pas pervertir une aussi grande vertu !

D'un coup d'ailes, Cupelix prit son élan et atterrit sur son perchoir.

Sturm se mit à table. Les gnomes s'empiffraient de pigeons farcis aux noisettes, de riz au safran, d'oignons au miel, vidant force gobelets de vin et de bière.

— Ne boude pas ce festin, dit Kitiara. Même les empereurs d'Ergoth n'ont jamais goûté à de tels mets.

— De quoi est faite cette nourriture ? dit-il d'un air sombre. Crois-tu que nous n'ayons rien à craindre de cette créature ? Nos ancêtres se sont battus assez longtemps pour éliminer les dragons de Krynn. Auraient-ils eu tort ?

— La situation est différente, répondit Bego. Lunitari est le pays de Cupelix. Il s'est intéressé à notre sort et nous ne devrions pas repousser son aide à cause de préjugés, dépassés à l'heure actuelle.

— Qu'attend-il de nous ?

— Il ne l'a pas encore dit, admit Bego. Mais il ne nous laissera pas partir comme ça !

— Que veux-tu dire ?

— Oiseleur, Eclair et moi voulions aller à votre recherche, mais il nous en a empêchés, prétextant qu'il était moins dangereux de guider vos pas jusqu'ici.

Repus, les gnomes se retirèrent sur le vaisseau pour faire un somme. Sturm et Bego se promenèrent à l'intérieur de l'obélisque, évoquant de la mort de Belcar.

— C'est un pur hasard. Cela aurait pu tomber aussi bien sur Kitiara ou sur Longuevue.

Bego se tamponna les yeux avec son mouchoir.

— Tu sais, nous étions ensemble à l'école de mécanique, dit Bego, il me manquera.

Tandis qu'ils contournaient la proue du vaisseau, Sturm remarqua une ouverture large de huit pieds dans les dalles de marbre.

— Les Micones, ces fourmis géantes, vivent dans des cavernes souterraines. C'est par là qu'elles entrent et qu'elles sortent, expliqua Bego en montant deux autres trous.

— Est-ce les Micones qui ont construit cet obélisque ?

— Pas que je sache. Elles sont venues après. Cupelix laisse entendre qu'ils les a créées, mais je ne crois pas qu'il ait autant de pouvoir. L'obélisque était là avant lui.

— Comment le sais-tu ?

— J'ai observé Cupelix. Bien qu'il soit un spécimen adulte de dragon de cuivre, son corps a été modifié par l'exiguïté de son antre. Il saute plus qu'il ne vole, ses pattes sont plus puissantes que ses ailes, qui sont atrophiés.

— Tu as changé, dit Sturm, fixant sur Bego un œil pénétrant. Pas seulement le bégaiement. Tu sembles calme et pondéré.

Bego rougit en caressant sa barbe.

— Je crois que les humains nous trouvent terriblement désorganisés et bien peu pratiques.

Sturm sourit.

— Pas du tout.

— Lunitari m'a changé, comme les autres. Le voyage de l'*Etoile des Nuages* a été mon premier succès, même s'il y a eu des pannes. J'ai passé des années à construire des machines dans les ateliers du Mont Sasufi. Aucune n'a marché. Quand j'ai utilisé les expériences de Belcar sur l'*air éthéral*, le vaisseau a pu être réalisé.

— Crois-tu revoir Krynn un jour ? demanda Sturm.

— Tout dépendra de ce que veut Cupelix. J'ai une théorie...

Un courant d'air passa au-dessus de leurs têtes. Le dragon avait sauté sur la dernière corniche.

— J'espère que vous avez dîné à votre faim, dit-il.

— Le repas était excellent, comme à l'accoutumée, répondit Bego. Il me pèse un peu sur l'estomac, je vais donc rejoindre mes collègues.

Il fit un signe de tête et prit congé.

— Nous voilà seul à seul, messire Lumlane. De quoi allons-nous parler ? De chevalier à dragon, nous pourrions débattre de philosophie. Qu'en dis-tu ?

— Pourquoi pas de magie ?

— Question d'honneur !

— Comment se fait-il que tu maîtrises si bien la langue de Krynn ?

— Par les livres. Les étages supérieurs de mon antre sont remplis des ouvrages d'auteurs mortels et immortels. Mais j'aimerais te demander ce que tu cherches dans l'existence.

— Vivre dans l'honneur et le respect du serment des chevaliers. A mon tour de poser une question. As-tu vécu ailleurs que dans l'obélisque ?

— J'habite ici depuis que je suis tout petit. Je n'ai perçu le monde extérieur que par les fenêtres. As-tu jamais remis en question la doctrine de la chevalerie et sa Règle ? Après tout, l'Ordre de Solamnie ne s'est pas relevé du Cataclysme.

— Tu n'es pas sans savoir que les chevaliers ne sont pour rien dans le Cataclysme. Ils ont subi la vindicte du peuple, pour avoir défendu l'Ordre même quand il n'y avait plus d'espoir. Puis-je te demander d'où viennent les Micones ?

— Elles ont été créées pour me servir. Es-tu amoureux de Kitiara ?

— J'ai de l'affection pour elle mais je ne suis pas amoureux, si tu saisis la différence. Qui a créé les fourmis ?

— Des forces occultes, répondit Cupelix évasivement. Si tu n'es pas amoureux de cette femme, pourquoi occupe-t-elle tes pensées ? Derrière tes paroles se profile son image.

La sueur perla sur le front de Sturm.

— Je me fait beaucoup de souci pour elle. La magie de Lunitari l'a dotée d'une force physique colossale. Son caractère est devenu plus impulsif. Je crains qu'elle ne se contrôle plus.

— Oui, la magie pose de nombreux problèmes. J'ai étudié les gnomes, il est intéressant de constater combien ils ont changé. Ainsi cette jeune femme est devenue très forte. Cela doit compliquer tes sentiments à son égard. Je n'ai jamais vu qu'un humain apprécie une femme plus forte que lui.

— C'est ridicule ! Je me moque bien de...

Satané dragon ! Sturm se contint.

— A mon tour, reprit-il. Comment se fait-il qu'un dragon puissant comme toi ait besoin de serviteurs ?

— Je ne peux pas quitter l'obélisque. Cela saute aux yeux. La porte et les fenêtres sont trop petites pour que je puisse sortir, et je n'ai pas le pouvoir de percer les murs ni de les faire disparaître. Je suis le Gardien des Nouvelles Vies et ce sera mon destin jusqu'à ce que les ténèbres m'emportent !

— Quelles Nouvelles Vies ?

— Chaque chose en son temps, messire chevalier. J'ai plus important à faire : regagner ma liberté.

— Aurais-tu besoin de nous pour sortir d'ici ?

— Oui. Seules des machines élaborées seront capables de m'extraire de ma prison. Les Micones ne le peuvent pas. Les gnomes, si. Vous récupérerez votre vaisseau volant quand je serai libre.

Une vapeur fumante jaillit des naseaux du dragon. Sturm sentit la torpeur l'envahir. Ses paupières se fermèrent. Un brouillard soporifique ! Il vacilla sur ses jambes.

— Tu avais dit qu'il n'y aurait pas de magie.

— Ce n'est pas de la magie, murmura Cupelix d'une voix apaisante. C'est un simple petit souffle qui t'aidera à dormir et à oublier notre conversation. Repose-toi. Dors, et rêve. Oublie...

*

* *

Kitiara se réveilla sur le plancher de la salle à manger du vaisseau. Il faisait très froid. Au-dessous d'elle, les gnomes ronflaient comme des moteurs bien réglés. Elle retint un cri de surprise en découvrant Sturm recroquevillé sur les dalles glacées, profondément endormi.

Elle sentit qu'on l'observait. Elle se retourna et découvrit Cupelix étendu de tout son long sur la corniche la plus basse, la queue traînant par terre.

— Que lui est-il arrivé ? demanda-t-elle en montrant Sturm.
— Il s'est endormi il y a un instant, d'un sommeil parfaitement naturel.
— Depuis qu'il est sur Lunitari, il a des visions. Chacun de nous subit l'influence magique de cette planète.
— Quel genre de visions ? Allons, ma chère, tu ne vas pas me faire croire que messire de Lumlane te cacherait quelque chose ? Un homme raconte toujours ses rêves à son amante.
— Nous ne sommes pas amants !
— Voilà qui est clair. Je me sens coupable de me mêler de vos histoires. Peu importe. T'a-t-il dit ce qu'il avait vu ?
— Des événements où il était question de son père, la plupart du temps, dans son pays natal. Il l'a quitté, il y a douze ans de cela.
Cupelix poussa un soupir à ses dimensions. Kitiara fut saupoudrée de poussière.
— Ah ! Krynn ! Le pays où mes congénères vécurent jadis, sillonnant le ciel en toute liberté !
— Tu n'y es jamais allé ?
— Hélas, non. J'ai passé toute mon existence entre ces quatre murs. Plutôt triste, non ?
— Etouffant, en tout cas.
— Tu n'as pas peur de moi, au moins ?
— Le devrais-je ?
— La plupart des mortels me trouveraient terrifiant.
— J'ai vu tellement de choses que je commence à avoir l'habitude. Et puis il faut s'adapter si on veut survivre.
— Tu es une survivante, dit Cupelix.
— Je fais ce que je peux.
— Je vois que tu t'es blessée à l'épaule. Je peux te guérir. Mais il faut que tu retires ta cotte de mailles.
Pourquoi pas ? songea Kitiara. Depuis sa téméraire glissade, son épaule la faisait souffrir. Elle défit son vêtement. Une contusion d'un bleu violacé apparut sous l'étoffe.

— Approche !

Le dragon tendit le cou. D'une langue démesurée, il lécha la chair tuméfiée. Kitiara tressaillit.

— Voilà qui est fait ! dit Cupelix.

La blessure avait disparu, laissant sa peau lisse et immaculée. Elle agita le bras : elle n'avait plus mal !

— Formidable ! Merci beaucoup, dragon !

— Ce n'est rien. Un simple sort de guérison, répondit-il d'un air modeste. Je suis heureux de t'avoir fait plaisir. Un jour viendra où tu pourras me rendre la pareille.

— Que voudrais-tu donc ?

— De la compagnie, de la philosophie et des conversations percutantes. De petites choses.

— Alors parlons. J'ai le temps.

— Bah ! La vie des mortels passe comme une étoile filante. Cela fait deux mille neuf cents ans que je vis ici. Serais-tu capable de parler aussi longtemps ? Non, bien sûr. Mais il y a un moyen de me faire accéder à ce que je souhaiterais pour le restant de mes jours.

— Ce serait ?

— Libère-moi. Fais-moi sortir de cet obélisque, pour que je puisse m'envoler pour Krynn et vivre comme il sied à un dragon !

— Les hommes et les elfes te tueront.

— C'est un risque à courir. De grands changements se préparent dans les cieux. Toi aussi, tu les as sentis, n'est-ce pas ? Avant de t'envoler pour Lunitari, n'as-tu pas remarqué le nouveau courant qui traverse Krynn ?

Des images revinrent à la mémoire de Kitiara. Et un mot prononcé par les marins elfes de Tirolan : draconiens.

— Vois-tu ce dont je veux parler ? dit Cupelix. Notre heure a sonné. Nous assisterons à l'avènement d'une nouvelle ère des dragons.

CHAPITRE XI

Sous l'œil de Cupelix, vautré sur son perchoir, les gnomes avaient passé la nuit à forger la pièce de rechange du moteur. Epuisés, ils se retirèrent dans le vaisseau pour dormir, laissant le dragon admirer leur œuvre. C'était à lui qu'ils devaient les matériaux qui leur manquaient.

Kitiara était allée prendre l'air. Sturm resta seul avec Cupelix et sa soupe de haricots, refusant obstinément de manger les mets que leur prodiguait le dragon.

— Tu es vraiment buté comme un âne, dit Cupelix pour le taquiner.

— Ce n'est pas parce que les principes présentent des inconvénients qu'on doit y renoncer, répondit Sturm.

Il continua de mâcher ses haricots.

— Les principes n'ont jamais rempli un ventre vide.

— Et la magie n'a jamais sauvé non plus une âme vide.

— Parfait ! s'exclama Cupelix. Jouons à nous lancer des phrases contradictoires, c'est un bon entraînement à la controverse.

— Une autre fois. Je ne suis pas d'humeur à jouer.

— Ah ah, il y a dame Kitiara là-dessous, dit malicieusement le dragon. Tu te meurs d'amour pour elle, mon garçon ? Veux-tu que je lui parle ?

— Mais non ! Parfois, tu es vraiment agaçant !

— Evidemment, cela fait presque trois millénaires que je n'ai pas parlé, alors j'ai un peu perdu le sens des usages. Mais l'occasion m'est donnée de m'informer davantage. Je voudrais être aussi bien élevé et courtois qu'un chevalier. Veux-tu m'apprendre ?

Sturm étouffa un bâillement.

— Ce n'est pas en ânonnant les bonnes manières et la courtoisie qu'on devient un chevalier, mais en étudiant la doctrine et en appliquant la Règle.

— Tu n'as aucune confiance en moi ! dit Cupelix. Ne le nie pas ! Je le sens avant même que tu parles. Comment te convaincre de ma bonne volonté ?

— Alors réponds-moi : pourquoi un dragon de cuivre adulte vit-il confiné dans une tour sur une lune hantée par la magie ?

— Je suis le Gardien des Nouvelles Vies.

— Ce qui veut dire ?

— Je monte la garde auprès du berceau de ma race. Des œufs de dragons, mortel ignorant ! Ils sont à l'abri dans des cavernes, sous l'obélisque. Mon destin est d'en prendre soin et de les protéger des brutes de ton espèce, sans vouloir t'offenser...

— Je ne l'ai pas pris ainsi. Comment sont-ils arrivés jusque-là ?

— Je ne sais pas exactement. Vois-tu, je suis né ici, j'y ai grandi, et je suis le Gardien des Nouvelles Vies.

— Qui a apporté les œufs et construit l'obélisque ?

— J'ai une théorie, dit Cupelix, imitant les gnomes. Quand les dragons furent bannis de Krynn, il y a quelques trois mille ans, les mauvais ont été condamnés à vivre dans le Grand Néant jusqu'à la fin de leurs jours. Les dragons au service du Bien ont aussi quitté les contrées humaines. Paladine avait conclu un pacte avec Gilean, le dieu de la Neutralité, qui nous était favorable. Ce dieu a fait déposer ici des œufs de bons dragons, destinés à servir de sentinelles, au cas où les mauvais réapparaîtraient. Il a fait édifier l'obélisque où je suis venu au monde.

— Quelle sorte de progéniture gît dans ces cavernes ?

— Quatre cent quatre-vingt-seize dragons de bronze, de cuivre et de laiton. Les esprits de ces créatures encore dans l'œuf enveloppent Lunitari d'ondes magiques.

— Et quand naîtront-ils ?

— Peut-être demain, ou jamais. Gilean a plongé les cavernes dans le sommeil. Il faudrait un dieu, ou un magicien très puissant, pour lever ce charme, et les œufs pourraient éclore. Maintenant que tu sais tout sur moi, as-tu confiance ?

*
* *

Contre toute attente, Sturm accepta sans sourciller l'assiette pleine de gibier que Kitiara lui proposa. Comme à l'accoutumée, les gnomes engloutirent tout ce que Cupelix avait fait apparaître pour le repas.

— Les pièces que nous avons montées tiennent le coup, dit Éclair en inondant son rôti de sauce. Si nous arrivons à collecter assez de foudre, je crois que nous pourrons rentrer chez nous sans encombre.

— La première des choses à faire est de retourner au Mont Sasufi pour rendre compte de nos succès, dit Bego. La navigation aérienne est une réussite et les gnomes doivent explorer sans délai toutes les perspectives que cette découverte présente.

— Lesquelles imagines-tu ? demanda Sturm.

— Repérage et cartes de l'espace. Très utile pour la navigation. Multiplications des transports, facilités. Je vois de grands galions aériens avec six ou huit paires d'ailes fendre les nuages, apportant des marchandises de tous les coins de Krynn...

— Alors il y aura la guerre, dit Longuevue d'un air sombre.

— Pourquoi ? demanda Kitiara.

— Il y a toujours la guerre quelque part, non ?

Imaginez cette flottille détruisant les villes, les champs, les châteaux et les temples depuis le ciel ? Ce sera facile. D'étranges choses sommeillent encore dans les ateliers du Mont Sasufi. Des armes qui n'ont rien de magique, mais qui peuvent détruire le monde.

— *Savoir* est *pouvoir*, dit le dragon, jetant un coup d'œil à Kitiara.

Elle plongea le nez dans sa chope, puis la reposa avec fracas sur la table.

— Nous oublions une autre chose très importante, dit-elle. Nous avons une dette. Ne partons pas sans nous en être acquittés.

— Une dette ? Envers qui ?

— Notre hôte, répondit Kitiara, l'excellent Cupelix.

Les gnomes applaudirent poliment.

— Merci, c'est très aimable à vous, dit le dragon.

— Je ne sais pas ce que nous serions devenus sans lui. Nous sommes à présent en sécurité, le vaisseau est réparé. Comment nous acquitter de cette dette ?

— Aimerais-tu avoir de l'eau fraîche ? proposa Cumulus.

— C'est gentil, mais les Micones m'apportent l'eau des cavernes.

— As-tu besoin d'une machine à tout réparer ? demanda Eclair.

— Rien de la sorte.

— Que pouvons-nous faire pour toi ? demanda Wingo, décontenancé.

Cupelix se lança dans une description détaillée de sa situation et exprima son désir d'en sortir.

— Que va-t-il advenir des œufs de dragons ? demanda Sturm.

— Les Micones garderont éternellement la caverne et veilleront sur eux. Pas un œuf n'éclora. Ma présence n'est pas indispensable.

— Nous devons le secourir, déclara Kitiara. Honnêtement, lequel d'entre vous peut-il prétendre que le dragon ne mérite pas notre aide ?

Il y eut un silence.

— Je suis d'accord s'il répond à une question, dit Sturm. Que fera-t-il quand il sera libre ?

— Profiter de ma liberté, pardi ! Je voyagerai, j'irai où le vent me portera.

— Sur Krynn ? siffla Sturm.

— Pourquoi pas ? Y a-t-il un plus beau pays entre Lunitari et les étoiles ?

— Les dragons ont été expulsés de Krynn parce qu'ils abusaient de leurs pouvoirs et se mêlaient des affaires des hommes. Tu ne peux pas retourner sur Krynn, dit Sturm.

— Cupelix n'est pas un mauvais dragon, protesta Kitiara.

— Et alors ? Cupelix ne représente peut-être aucun danger pour Krynn. Mais il reste un dragon. Mes ancêtres se sont battus pour en débarrasser le monde. Comment puis-je trahir leur mémoire en aidant un dragon, même un bon ?

— Dieux du ciel, pour qui te prends-tu, Sturm de Lumlane ? s'écria Kitiara. Mes ancêtres se sont battus aussi contre eux. C'était en d'autres temps, en d'autres circonstances ! Je m'en remets à vous, dit-elle aux gnomes. Répondrons-nous à l'hospitalité par l'indifférence ? Après nous être remplis le ventre, partirons-nous sur notre vaisseau réparé, abandonnant Cupelix dans sa prison ? Mettez-vous à sa place...

— Lequel d'entre nous ? demanda Tirebois.

— Chacun de vous ! Comment vous sentiriez-vous, si vous deviez passer toute votre vie dans une tour sans jamais en sortir ? Surtout qu'une vie de dragon, ce n'est pas cinquante ou cent ans, mais cent fois plus ! Sans personne à qui parler, sans outils ni instruments ?

— Sans outils ? s'exclamèrent Cordevoile et Brikolo à l'unisson.

— Abominable ! dit Eclair.

Oiseleur le seconda en sifflant sur trois notes.

— Vous avez la chance de pouvoir corriger cette injustice. Vous disposez d'inventions qui permettraient de le libérer. Voulez-vous le faire ?

— Oui ! Oui ! Oui !

Les gnomes sautèrent de joie.

— Au vaisseau ! Nous devons établir un projet ! dit Wingo.

En proie à une montée d'idéalisme, ils disparurent à l'intérieur de la coque.

— Tu as bien manœuvré, dit Sturm. Tu sais aussi bien que moi à quel point les gnomes sont impulsifs. Entre ton appel passionné à la liberté et la perspective d'un projet compliqué à réaliser, l'obélisque n'avait aucune chance.

— J'espère que tu as raison, dit Cupelix. Ne sois pas si méfiant ! Si j'avais eu de mauvaises intentions, mes Micones auraient pu retenir indéfiniment le vaisseau jusqu'à ce que vous acceptiez. Nous verrons bientôt Krynn, tous ensemble !

*
* *

Les gnomes se divisèrent en deux groupes. Bego, Eclair, Longuevue, Oiseleur et Wingo se consacrèrent au problème des murs de l'obélisque qu'il fallait abattre. Les quatre autres se chargèrent de l'acheminement des occupants de la tour, le plus gros morceau étant, après l'*Etoile des Nuages*, le dragon Cupelix.

— Les murs de marbre n'ont pas *moins* de onze pieds d'épaisseur, annonça Bego, lisant sa feuille de calculs. Avec les meilleures pioches, nous mettrons des mois à creuser un tunnel.

— Ce n'est pas tout, dit Longuevue. D'après mon analyse, la pierre s'avère extrêmement dure. En fait, elle l'est plus que du marbre ordinaire : elle est vitrifiée.

— Vitrifiée ? répéta Kitiara, se souvenant de l'impact du soleil levant sur le versant de la montagne. L'énergie solaire, sans doute.

Bego passa la main sur les bandes noires qui barraient les couches de marbre rouge.

— C'est du métal, dit-il. Du métal en guise de mortier. Peut-être du plomb.

Oiseleur confirma par un sifflement que c'était bien du plomb.

— J'ai une idée, dit Kitiara. (Les gnomes la regardèrent avec stupéfaction.) Oui, j'ai une idée ! J'ai vu s'écrouler les remparts de châteaux assiégés. Ils étaient souvent aussi épais, mais pas aussi durs que ceux-ci. Les assiégeants creusaient des tunnels pour ébranler les fondations.

L'équipe de démolition la regarda avec consternation.

— En fait, c'est tout simple, dit Bego.

— Pourquoi n'y avons-nous pas pensé plus tôt ? demanda Eclair.

— Il ne nous reste plus qu'à déblayer le sable ! dit Wingo.

Ils se mirent à creuser avec ardeur.

Kitiara secoua la tête et rentra dans le vaisseau. Elle choisit une barre crochetée parmi les outils.

— Nous sommes en train de creuser, fit-elle remarquer à Sturm.

Il lui emboîta le pas.

Les gnomes eurent tôt fait d'obtenir un trou plus haut qu'eux. Ils découvrirent les mêmes blocs de marbre armés de plomb.

Kitiara écarta les ouvriers. De toutes ses forces lunitariennes, elle abattit la barre sur la muraille.

Avec un bruit de branches cassées, un éclat de pierre jaillit du mur et atterrit aux pieds de Sturm.

La barre s'était courbée sous le choc. Kitiara tenta de la redresser, mais ne parvint qu'à la tordre dans l'autre sens.

— Je voulais te le dire, déclara Wingo. Les fondations de l'obélisque reposent sur les rochers de la caverne.

— Mais il y a les trous par lesquels passent les Micones, dit Longuevue.

— Creuser ne servira à rien, dit tristement Bego.

— A vous de jouer, les gnomes ! lança Kitiara.

Ils se regardèrent un instant puis se mirent à parler tous à la fois. Finalement, Bego déclara :

— Nous devons consulter nos collègues.

— Vous avez un plan ? demanda Sturm.

— Nous en avons les rudiments. Mais nous avons besoin de l'avis de nos collègues.

Sturm poussa du pied la barre tordue.

— Difficile de contrôler sa force quand on en a autant, n'est-ce pas, Kitiara ? Continue-t-elle d'augmenter ? On dirait que tout ce que tu touches est aussi fragile que du verre.

Elle saisit la barre de son seul pouce et la plia en angle droit.

— C'est ce que tu voulais voir ? dit-elle, la laissant retomber.

*
* *

Cupelix, Kitiara et Sturm étaient assis d'un côté de l'obélisque, les gnomes de l'autre.

Bego se tenait au milieu, devant un chevalet couvert d'un tissu. Il pointa sa baguette.

— Ma dame, messire, et dragon, j'ai l'honneur de vous présenter le Foret de l'Opération Evasion d'Obélisque, modèle numéro un.

Il souleva le tissu, faisant apparaître un croquis aux ramifications fantastiques. Il représentait un énorme foret à hélices supporté par des linteaux, une version géante des forets de menuisier. Suivant les proportions du dessin, sa pointe atteignait quinze pieds de diamètre, la dimension idéale pour permettre le passage de Cupelix.

— Très ingénieux, dit le dragon, l'air sceptique. Et comment ça marche ?

— Par un système de transmission extérieur que nous actionnerons tous les onze. Selon nos estimations les plus optimistes, notre but devrait être atteint en soixante-sept heures de travail.

— Cela fait presque trois jours ! dit Kitiara.

— Sur Lunitari, cela ne fait que deux jours et deux nuits, dit Longuevue.

— Cela mis à part, où allez-vous trouver l'acier pour forger la pointe du foret ? demanda Sturm. Et les poteaux pour construire le cadre ?

— Eh bien, nous avons encore la coque et la charpente de l'*Etoile des Nuages*.

Kitiara se prit la tête entre les mains. Sturm poussa un soupir sonore.

— Si vous démantelez le vaisseau, comment rentrerons-nous à la maison ?

Les gnomes se regardèrent, surpris. Brikolo proposa tout bas de reconstruire le vaisseau une fois que le dragon serait sorti de l'obélisque.

— Non ! dit Kitiara. Vous n'arriverez jamais à reconstituer le vaisseau à partir du bois utilisé. Trouvez quelque chose de mieux !

— Ne vous inquiétez pas ! dit Bego.

Il enleva la feuille du chevalet. Un diagramme tout aussi élaboré que le premier apparut.

— Je suis fier de vous présenter l'Elargisseur de Porte d'Obélisque. Nous pouvons faire éclater les murs de la porte par pression.

Il fallut une minute à Sturm et Kitiara pour anéantir ce nouveau projet : où trouver les matériaux appropriés ?

— C'est sans espoir, soupira Cupelix.

— Jamais de la vie ! dit Wingo en retirant l'étoffe qui voilait ses yeux, devenus noirs comme du charbon. Vous voyez ce qui m'arrive. Je ne peux pas me soustraire à ce que je vois. Je dois dormir face contre terre, et là, je compte toutes les strates jusqu'au fin fond de Lunitari. Mon bon collègue entend deux grains de sable rouler l'un contre l'autre. Les mains de Cordevoile sont constamment soudées quelque part. Les vêtements de Cumulus commencent à pourrir de moisissure. Nous avons tous des problèmes ; nous ne parviendrons pas à quitter Lunitari avant de les avoir résolus.

— Puisque nous parlons de nos dons respectifs, laissez-moi vous dire une chose, intervint Sturm. Cet endroit n'est pas fait pour les mortels. Je t'aiderai, dragon, pour cette seule raison. Plus longtemps nous resterons sur Lunitari, plus nous aurons à souffrir de ses bizarreries magiques.

— Bienvenue dans la lutte, répondit Cupelix.

— Wingo, vois-tu du fer ou du cuivre à l'intérieur du sol ? demanda Kitiara.

— Hélas, ma dame, la lune semble composée uniquement de sable et de granit.

— Sable, répéta Longuevue d'un air rêveur.

Il caressa du doigt la couche de plomb noire enchâssée entre les blocs rouges.

— Sable ! Sable ! Sable !

— Regarde un peu, dit Cumulus. Il perd la tête.

Longuevue respira profondément et, d'un air solennel, avança vers Bego.

— Le sable se trouve en abondance dans le monde, non ?

— Euh, oui, répondit Bego.

— De quoi les lentilles optiques sont-elles faites ?

— De verre, répondit Cordevoile.

— Et de quoi les Micones sont-elles faites ?

— De verre, dirent en chœur Sturm et Kitiara.

— Et de quoi est fait le verre ? cria Longuevue.

Silence.

— Euh, de sable, hasarda Brikolo.

— Sable, verre, lentilles ! Vous ne comprenez pas ? Nous pouvons faire converger les rayons du soleil sur une lentille géante, dont la focale fera fondre le plomb.

— Et les murs s'écrouleront, dit Cupelix. Crois-tu pouvoir le faire ?

— Rien n'est certain, répondit Longuevue avec une prudence atypique. Il nous faut une source de chaleur continue pour faire fondre le sable.

— Les Micones peuvent vous fournir tout le magma en fusion de leur caverne, dit Cupelix. Dois-je leur faire savoir ?

— Sortons d'abord l'*Etoile des Nuages* de la tour, dit Bego. Nous avons besoin d'espace pour travailler.

Cupelix fit venir deux Micones qui s'attelèrent au vaisseau et le tirèrent dehors.

Longuevue dessina hâtivement le croquis d'une lentille de vingt-deux pieds de diamètre et de cinq pieds d'épaisseur.

— Tu crois que cela va fonctionner ? demanda Kitiara.

— Si nous arrivons à fondre la lentille en une seule fois, il ne nous restera plus qu'à la polir, ce qui ne devrait pas être très long. Ce n'est pas le sable qui manque ! répondit le gnome.

Au fond de la caverne, les Micones travaillaient avec acharnement, ébranlant le sol à coups de tête et de pattes.

CHAPITRE XII

Pour raffiner le sable, les gnomes entreprirent de le laver. Hissé sur la plus haute corniche de la tour, Cumulus fut chargé d'assurer plusieurs heures de pluie. Peu à peu, le sol se transforma en un limon de sable et de lichen.

Le dragon quitta son perchoir. Il annonça qu'un nuage s'était formé sous le plafond de l'obélisque.

Sans attendre, une pluie nourrie s'abattit sur Cumulus. Des gerbes d'étincelles provoquées par les éclairs jaillirent sous la voûte.

Cupelix se délectait du spectacle. Il avait lu des choses sur le climat et la météorologie, mais il n'avait aucune idée de ce que cela représentait.

— Tu sais, normalement, ça se passe dehors, précisa Sturm avec amertume.

Sa cape ayant été mise à contribution pour étanchéifier des récipients, il se retrouvait trempé jusqu'à l'os.

Equipées de sacoches pendues à leur thorax, les Micones allaient et venaient avec leur chargement, tandis que les gnomes préparaient la cuve dans laquelle le sable serait fondu. Comme le moule pour fabriquer la lentille, elle était faite d'un torchis de terre et de végétaux qui la rendait idéale pour l'opération.

A l'aube, la cuve fut terminée. Les gnomes y attelèrent une Micone pour la tirer, et l'exposèrent aux courants d'air pour qu'elle durcisse.

La tête d'Eclair apparut au ras d'une ouverture du sol.

— Nous sommes prêts pour le sable ! cria-t-il.

L'équipe descendit dans la caverne. Bâtées comme des mulets, les Micones étaient rangées en bataillon. Oiseleur passa la tête par l'ouverture et siffla. Une fourmi se détacha du groupe et apporta son chargement aux gnomes massés autour de la cuve.

Sturm les regarda déverser le sable et y ajouter les poudres qu'ils avaient été chercher sur le vaisseau. La chaleur était effroyable. Sur l'ordre de Cupelix, les Micones avaient creusé un puits de magma. La cuve était posée en équilibre sur des blocs de pierre, au-dessus du magma incandescent. Les gnomes se promenaient avec nonchalance le long du brasier, se souciant peu d'être brûlés vifs au premier faux pas. Une fois encore, Sturm les admira. Ils fonctionnaient de façon bizarre, mais une fois dans leur élément, ils devenaient imbattables.

Le sable commença à fumer. Les grains se ramollirent, puis se fondirent en une masse orangée qui vira au blanc sous l'intensité d'une chaleur telle que tout le monde dut reculer.

— Nous allons couler le sable en fusion dans le moule de la lentille qui est dessous, dit Bego à Sturm.

Quand le torchis fut sec, Bego et Longuevue se concertèrent. Tout le monde attendit.

Quatre Micones soulevèrent la cuve et l'emmenèrent près du moule.

— Es-tu prêt ? demanda Bego à Oiseleur, qui siffla affirmativement. Alors versez !

Les fourmis géantes firent basculer la cuve. Le verre en fusion se déversa dans le moule.

— Plus haut ! cria Bego. Tenez-le plus haut pour tout vider !

Sous la pression de la pâte en ébullition, la cuve se fissura. Ses bords se fendillèrent.

— Fais-les reculer ! dit Sturm à Bego.

Mus par leur insatiable curiosité, les gnomes s'étaient

agglutinés autour du moule. A tout instant, ils risquaient d'être engloutis par la masse ardente.

Inclinée, la cuve vida ses dernières gouttes dans le moule, qui déborda. Lorsque les Micones la relevèrent, elle éclata.

— Ouf, il était moins une ! dit Bego, s'épongeant le front.

Le moule, consolidé par des pierres, tenait parfaitement le coup. Les bords de la lentille commençaient à refroidir. Ils prirent une couleur rougeâtre.

Au centre du moule, des bulles apparurent dans la pâte.

— Ce n'était pas prévu, dit Longuevue en fronçant les sourcils. Ces bulles vont déformer le verre !

— Nous n'avons pas besoin d'une lentille de la plus belle eau, nota Bego.

— En combien de temps va-t-elle refroidir ? demanda Sturm, étouffant de chaleur.

— Plus de douze heures, répondit Longuevue. Elle aura déjà durci, mais nous ne pouvons pas briser le moule avant que le centre soit totalement refroidi.

— Nous pourrions demander à Cumulus de faire un peu de pluie pour l'asperger, suggéra Tirebois.

— Surtout pas, elle éclaterait !

Il ne restait plus qu'à attendre. Les gnomes se dirigèrent vers le vaisseau pour le préparer au départ.

L'*Etoile des Nuages* récupéra ses ailes. Le navire volant retrouva son allure majestueuse.

— Prêt pour tester les ailes ? demanda Wingo.

Un acquiescement étouffé lui parvint de la salle des machines.

— Allumez le moteur !

Kitiara sentit le sol vibrer sous ses pieds. Les extrémités des ailes se soulevèrent, s'arc-boutèrent puis retombèrent en saccades. Un frémissement douloureux agita la coque.

— Coupez le moteur ! hurla Wingo.

La porte de la salle à manger claqua et Eclair apparut, crachotant.

— Que s'est-il passé ? demanda Wingo.

— Cet imbécile d'Oiseleur a monté le levier à l'envers ! Quand j'ai alimenté le moteur avec l'énergie de la foudre, il y a eu un court-circuit ; les éclairs sont retournés dans le réservoir ! Nous n'avons plus de combustible ! s'exclama Eclair, au bord des larmes.

Kitiara le prit par les épaules.

— Plus de combustible ? Qu'est-ce que ça veut dire ?

— Ça veut dire que nous ne pouvons pas rentrer à la maison !

*
* *

En même temps que la nuit, la bonne humeur de l'équipe était tombée. Oiseleur fut dûment tancé par ses collègues pour avoir saboté son travail, mais une fois les reproches terminés, les gnomes retrouvèrent leur ton habituel de camaraderie.

Kitiara fulminait, Sturm était résigné. Le dragon tenta de les distraire :

— Haut les cœurs ! Si les choses ne s'arrangent pas, je m'envolerai pour le Mont Sasufi et je rendrai compte aux gnomes de votre situation. Une expédition de sauvetage viendra vous chercher. Evidemment, il faudrait déjà que je puisse sortir de la tour.

— Oui. En supposant que ce soit possible, dit Sturm.

Il rejoignit les gnomes, que l'affliction rendait étrangement calmes.

Kitiara approcha du perchoir de Cupelix.

— M'entends-tu ? chuchota-t-elle.

Parfaitement, répondit la voix du dragon dans sa tête.

— Quand nous t'aurons fait sortir de la tour, je voudrais que tu m'emmènes avec toi.

Tu abandonnerais tes amis ?

— Tu dis toi-même que tu pourrais prévenir les gnomes de Sancrist, qui ne laisseront pas leurs collègues dans cette triste situation.

Kitiara commençait à comprendre combien Cupelix se sentait enfermé. Elle craignait qu'une fois libéré de la tour, il n'attende pas que les gnomes aient fini de réparer le vaisseau. Ses rêves de partenariat avec le dragon s'envoleraient avec lui.

Et Sturm ?

— Quelqu'un doit rester pour surveiller les gnomes, répondit-elle. Je ne les abandonne pas, je suis simplement impatiente de quitter cet endroit.

Pour courir l'aventure et remporter des victoires à la guerre.

— N'oublie pas que nous ferons équipe.

Oui, bien sûr. Ma chère Kitiara, si tu avais la possibilité de partir, et que moi, je ne le puisse pas, je me demande si tu me laisserais ici.

— Tu es bien trop grand pour que je puisse te porter, dit-elle en riant.

Le dîner fut vite expédié. Tout le monde se retira pour dormir.

Sturm ne trouvait pas le sommeil. Son destin se bornerait-il à moisir sur Lunitari ? Le dragon avait dit que rien ne mourait sur cette lune rouge. Vivrait-il ici jour après jour, solitaire et aigri, contraint de renoncer à son héritage de chevalier ?

L'espace se referma sur lui. La singulière sensation d'être ailleurs le submergea de nouveau.

Il entendit les grillons chanter dans les fourrés. Les arbres de Krynn lui bouchaient presque le ciel. Au loin se dessinaient les contours d'un château. Il sut que c'était celui de Lumlane.

Dans la nuit noire, il arriva devant le pont-levis. Ebloui par la lumière des torches, il approcha des deux silhouettes en armure postées de chaque côté de l'entrée.

— Qui va là ? cria l'un des gardes en dardant sa lance.

Il me voit ! réalisa Sturm, sidéré.

— Je suis Sturm de Lumlane. Ce château appartient à mon père.

Le garde approcha la torche du nouveau venu. Le visage que Sturm avait devant lui n'était pas celui d'un humain. Ni d'un elfe, d'un nain, d'un gnome ou d'un kender. Sa gueule protubérante était couverte d'écailles verdâtres, ses yeux étaient fendus à la verticale comme ceux de Cupelix.

Des draconiens ! Sturm s'indigna de la présence de ces immondes brutes dans le château de ses ancêtres.

Il avança dans la cour intérieure. Elle était envahie de chariots et de caisses remplies d'armes et de munitions. Pour quelle raison les draconiens avaient-ils transformé le château de Lumlane en arsenal ?

Dans le hall, une table et des chaises avaient été dressées devant le feu. Sturm examina les parchemins qui la couvraient. C'étaient des cartes de Solamnie et d'Abanasinie.

Un homme grand et fort sortit de l'ombre. Des longs cheveux blancs bouclés encadraient son visage sans expression. Il s'assit et posa son heaume sur une chaise. Sturm n'en avait jamais vu de semblable. Avec ses cornes au-dessus de la visière, il ressemblait à un insecte.

— Viens t'asseoir, dit l'homme, qui devait être général.

Une silhouette apparut à la lueur des flammes, mais elle resta à distance.

— J'oubliais que tu n'aimes pas le feu. Dommage. C'est une énergie bien utile.

— La lumière et le feu seront la cause de ma perte, répondit le personnage en robe. J'ai eu la vision de ma mort dans un incendie. Je ne suis nullement pressé d'en finir.

— Surtout avec tout ce que nous avons à faire, répondit le général. Pour quand ta Maîtresse a-t-elle annoncé l'arrivée d'Aile Rouge ? Les armes commencent à rouiller dans l'humidité de ce vieux château.

— Patience, Merinsaard. La Reine des Ténèbres prend la température du pays et mettra ses armées en mouvement quand les auspices seront favorables.

— Tu parles de cela comme si c'était déterminant. C'est l'assaut de la cavalerie qui décide de l'issue de la bataille et du sort des empires, Sorotine.

Le sorcier gloussa d'un rire sépulcral qui fit frissonner Sturm.

— Les hommes d'action aiment à croire que leur destin est entre leurs mains. Cela les réconforte et leur donne de l'importance.

Sans répondre, Merinsaard se pencha vers le feu et ramassa un tison qu'il jeta sur l'homme en robe. Dans un éclair de lumière, Sturm vit le visage du sorcier. Sans sa pâleur mortelle et son regard démoniaque, il aurait pu être beau.

— Prends garde à ce que tu dis, répliqua Merinsaard. Et n'oublies pas, ici c'est moi qui commande. Si quelque chose me déplaît, je te jetterai moi-même dans les flammes.

— Ne sois pas téméraire, messire. Il y a quelqu'un ici qui nous regarde et qui n'est pas de ton bord.

Sturm frémit.

— Quoi ? Où est cet intrus ? s'exclama Merinsaard en dégainant un poignard à la lame verte de poison.

— Là, entre nous deux !

Il voulait parler de Sturm ! Merinsaard donna des coups de poignard dans le vide.

— Idiot ! Il n'y a personne !

— Pas en chair et en os, messire. Son aura vient de très loin. Peut-être d'aussi loin que... Lunitari. Ce qui fait *vraiment* loin.

— Débarrasse-moi de lui, quel qu'il soit ! Tue cet espion ! Personne ne doit avoir connaissance de nos projets !

— Calme-toi, seigneur. Notre visiteur n'est pas là pour espionner. Je sens qu'il est ici chez lui.

— Radoteur ! Cela fait vingt ans que plus personne n'habite ici ! Le dernier seigneur de ce château a été chassé du pays.

— C'est juste, puissant Merinsaard, dit Sorotine. Dois-je faire venir cet esprit en chair et en os, ou le prier de retourner d'où il vient ?

Sturm s'efforça de rester maître de lui pour ne pas tomber sous la coupe de ces deux forbans. Il constata que son état ne s'était pas modifié.

— Pourra-t-il parler à ceux de ce monde ? demanda Merinsaard.

— Je ne crois pas. Il est neutralisé par la distance. Je sens qu'il ne possède pas de pouvoirs magiques.

— Alors renvoie-le dans son enveloppe charnelle et qu'il y reste ! Je n'ai pas de temps à perdre avec des émissaires fantômes !

Sturm vit briller un objet qui tinta doucement. Le sorcier avait frappé sur une cloche d'argent.

— O esprit, écoute-moi ! Quand j'aurai sonné trois fois la cloche magique, tu quitteras ce château, ce pays, ce monde, pour ne jamais revenir. Au nom de la Reine des Dragons !

Sturm sentit chacun de ses muscles se raidir. Il eut l'impression qu'il tombait de très haut.

Il se réveilla étendu dans l'obélisque. La vision s'était déroulée sans lui fournir le moindre indice sur son père. C'était décourageant. Les machinations de Merinsaard et de Sorotine, au château de Lumlane, le rendaient furieux. Il fallait avertir quelqu'un !

Il tira Longuevue de ses couvertures.

— Debout ! Jetons un coup d'œil sur la lentille.

— Maintenant ? bâilla le gnome.

— Pourquoi pas ? Le temps a passé.

La lentille était encore rouge, mais il ne s'en dégageait qu'une faible chaleur. Longuevue se hissa sur la pointe des pieds pour examiner la surface à la loupe.

— Non, ce n'est pas possible ! marmonna-t-il. La lentille ne vaut rien !

— Quoi ?

— Le verre ! Il est pratiquement opaque !

Il tendit la loupe à Sturm, qui découvrit des milliers de bulles blanches enchâssées dans le verre solidifié. La teinte rouge ajoutée aux bulles rendrait évidemment la lentille imperméable aux rayons du soleil.

— Peut-être qu'après polissage..., hasarda Sturm.

— Autant essayer de faire passer les rayons du soleil dans un tronc d'arbre !

Il jeta sa loupe par terre et sauta dessus à pieds joints jusqu'à ce qu'elle soit réduite en miettes.

— Que se passe-t-il ? balbutia Bego.

Réveillés par le bruit, les gnomes firent cercle autour de leur œuvre. Ils contemplèrent la lentille d'un œil éploré.

— Fichue ! dit Brikolo.

— Inutilisable, dit Cordevoile.

— Temps et peine perdus, ajouta Tirebois.

— Qu'allons-nous faire ? demanda Cumulus.

— Essayer d'expliquer ça au dragon, répondit Longuevue d'une voix abattue.

*

* *

Personne ne s'extériorisa sur le ratage de la lentille, sauf Cupelix, qui se départit de son bon caractère habituel. Il fut pris d'un véritable accès de rage :

— Incompétents notoires ! Cerveaux ineptes ! Crétins patentés !

— Veux-tu te taire ! le tança Kitiara. A ton âge, se comporter comme un enfant gâté ! Crois-tu donc que nos petits compagnons ont une garantie de succès ?

Ces paroles firent grand effet sur le dragon. Ses oreilles se couchèrent et ses naseaux cessèrent de fumer.

— J'avais un tel espoir ! avoua-t-il.

— Eh bien, nous allons avoir le temps de songer à un nouveau moyen de te sortir de ta prison de marbre.

Mortifié, Cupelix se retira en hauteur et médita sur l'amertume de la vie. Sturm, Kitiara et les gnomes sortirent de l'obélisque. Ils contemplèrent tristement l'*Etoile des Nuages*, pauvre chose réduite à l'inactivité, immobilisée sur le sol rouge de Lunitari.

Sturm songea aux explications que Wingo leur avait données sur le vaisseau volant. Les ailes n'étaient d'aucune efficacité sans le moteur, et il fallait une quantité d'éclairs pour le faire tourner. Le seul atout qu'il leur restait était...

— Et le sac d'*air éthéral* ! s'exclama-t-il.

— Quoi, l'*air éthéral* ? fit Wingo.

Sturm était trop abattu pour discuter technique avec les gnomes.

— Belcar avait dit, fit-il d'un air gêné, qu'un sac d'*air éthéral* suffisait à faire décoller le vaisseau.

— Avec tout le respect dû à notre défunt collègue, dit Bego, la puissance libérée par l'*air éthéral* contenu dans le sac est inférieure au poids total de la coque du vaisseau.

Il y eut un moment de silence.

— Et si nous allégions le navire ? dit Brikolo.

— Quoi ? firent les gnomes en chœur.

Kitiara arbora un sourire radieux.

— Alléger le vaisseau ! répéta-t-elle aux incrédules. Voilà au moins quelque chose que je comprends !

Elle saisit Brikolo et le jeta si brutalement à bord que ses dents claquèrent. Avec la frénésie du désespoir, les gnomes le suivirent.

Avant que Sturm et Kitiara aient eu le temps de monter à bord, des craquements montèrent du bateau.

— Ils sont capables de tout démolir, dit froidement Sturm. Le pont, les plafonds, les murs et les charpentes.

Les gnomes avaient écumé leurs cabines. Ils jetèrent tout ce qui leur tombait sous la main sur le pont inférieur, où s'entassèrent rapidement un monceau d'objets hétéroclites.

Kitiara trouva Cordevoile et Brikolo suant derrière une cuve.

— Nous n'arrivons pas à la pousser, haleta Cordevoile.

— Je m'en charge, dit-elle en cherchant la poignée. Que contient-elle ? demanda-t-elle en entendant clapoter un liquide à l'intérieur.

Brikolo regarda l'étiquette rédigée en gnome.

— Essence de vitriol. Ce devait être à Belcar, dit-il en avalant péniblement sa salive.

— Comment se fait-il qu'elle n'ait pas rongé les parois de la cuve ?

— Elles sont enduites d'un vernis protecteur, dit Cordevoile. Oh zut !

Ses doigts étaient collés au bord de la cuve.

— Hum... Bon à savoir, dit Kitiara. Ce machin dissout certaines matières mais pas d'autres. Et le marbre ?

— Peut-être. Il n'a aucune action sur bien des substances vitreuses.

— Et sur le plomb ?

— Sur le plomb, oui.

Kitiara bondit sur le pont et tira Bego de la pile de vêtements sous laquelle il était enfoui.

— Le vitriol de Belcar ! Il y en a une cuve pleine. S'il peut ronger le plomb qui étaye les couches de marbre, les murs s'effondreront, non ?

Peu à peu, le visage de Bego s'éclaira. Puis ce fut l'illumination.

— Hydrodynamique ! Ça va marcher !

Les gnomes accoururent. Avec force gestes et moulinets, Bego expliqua l'idée de Kitiara, la complimentant à maintes reprises. Les gnomes explosèrent de joie. C'était si simple ! Quelle solution élégante ! Ils s'étaient fixés sur une option mécanique, et voilà qu'une humaine découvrait une réponse chimique !

— Mais qu'adviendra-t-il de Cupelix quand les murs s'écrouleront ? Même un dragon de bronze ne supportera pas des tonnes de marbre dégringolant sur lui.

— Si nous lui demandions son avis ? proposa Kitiara.

Tout d'abord, Cupelix refusa de sortir de sa réserve. Kitiara lui dit qu'il était ridicule de bouder, mais il ne répondit pas.

Je ne veux pas être déçu une seconde fois, entenditelle.

— Nous ne te promettons rien, dit-elle tout haut.

Nous avons un nouveau plan et nous sommes sûrs qu'il peut fonctionner, mais il y a un problème. Ta libération risque de te coûter la vie.

Une bonne solution. Je ne veux plus rester prisonnier plus longtemps.

— Oh ! tais-toi ! Si tu ne veux pas venir en parler avec nous en dragon raisonnable, nous détruirons l'obélisque et advienne que pourra. Allons-y, dit-elle à ses compagnons.

— Nous n'allons quand même pas nous servir du vitriol alors qu'il est encore là-haut ? dit Brikolo.

— Pourquoi pas ? On va voir si ça marche, répondit Kitiara.

— Mais le dragon sera blessé.

Tirebois mâchouilla le bout de son crayon.

— Je me demande quel est le degré de résistance de la peau d'un dragon.

— Nous allons le calculer, dit Longuevue, sortant un parchemin.

CHAPITRE XIII

Libéré de centaines de kilos inutiles, l'*Etoile des Nuages* oscillait comme une bouée. Wingo et Cordevoile l'étayèrent avec des pieux.

— A part les caisses de vivres et d'eau, il ne reste plus rien à bord, annonça Bego. On a même enlevé les cloisons.

— Et le moteur ? demanda Sturm. Il doit peser autant que le corps du vaisseau.

— Sinon plus, répondit Eclair avec fierté.

— Alors il faut l'enlever.

— Non, pas notre magnifique moteur ! Il n'en existe pas deux comme lui.

Sturm comprit qu'il n'arriverait à rien. Il rejoignit Kitiara, qui discutait avec Tirebois et Longuevue des méthodes de dissolution du plomb.

— Le vaisseau est suffisamment léger pour pouvoir décoller, déclara-t-il, mais Eclair et Oiseleur ne sont pas d'accord pour démonter le moteur.

— Et alors ? Prends une masse et mets-le en pièces ! Cela résoudra la question.

Tirebois et Longuevue écarquillèrent les yeux. Sturm préféra s'abstenir de tout commentaire.

— Cupelix s'est-il manifesté ? demanda-t-il.

— Non. Il est buté comme un baudet.

Sturm revint dans la tour déserte.

— Cupelix ? appela-t-il. Cupelix, je suis sûr que tu m'entends ! Descends ! Kitiara est en train de mettre au point son plan avec le vitriol. Elle fera écrouler la tour sur toi, simplement pour prouver qu'elle en est capable.

Je te crois, Lumlane. Tu dis la vérité.

— L'honnêteté est le devoir d'un chevalier, répondit Sturm à la voix qu'il entendait dans sa tête.

J'ai conclu un marché avec cette chère Kitiara : si elle parvient à plaider ma cause auprès des gnomes, je l'accompagnerai pendant deux ans sur Krynn.

— Pour quoi faire ?

Je n'en sais rien. Mais c'est suffisamment important pour qu'elle veuille vous laisser ici et repartir pour Krynn.

— Tu plaisantes ! Kitiara ne ferait jamais ça !

Je suis très sérieux, Lumlane. Quand elle a cru que le vaisseau resterait inutilisable, elle m'a demandé de l'emmener avec moi quand je serai libre.

— Pourquoi me racontes-tu ça ?

Son ambition m'inquiète. Tout être vivant a une aura qui révèle ce qui anime le corps. La tienne t'auréole d'un jaune lumineux et stable. Celle de Kitiara est rouge, de plus en plus striée de noir.

— Je ne sais pas de quoi tu parles. Kitiara est volontaire et impétueuse, c'est tout.

Tu te trompes, mon vertueux ami.

— Descends de ton perchoir et viens nous aider à te libérer. Je n'ai rien d'autre à te dire.

Les gnomes avaient déjà installé le premier étage de l'échafaudage, quand Cupelix consentit à descendre.

Bego lui donna une foule de détails sur le plan. Le dragon ne semblait pas très chaud. Il aurait préféré qu'on arrachât le sommet de l'obélisque, mais il n'y avait pas assez de bois pour monter un échafaudage à une telle hauteur.

— C'est vraiment dommage que tu ne puisses pas te réfugier dans la caverne, dit Wingo, tu serais en sécurité.

— Pourquoi pas ? dit le dragon.

— Les ouvertures sont trop petites pour toi ! objecta le gnome.

— On n'a qu'à les agrandir. Votre liquide corrosif attaque-t-il le marbre ?

— Nous n'en sommes pas certains, répondit Bego. Ah ! si j'avais mieux étudié la chimie !

— Pourquoi ne pas tenter une approche directe ? Versez donc quelques gouttes sur le sol..., suggéra Cupelix.

Celle lumineuse idée fut aussitôt mise en pratique.

— Doucement ! fit Bego à Kitiara, qui versait le liquide sur le bord du trou conduisant à la caverne.

Quand il entra en contact avec la pierre, le vitriol produisit un sifflement. Quelques secondes plus tard, le bouillonnement s'arrêta.

— Pouah ! Ça pue ! fit Kitiara.

Wingo frappa sur la pierre vitriolée avec un marteau pointu.

— Le marbre a été rongé, annonça-t-il, mais il nous faudra des tonnes de vitriol pour venir à bout de cette pierraille.

— Mais nous avons des bêches et des pioches, dit Sturm. Et ce ne sont pas les bras qui manquent ! Il faudra bien transpirer un peu.

Avec les outils les plus grands et les plus lourds qu'ils purent trouver, tous se mirent au travail. Ils progressaient lentement ; le marbre était dur, les outils, trop petits.

Le soleil frappait l'obélisque. Il faisait une chaleur d'enfer. Le dragon battait des ailes pour éventer les travailleurs, qu'il régalait de belles histoires puisées dans ses livres.

Fervent admirateur du barde elfe Kivalenn Soth, il connaissait la Geste de Huma par chœur. Kitiara fut fascinée par l'histoire d'amour entre le chevalier et le dragon d'argent.

— C'est une véritable tragédie, dit Cupelix. Penser qu'un dragon en arrive à changer sa noble apparence pour endosser celle d'un mortel. Misère !

— Tu penses que les dragons sont meilleurs que les hommes ? demanda Sturm.

— Sans aucun doute. Ils sont plus grands et plus forts ; ils ont plus de capacités et de pouvoirs, une meilleure longévité et des qualités mentales inégalées. Que peut un homme qu'un dragon ne fasse pas ?

— Sortir d'ici ! répliqua Kitiara.

— Quel dommage que tu ne puisses te changer en humain, dit Sturm. Nous ne serions pas obligés de creuser.

Au bout de deux heures, ils avaient gagné quelques coudées de largeur. Cupelix exprima sa satisfaction, mais Kitiara fit la moue.

— A cette allure, nous serons morts avant que tu puisses passer une patte dans l'ouverture !

— Je crois que nous nous donnons beaucoup de mal pour peu de résultat, dit Sturm. Je me souviens que les maçons du château fendaient des pierres aussi grosses en deux ou trois coups. Laissez-moi réfléchir à ça.

Kitiara sortit. A sa surprise, les gnomes avaient déjà monté des échafaudages sur les trois côtés de l'obélisque.

— Nous devons faire vite, il ne reste plus que deux heures et demie de lumière, dit Bego. Allons voir où en sont vos travaux.

Ils trouvèrent Sturm à genoux, en contemplation devant un pichet d'eau. Cupelix avait regagné son perchoir.

— Qu'est-ce que tu fabriques ? demanda Kitiara.

— J'essaie de me rappeler comment ils procédaient. Les maçons du château de Lumlane parvenaient à faire éclater un bloc en s'y mettant à quatre. Ils creusaient des trous dans les parois de la pierre et y introduisaient de gros piquets de bois qu'ils gorgeaient d'eau. En gonflant, le bois faisait craquer la pierre.

— Ingénieux, reconnut Kit. Mais comment creuser des trous dans le marbre ?

— Nous avons des forets d'acier. Avec ta force et la bonne manière de s'y prendre, c'est possible.

Bego partit en courant et revint avec les forets et des pieux. Ils passèrent à l'action.

En une demi-heure, ils réussirent à transpercer le bloc. Enhardis par leur succès, ils continuèrent à forer entre les ouvertures débouchant sur la caverne.

Il était plus de minuit lorsqu'ils achevèrent leur trente-sixième trou. Ils avaient cassé trois forets et les mains de Kitiara étaient pleines d'ampoules.

Les gnomes avaient taillés les piquets dans ce qu'il restait de bois. Armé d'un marteau, Sturm les planta dans les trous.

Kitiara tendit à Sturm un baquet plein d'eau.

— A toi l'honneur, dit-elle. C'est ton idée.

— Pour le bâtisseur du château de Lumlane ! déclara Sturm en arrosant le premier piquet.

Plusieurs baquets défilèrent, puis Sturm s'arrêta.

— Eh bien ? fit Kitiara.

— Il faut attendre un peu plus longtemps ! Les piquets doivent gonfler. Mettons encore de l'eau.

Il continua à les arroser.

Rien ne se passa.

— Prodigieux ! ironisa Kitiara.

Un par un, les gnomes sortirent de l'obélisque. Perplexe, Sturm secouait la tête.

— Avec les maçons de mon père, cela marchait...

— La maçonnerie est un art mystérieux, dit Cupelix, qui ne livre pas ses secrets au premier venu.

Alors les dalles craquèrent.

Près du trou que Kitiara et Sturm avait si laborieusement élargi, une fissure se dessinait entre le premier et le deuxième piquet de l'alignement.

Sturm allait élargir la fissure avec son outil quand un craquement monta d'une zébrure, à la base du triangle. Il leva son marteau.

— Attends ! dit Cupelix, fasciné.

Les piquets jouxtant les ouvertures pour Micones avaient fait éclater les blocs, qui s'effondrèrent dans la caverne. Le triangle de pierre se détacha et tomba à son tour dans un bruit de tremblement de terre. Sous le choc, l'obélisque vibra sur toute sa hauteur.

Kitiara rentra en trombe, suivie des gnomes.

— Sacrebleu, que s'est-il passé ? cria-t-elle.

— Le chemin est libre ! Cupelix peut descendre dans la caverne.

Les gnomes voulaient absolument continuer et démolir l'obélisque sur-le-champ, mais Kitiara et Sturm se déclarèrent trop fatigués.

Les gnomes n'insistèrent pas et se retirèrent dans le vaisseau pour dormir. Bientôt leurs ronflements prirent les sonorités d'un concours entre les crapauds-buffles et des grillons.

Sturm comptait les étoiles pour s'endormir. Il entendait Kitiara aller et venir. Elle s'arrêta près de lui.

— Tu dors ?

— Pas tout à fait.

— Te rends-tu compte que c'est peut-être notre dernière nuit sur Lunitari ?

— Je m'en réjouis.

— Tu sais, je me suis demandée depuis combien de temps nous étions ici. Quarante-quatre jours lunitariens. Cela fera combien de temps sur Krynn ?

— Ça, je n'en sais rien, dut-il admettre.

— Imagine que nous arrivions sur Krynn et que des années se soient écoulées... On raconte souvent qu'en revenant des royaumes elfes, les humains retrouvent leurs enfants devenus adultes et leurs amis déjà morts, dit Kitiara.

— Dis-moi ce qui te fait peur, Kitiara ? demanda Sturm avec douceur.

— Ce rendez-vous, dans cinq ans. Je ne veux pas le manquer, c'est important.

— Et il y a Tanis...

— Oui.

— Aurais-tu l'intention de revenir auprès de lui ?

— Non, il ne s'agit pas de cela, répondit-elle, mal à l'aise. Nous ne nous sommes pas quittés en bons termes et je voudrais réparer mes torts avant de...

— Avant de ?

— Avant d'entreprendre mes voyages avec Cupelix.

Ainsi elle avait avoué.

— Abandonnes-tu les recherches sur ton père et ta famille ? demanda-t-il.

— Mon père a toujours dit que sa famille l'avait rejeté pour toujours. J'aurais aimé leur cracher à la figure, mais voyager par le monde en compagnie d'un dragon me paraît plus excitant. Au diable les Uth-Matar.

Dans le silence qui suivit, Sturm sentit venir le sommeil. Il ferma les yeux.

— Sturm, si tu vois Tanis avant moi, peux-tu lui dire que je regrette, et qu'il avait raison ?

Trop discret pour demander de quoi il s'agissait, Sturm promit sur l'honneur des Lumlane de transmettre le message à Tanis Demi-Elfe.

CHAPITRE XIV

Le dragon les tira de leur sommeil en appelant à grands cris. Les gnomes bondirent de sous leurs couvertures et se mirent à l'ouvrage. Sturm se frotta les yeux et regarda autour de lui. Kitiara n'était pas là. Elle arriva plus tard, avec une pioche qu'elle jeta sur le tas d'outils.

— Qu'est-ce que raconte le dragon ? demanda-t-elle. Je n'ai rien compris.

— Il veut que nous passions à la démolition de la tour.

— Parfait. Je suis prête.

Tout ce que l'obélisque contenait de récipients de porcelaine fut réquisitionné pour le vitriol. Armés de pots et de tasses pour recueillir le liquide, les gnomes prirent place sur les échafaudages.

Nerveux, Cupelix sautait d'une patte sur l'autre.

— Tous mes livres et mes manuscrits sont en sécurité dans la caverne, annonça-t-il. A mon tour de descendre.

La queue enroulée autour du corps, le dragon introduisit ses pattes dans l'ouverture pour Micones. Il avait tout juste la place de passer.

— Serre bien tes ailes contre tes flancs, recommanda Sturm. Plus près ! Voilà.

— Heureusement que je suis plutôt mince pour un dragon, fit remarquer Cupelix.

Il s'était engagé jusqu'au cou dans le trou. Seule sa tête dépassait encore.

— Je crois que je vais regretter cet endroit, dit-il, mélancolique.

— Allons, avance ! lança Kitiara.

La tête de Cupelix disparut. Après une chute de quarante pieds, il se hâta de vérifier s'il pouvait bouger les ailes.

Par message télépathique, les humains reçurent la bonne nouvelle.

— Cupelix est bien arrivé ! cria Sturm à Bego.

Le gnome siffla dans ses doigts.

— Commencez à badigeonner ! cria-t-il à ses acolytes.

Répartis sur les trois côtés de l'obélisque, ils appliquèrent le vitriol sur les couches de plomb. Des vapeurs âcres se dégagèrent, posant des problèmes aux gnomes qui ne portaient pas le Masque contre les Fumées Toxiques, modèle II, créé par Cordevoile et Brikolo.

— Parfait ! Maintenant, passons à l'étage au-dessous ! cria Bego.

Eclair descendit lestement de l'étage supérieur et atterrit sur une tasse posée sur la planche. Le vitriol se répandit, rongeant le bois et les cordes plus vite que le plomb.

— Faites attention ! s'exclama Sturm.

Les planches se désolidarisèrent des piliers. Eclair oscilla sur la pointe des pieds, tentant de conserver son équilibre, puis bascula dans le vide.

Prévoyant sa chute, Kitiara tendit les bras et le récupéra en douceur.

— Merci infiniment, dit Eclair.

— Il n'y a pas de quoi, répondit Kitiara.

Le marbre rouge se stria de plomb fondu dégoulinant le long des façades. Le vitriol agissait à une telle vitesse qu'après une demi-heure de travail, les gnomes avaient atteint le quatrième niveau de l'échafaudage.

— Je n'ai pas l'impression que les murs s'en portent plus mal, murmura Sturm, dubitatif.

— L'effet sera cumulatif, expliqua Bego. Sans les support de plomb, les couches de marbre ploieront les unes sous le poids des autres. Quand nous aurons atteint le dernier niveau, toute la structure ne reposera plus que sur un seul support de plomb. Les murs ne pouvant pas résister à une telle pression, ils s'effondreront.

Le ciel violet commençait à s'éclaircir.

— Bientôt le lever du soleil ! dit Sturm. Cela ne risque-t-il pas d'affecter le processus ?

— Evidemment, répondit Kitiara. Nous allons recevoir l'obélisque sur la tête. Dépêchez-vous ! cria-t-elle. Le soleil se lève !

L'aube menaçant et les gnomes étant ce qu'ils sont, les incident augmentèrent. Chutes, chevilles tordues et brûlures à l'acide se multiplièrent.

Les météores sillonnèrent l'horizon. Le soleil allait apparaître.

— Vite !

Les gnomes quittèrent l'échafaudage comme des rats un bateau qui coule. Le dernier tiers de l'obélisque ruisselait de bulles noirâtres.

— Filez ! Courez aussi vite et aussi loin que vous pouvez ! cria Sturm.

Il tira derrière lui Tirebois, toujours un peu lent, tandis que Kitiara empoignait Eclair et Cordevoile. Ils coururent jusqu'au pied de la colline où l'*Etoile des Nuages* avait été mis à l'abri.

Un long grondement monta de l'édifice.

— Des blocs se sont détachés ! cria Eclair, fou de joie.

L'obélisque penchait vertigineusement. Des pans entiers de la moitié supérieure cédèrent, trouant la tour comme un fromage. La base ne résistait plus au poids des murs ; l'ensemble de la structure oscilla sur ses fondations. Sous la pression qu'ils subissaient, les blocs de pierre furent éjectés et dégringolèrent sur le sol avec des bruits de tonnerre. Puis l'obélisque s'abattit comme un immense arbre foudroyé, soulevant des nuages de poussière.

Peu à peu, le tumulte cessa, la poussière rouge retomba.

— Fichtre ! fit Bego, solennel.

— Ça a marché ! dit Wingo.

Kitiara lâcha un sauvage hurlement de triomphe.

— Ouah ! On a gagné ! On l'a eu ! cria-t-elle en sautant en l'air.

Sturm arborait un large sourire. Les gnomes se dirigèrent vers les décombres fumants. Soudain, ils s'arrêtèrent, muets. Intrigué par leur silence, Sturm découvrit avec eux les bases de l'obélisque encore debout parmi un chaos de pierres éboulées.

Hébétés, ils contemplèrent l'amas de décombres qui obstruaient en partie l'ouverture sur la caverne.

— Brikolo, va voir de plus près et appelle le dragon. Il faudrait que nous sachions s'il est entier.

Brikolo disparut entre les décombres. La réponse télépathique à son appel ne se fit pas attendre.

Opération réussie !

— Il est vivant ! s'écria Bego.

— Enlevons les pierres qui bouchent le passage, dit Sturm.

Ote-toi de là, petit Brikolo, je vais sortir !

Les blocs se soulevèrent et Cupelix émergea des décombres. Toutes dents dehors, il bombait le torse, exultant de joie.

— Réjouissez-vous, amis mortels ! Je suis libre !

— Tu n'as eu aucun mal à sortir de sous les pierres ? s'étonna Kitiara.

— Aucun, chère Kitiara. Le sort qui protégeait la structure de l'obélisque est tombé avec lui. Qu'elle est douce, la première bouffée d'air d'un dragon libre ! dit-il en aspirant comme un soufflet de forge.

Il y eut un moment de flottement, chacun se demandant ce qu'il fallait faire.

— Je crois que nous devrions nous préparer à partir, dit Bego. A supposer, bien sûr, que le vaisseau puisse décoller grâce à l'*air éthéral.*

— J'ai bon espoir, dit Kitiara.

Sturm la regarda d'un air interrogateur. Elle lui fit un clin d'œil et lui adressa un de ses sourires en coin.

Sans prévenir, Cupelix déploya ses ailes sur toute leur envergure, ce qu'il n'avait jamais pu faire dans la tour. Il les étira avec délices, poussant de petits grognements de satisfaction. Puis il décolla voluptueusement et monta si haut dans l'espace qu'il ne fut plus qu'une minuscule tache dorée.

Alors il piqua sur ce qui restait de l'obélisque à une telle vitesse que chacun crut qu'il allait s'écraser.

Savourant leur victoire, les gnomes étaient agglutinés sur les décombres, discutant et mesurant à perte de vue.

— Veux-tu faire un petit tour ? proposa Cupelix à Kitiara.

— Je veux bien, répondit-elle après une hésitation, mais pas d'acrobaties !

— C'est d'accord, répondit le dragon avec un large sourire.

Kitiara grimpa sur son dos et s'accrocha aux écailles. Quand Cupelix s'éleva au-dessus des ruines, elle en eut le souffle coupé. Puis l'ivresse qui l'avait saisie quand elle avait volé pour la première fois sur le vaisseau la gagna. Elle sourit à Sturm qui la regardait d'en bas.

— Hello, Sturm de Lumlane ! fit-elle en agitant la main. Tu devrais essayer !

Les gnomes acclamèrent le dragon. Sturm eut une étrange sensation. Non qu'il eût peur pour Kitiara, mais l'image d'un humain chevauchant un dragon le faisait frémir.

— Bon ! Je suis content de voir qu'ils s'amusent, dit Bego, amer, mais nous pourrions peut-être nous mettre en route ?

Sturm fit de grands signes pour faire revenir Cupelix, qui se fit une joie de piquer sur les gnomes pour les effrayer.

Tout le monde se dirigea vers l'*Etoile des Nuages*.

Kitiara souriait, chantonnant une marche militaire.

— Tu es de bien belle humeur ! s'exclama Sturm. Tu sais que le vaisseau risque de ne pas décoller.

— Crois-moi, nous nous envolerons. Tu peux en être sûr.

— S'il n'y a que ça pour te faire plaisir, je peux croire à n'importe quoi !

Devant son air morose, elle éclata de rire.

Les gnomes s'égaillèrent sur le pont du vaisseau. Sturm enjamba la rambarde.

— Personne ne croira que nous sommes venus sur Lunitari, dit-il, perplexe. J'ai l'impression d'avoir rêvé les yeux ouverts.

— Quelle importance ? répondit Kitiara. Nous savons que nous y étions et ce que nous avons vécu. Même si nous n'en parlons jamais, ce voyage restera gravé en nous.

Cupelix atterrit en douceur, replia ses ailes et s'allongea près du vaisseau.

— Gloire à vous, mes amis ! Je renais ! Que dis-je, je *nais* ! Depuis que j'ai quitté ce sarcophage de pierre, je me sens un autre dragon. D'ailleurs, je vais changer d'identité. Mon nom sera désormais Petriol, Celui-qui-vole-comme-un-oiseau.

— Ravi de faire ta connaissance, Petriol, dit Bego. Maintenant, écoutez-moi ! A mon signal, vous lâcherez les amarres.

Les cordes se détendirent et l'*Etoile des Nuages* s'ébranla. Il n'était pas prévu que le vaisseau gîte latéralement. La coque craqua de façon inquiétante.

— Nous sommes trop lourds ! cria Wingo.

Un fracas de planches brisées se fit entendre. La proue se leva. Tout le monde fut précipité en arrière. Sturm se cogna la tête contre la cabine du pont.

Il y eut un bruit inexplicable, et le vaisseau s'éleva dans les airs.

— Hello ! cria Petriol. Vous avez perdu quelque chose !

Sturm et les gnomes se précipitèrent vers la rambarde. A une cinquantaine de pieds au-dessous d'eux, ils virent un amas de ferraille entremêlé de planches éparpillées sur le sable rouge.

— Le moteur ! cria Eclair.

Oiseleur poussa une ritournelle aiguë. Ils foncèrent vers le pont inférieur. Dans l'escalier, Eclair tomba sur Kitiara, qui chantonnait une vieille berceuse de Solace.

— Vite ! dit-il, hors de lui. Nous avons perdu le moteur. Il faut redescendre.

— Non !

— Comment, non ?

— Je ne connais rien à la navigation aérienne, mais je savais que le vaisseau était trop chargé pour décoller. Alors je me suis chargée de le délester.

— Comment as-tu fait ? demanda Sturm.

— J'ai scié la coque.

— Tu n'as pas joué franc-jeu ! Ce n'est pas juste ! dit Eclair à travers ses larmes.

Oiseleur imita divers cris d'oiseaux. Sturm leur tapa sur l'épaule.

— Ce n'est pas juste, mais c'était la seule chose à faire, dit-il pour les consoler. Vous construirez un autre moteur quand vous serez à Sancrist.

— Nous ferions bien d'examiner le trou, dit Bego. La coque doit souffrir, sans parler des entrées d'air.

Avec ses six pieds de large et ses douze pieds de long, le trou était parfait pour les courants d'air.

— Oh ! comme c'est intéressant, dit Bego, penché sur le vide, en découvrant le sol qui filait sous eux. Nous aurions dû prévoir dès le départ une fenêtre dans la coque.

— C'est une idée à retenir, dit Sturm, resté soigneusement en retrait. Il faudrait boucher cette ouverture avec les moyens du bord, si nous ne voulons pas tomber dans le vide.

L'acte délibéré de Kitiara ne le surprenait pas. Cela lui ressemblait bien : agir vite et sans tenir compte des obstacles. Somme toute, ils avaient fini par décoller.

Le dragon tournoyait en larges cercles autour de l'*Etoile des Nuages*, qui volait vers l'ouest.

Wingo approcha aussi près que possible de l'ouverture de la coque. Il fixait quelque chose dans le lointain, quand il retira brusquement ses bandages.

— Qu'est-ce que c'est ? demanda-t-il en pointant un doigt.

— Je ne vois rien, répondit Bego.

— On dirait quelqu'un qui marche.

— Tu dois te tromper. C'est peut-être un arbre.

— Non, c'est plus petit et ça bouge. Ce n'est pas possible, dit-il en se frottant les yeux.

— Quoi ? Qu'y a-t-il donc de si intéressant ?

— Ça ressemble à un gnome ! On dirait Belcar !

— Belcar est mort, dit Sturm.

— Je sais ! Mais ça lui ressemble quand même, sauf que c'est complètement rouge !

— Un fantôme ? demanda Brikolo en frissonnant.

— Sûrement pas, il vient de se casser la figure.

— Alors il est vivant ! Il faut retourner le chercher ! s'écrièrent Cordevoile, Eclair et Oiseleur.

— Impossible de retourner, dit tristement Bego.

Cumulus renifla et Tirebois essuya une larme.

— Que pourrait-on faire ? dit Sturm.

— Le dragon ! Petriol va aller le chercher ! lança Cumulus.

— C'est une possibilité, admit Kitiara.

— Tu es sa préférée, demande-lui, décida Tirebois.

Le dragon de cuivre pointait le nez vers l'arrière du vaisseau, projetant une masse d'air contre sa coque.

— Hé ! Petriol ! hurla Kitiara.

Le dragon plongea sous le vaisseau.

— Cette grande brute ne m'entend pas !

— Il est ivre de liberté, dit Sturm. On ne peut pas lui en vouloir, après tant d'années passées dans l'obélisque.

— Nous allons perdre de vue Belcar ! s'écria Brikolo.

La petite figure rosâtre se fondit dans l'immensité de sable rouge. Muets, les gnomes s'éloignèrent de leur ami. Laissant derrière lui ses compagnons en pleurs, Tirebois descendit du pont.

Il revint avec un marteau, une faucille et une paire de pinces qu'il jeta par-dessus bord.

— Mais qu'est-ce que tu fais ? demanda Sturm.

— Belcar aura besoin de ses outils, répondit Tirebois.

— C'est vraiment incroyable, dit Cumulus. Quand je pense qu'il était mort...

— Ce que raconte le dragon est peut-être vrai, suggéra Kitiara. Rien ne meurt vraiment sur Lunitari.

— Veux-tu dire que ce n'était pas Belcar que nous avons vu mais un avatar de Belcar ?

— Je n'en sais rien, je ne suis ni prêtre ni philosophe, répondit-elle. Les morts marchent, même sur Krynn. Avec l'atmosphère saturée de magie qui règne sur Lunitari, il n'y a rien de très étonnant à ce que Belcar réapparaisse.

*
* *

Le vaisseau survola des plaines et des étendues de pierres qui semblait vivantes. A la longue, Sturm trouva le spectacle ennuyeux et descendit voir les gnomes, aux prises avec le trou de la coque.

Etendus sur le ventre, Tirebois et Brikolo tendaient des lattes de bois sur l'ouverture béante. Eclair et Cumulus leur passaient le matériel. Prenant tous les risques, travaillant à l'à-peu-près dans le pur style gnome, ils parvinrent à combler l'orifice.

Le ciel s'était assombri. De la poupe, Kitiara regardait fuir la lune rouge. Fatigué de ses nouvelles prouesses, Petriol planait à côté du vaisseau.

Comment faites-vous ?

— Comment faisons-nous quoi ? demanda-t-elle.

Comment faites-vous voler si facilement ce vaisseau ?

— L'*air éthéral* nous soutient. C'est tout ce que je sais. Veux-tu que je demande à Bego de t'expliquer ?

Non merci. Les digressions des gnomes me donnent la migraine.

— A moi aussi. Tiens, des nuages ! Nous volons vraiment très haut !

J'ai mal partout. Je ne suis pas habitué à tant d'exercice.

— Le chemin du retour est long. Des jours, des semaines, qui sait ? Croyais-tu que Krynn était juste derrière l'horizon ?

Tu ne montres guère de compassion à mon égard.

— Tu ne règnes plus sur ton monde. Ce sera ta première leçon. Une bonne discipline...

Comme tu es dure !

— C'est la vie qui est dure, répondit-elle en se tournant pour enfiler ses gants.

Il commençait à faire froid. Elle mit ses bottes et tira sur les lacets, qui se nouèrent. Il lui fallut les démêler.

Kitiara s'étonna qu'ils ne se soient pas rompus.

Quand ils furent dénoués, elle tira dessus. Les lacets tinrent bon.

CHAPITRE XV

L'*Etoile des Nuages* volait si haut qu'on sentait à peine le mouvement de ses ailes. L'air était vif et coupant comme le tranchant d'une épée. Le soleil, les étoiles et Lunitari semblaient défiler derrière le vaisseau comme s'il était ancré dans le ciel.

Lunitari n'était plus qu'une petite sphère rouge dans le lointain, mais Krynn n'était toujours pas en vue. Les voyageurs de l'espace commençaient à s'inquiéter.

Longuevue leur affirma qu'ils verraient leur chère terre quand Lunitari aurait achevé sa course à travers le ciel.

— Krynn étant la sphère la plus grande du ciel, c'est d'elle que nous subissons la plus forte attraction. Elle attire davantage les rayons du soleil que Lunitari. Mais nous devons rester vigilants, et lâcher au bon moment ce qu'il faut d'*air éthéral*, du moins si nous voulons perdre de l'altitude et atterrir.

Le trou de la coque avait été bouché de manière sommaire. Les gnomes galopaient dessus sans frémir, mais Sturm ne s'y risquait pas. Il rejoignit Kitiara, assise dans ce qui avait été la salle à manger. Il n'y restait plus rien à part le fauteuil de Bego, dépouillé de ses coussins.

Kitiara était assise dans un coin, les yeux dans le vague.

— Ça ne va pas, Kit ? demanda Sturm.
— Pourquoi ? J'ai l'air malade ?
— Non...
— Dis-moi, Sturm, as-tu encore des visions ?
— Non, plus depuis quelque temps.
— T'en souviens-tu encore ?
— Bien sûr que je m'en souviens.
— Quelle était la première ?
— Eh bien, c'était... A propos de mon père, je crois.
Il essaya de se souvenir de quoi il s'agissait.
— Et ta dernière ?
— Il y avait un sorcier, du moins il me semble...
— Les effets de la magie de Lunitari commencent à faiblir. Tu as oublié le contenu de tes visions. J'ai perdu ma force. Tiens, regarde.
Elle fit plier la lame de son épée sous ses doigts.
— On ne peut pas vraiment dire que tes forces t'aient quittée, répondit Sturm.
— Hier, je faisais la même chose avec *deux* doigts.
— Nous nous en tirerons bien mieux sans ces pouvoirs exagérés.
— Parle pour toi ! Moi, j'aime être forte et puissante !
— De puissants guerriers meurent tous les jours, ignorés par la génération suivante. Le présent est destiné à être oublié. C'est la vertu, et non la férocité ou la témérité, qui fait un héros d'un guerrier.
— Tu te trompes, Sturm. On ne se souvient que du succès. Rien d'autre ne compte.
La porte s'ouvrit, laissant entrer un courant d'air glacial. Emmitouflé dans des chiffons de flanelle, Tirebois s'immobilisa sur le seuil et pointa un doigt vers la fenêtre.
— Cupelix est en train de sombrer.
Ils rejoignirent les gnomes, en conférence sur le pont.
— Eparpi-pi-llez-vous un peu ! cria Bego, craignant pour l'équilibre du vaisseau.
— Tu as bégayé ! fit remarquer Wingo.
— On parlera de ça plus tard, dit Kitiara.

Loin derrière eux, Cupelix volait à cinquante pieds au-dessous du vaisseau. Les pattes traînant dans le vide, il planait, battant faiblement des ailes de temps à autre.

— Cupelix ! ... Cupelix ! Tu m'entends ? cria Kitiara, les mains en cornet devant ses lèvres.

Oui, très chère.

— Tu y arriveras, vieille bête ! M'entends-tu ? Tu vas y arriver !

Non. C'est fichu... Je suis trop faible.

— Secoue-toi ! Ne te laisse pas aller. N'oublie pas, tu es un dragon de cuivre ! C'est ta chance, Cupelix ! Ta seule chance de venir sur Krynn.

Je ne peux plus voler... Ce n'est plus possible, chère Kitiara.

— Que pouvons-nous faire pour toi ? cria Sturm.

Dites aux autres navigateurs du ciel que je vis à Lunitari. Qu'ils viennent me voir.

— Nous n'y manquerons pas, répondit Bego.

Amenez-moi des livres, des philosophes, des...

Le dragon s'épuisait. Il parvenait à peine à battre des ailes.

Saisissant Wingo par le collet, Kitiara le souleva de terre.

— Pourquoi n'arrive-t-il plus à voler ? Pourquoi perd-il de l'altitude ?

— L'air est trop rare. Ses ailes ne sont pas assez amples pour le soutenir à cette altitude, répondit le gnome, les yeux exorbités, sur le point d'étouffer.

Sturm l'arracha des mains de Kitiara et le remit sur ses pieds. Wingo reprit son souffle.

— L'*Etoile des Nuages* peut se maintenir à cette altitude grâce à deux paires d'ailes et au sac d'*air éthéral* qui le retient. Le dragon n'a rien, lui.

Adieu.

Kitiara se pencha au-dessus du bastingage. La silhouette sombre du dragon se découpait sur le fond pastel de la lune. Petriol, Celui-qui-vole-comme-un-oiseau, n'était plus. Cupelix quittait doucement le ciel où il avait été si heureux. Des crampes assaillaient ses muscles, paralysant ses ailes. Il sombrait comme un navire coule à pic. Dans un ultime effort, il rétablit son équilibre et parvint à freiner sa descente.

— Cupelix ! Ne m'abandonne pas ! Et notre pacte ? cria Kitiara, désespérée. Ma force m'a quittée, tu entends ? J'ai besoin de toi ! Pense à nos projets...

Sturm la prit par les épaules et l'écarta du bastingage.

Adieu, chère Kitiara, furent les derniers mots que le dragon lui adressa.

Longuevue braqua sa lunette télescopique sur le ciel. Il ne parvint pas à localiser Cupelix.

— Au revoir, dragon ! cria-t-il.

La tête sur la poitrine de Sturm, Kitiara sanglotait.

— Cela me fait tant de peine pour toi, lui dit-il avec douceur.

Ses larmes le touchaient plus encore que le tragique destin du dragon.

Elle le repoussa et s'écria sur un ton tranchant :

— Stupide animal ! Nous avions conclu un marché tous les deux ! Nos projets, nos fabuleux projets !

Soudain gênée, elle essuya ses larmes en reniflant bruyamment.

— Laissez-moi seule ! Je ne peux vraiment compter sur personne !

La compassion que Sturm avait éprouvée pour elle se dissipa.

— Sur personne ? dit-il froidement. Vraiment personne ?

Kitiara ne répondit pas. Il tourna les talons et s'éloigna.

*
* *

Vaincu par les hauteurs qu'il avait rêvé de conquérir, Cupelix tombait en larges spirales vers la lune qui resterait pour toujours son pays. Ses membres rompus de fatigue le faisaient souffrir, l'air vif lui déchirait les poumons. Arrivée à hauteur de sa vallée, il piqua vers le sol.

Il atterrit la tête la première dans le sable rouge. Abasourdi, il releva la tête et éternua bruyamment.

— A tes souhaits ! dit une voix.

— Merci, répondit le dragon. Qui parle ?

Une petite silhouette émergea de l'amas d'objets éparpillés autour de l'obélisque. C'était un gnome, mais un gnome totalement chauve, rouge des pieds à la tête, y compris les yeux et les vêtements.

— C'est moi, répondit la petite créature. C'est ainsi qu'on s'adresse habituellement aux gens qui éternuent.

— Je sais, répondit le dragon, trop fatigué pour entrer dans une conversation gnomique. Qui es-tu ?

— J'espérais que tu le saurais, répondit le gnome. Je me suis réveillé hier dans cet état, et depuis, je marche.

Cupelix entreprit de replier ses ailes, ce qui lui arracha des rugissements de douleur.

— Ça fait mal ? demanda poliment le petit être.

— Très !

— J'ai aperçu une bouteille d'onguent qui traînait parmi toutes ces pierres. Cela pourrait te soulager. Mais j'ignore si c'est approprié.

— Peu importe, petit homme rouge, répondit Cupelix. Va chercher ta bouteille, si tu veux bien.

— Petit homme rouge, c'est mon nom ?

— S'il te plaît, ce sera le tien.

— Il ne me va pas mal, non ?

Le Petit Homme Rouge s'en alla chercher le flacon étiqueté Onguent Miraculeux du Docteur Serin. Il le rapporta au dragon et demanda :

— Comment t'appelles-tu ?

— Cupelix.

Le dragon était condamné à rester sur Lunitari, soit ; mais il aurait au moins quelqu'un à qui parler. Tout bien considéré, la situation aurait pu être pire.

— Petit Homme Rouge, appela Cupelix, aimerais-tu manger quelque chose ?

*
* *

Le deuxième voyage de l'*Etoile des Nuages* ne ressemblait pas au premier. En l'absence de moteur, le vaisseau poursuivait sa trajectoire dans un silence inhabituel. Le peu de travail qu'il y avait à faire avait plongé les voyageurs dans une pernicieuse inactivité. Comme le disait le vieux proverbe gnome : « Le moins on a à faire, le moins on en fait ».

Les gnomes se querellaient à propos de tout et de rien. D'habitude, ils se bornaient à échanger de cinglantes remarques aussitôt oubliées. Confinés sur leur vaisseau vide, ils avaient perdu leur bonne humeur.

Cordevoile et Brikolo se disputaient sur la façon d'entreposer le peu de cordes qu'il restait. Tirebois devenant de plus en plus sourd, Eclair lui parlait en hurlant, tandis que Longuevue braillait à Eclair de ne pas hurler ainsi. Un échange de paires de claques avait laissés des marques rouges sur les joues de Wingo et d'Oiseleur. Le doux Cumulus restait prostré dans son coin et pleurait.

Bego demanda conseil à Sturm.

— Les choses vont de mal en pis, dit-il. Mes collègues se conduisent comme une bande de nains des ravins. Ils s'ennuient. Si seulement nous avions un beau projet devant nous, comme par exemple détruire un obélisque...

— Que puis-je faire pour toi ? demanda Sturm.

— Trouver une tâche qui leur occupe l'esprit le temps du voyage.

— Quelle genre de tâche ?

— Peut-être que Longuevue pourrait leur faire dresser une liste des étoiles ?

— Ils se disputeront comme des chiffonniers.

— Hum. Nous pourrions confectionner des brioches ?

— Nous n'avons pas de farine, objecta Sturm.

— Ni de raisins secs, il est vrai, reconnut Bego. Tu pourrais tomber malade.

— Pas question, tes collègues se feraient un plaisir de me découper en morceaux pour découvrir ce qui cloche. Trouve autre chose.

— C'était ma dernière idée.

Cela devient sérieux, songea Sturm. *Un gnome sans idées !*

— Tu pourrais leur demander de faire accélérer le vaisseau.

— Sans moteur ?

— Les bateaux sillonnent le monde, et pourtant ils n'ont pas de moteur. Comment font-ils ?

— Voyons voir, dit Bego, les sourcils froncés. Avirons, voiles, animaux de trait sur le rivage, magie. Roues motrices actionnées par des serpents de mer, des baleines... Excuse-moi un instant, je dois conférer avec mes collègues.

Quand Bego eut fini de parler, les gnomes l'acclamèrent. Sturm partit à la recherche de Kitiara.

Il la trouva au fond de la cale, où régnait un froid glacial. Elle était assise sur l'étrave, une bouteille à la main.

— Ça a l'air d'aller pour le mieux ! s'exclama-t-il.

— Très bien, merci ! Tu en veux ? proposa-t-elle en lui tendant la bouteille.

Il la prit et huma le goulot avant de boire.

— Où as-tu trouvé ce vin ?

— Cupelix l'a invoqué pour moi. C'est du vin d'Ergoth.

Sturm en prit une gorgée. D'abord sucré, le breuvage devenait âpre. Le voyant s'empourprer, Kitiara éclata de rire.

— Surprenant, non ? Ce vin se laisse boire comme un sirop, puis il embrase la bouche comme la flamme d'une torche.

— Je croyais que tu avais une préférence pour la bière ?

— La bière est faite pour les bons repas, la bonne compagnie et les bons moments. Le vin capiteux convient aux heures mélancoliques, à la solitude et aux funérailles.

Sturm s'accroupit près d'elle.

— L'heure n'est pas à la mélancolie. Nous sommes sur le chemin du retour.

— Parfois, j'envie ta patience ; souvent, elle me fait grincer des dents. Ne te demandes-tu jamais ce qu'il va advenir de ta vie ?

— Seulement d'une façon très générale. Accepter le destin que vous ont assigné les dieux fait partie des devoirs de la chevalerie.

— Cette façon de penser m'est étrangère. C'est moi qui décide ce qui doit arriver. C'est pourquoi je suis si malheureuse quand je manque une aubaine. J'avais une force surhumaine, elle a disparu. Je m'étais fait un allié du dragon, et je l'ai perdu.

— Et Tanis ?

Elle le regarda froidement.

— Maudite soit ta franchise ! Tanis est parti, mon père aussi, dit-elle en levant la bouteille. J'en ai assez. J'ai pris une résolution, Sturm, et je voudrais que tu en sois témoin. A partir de ce jour, je réfléchirai, je mûrirai mes projets. Tout ce qui servira mes objectifs sera bon, ce qui s'y oppose sera mauvais. Je ne compterai plus que sur moi-même. Je ne partagerai avec personne, sauf avec mes frères d'armes. Je serai reine de mon propre royaume, et je n'aurai rien à craindre si ce n'est d'échouer. Qu'en penses-tu ? demanda-t-elle en tournant vers lui un regard voilé.

— Je pense que tu as trop bu, répondit-il en se levant.

— Il fait si froid ici, dit-elle plaintivement.

— Remontons sur le pont, et rentrons au chaud, proposa Sturm.

Elle se leva et trébucha contre l'étrave.

— Ce n'est même pas la peine d'essayer, dit-elle en se raccrochant violemment à sa manche. Assieds-toi.

Sturm résista, mais elle le poussa contre la cloison.

— Reste un moment, dit-elle en fermant les yeux, pour me tenir chaud.

Elle laissa aller sa tête contre l'épaule du chevalier.

Bientôt, Sturm entendit son souffle régulier. Elle s'était endormie.

*
* *

Les gnomes présentèrent leur projet d'accélération dans l'ancienne salle à manger du vaisseau. Oiseleur avait couvert les murs de plans tracés à la craie et au charbon. Sturm s'assit par terre près de Kitiara. La jeune femme cuvait le vin d'Ergoth.

— Comme vous pouvez le constater, dit Bego, le projet prévoit des voiles aménageables de chaque côté du sac d'*air éthéral*. En outre, un allégement de la proue pourrait contribuer à augmenter notre vitesse de... A combien l'estimes-tu, Longuevue ?

— De six pour cent environ, soit autour d'une douzaine de nœuds marins.

— Avec quoi ferons-nous des voiles ? demanda Sturm.

— Avec tous les tissus que nous pourrons trouver. Kitiara et toi participerez également.

— Et les mâts et le gréement ?

— J'y ai pensé, répondit Tirebois d'un air important. Nous taillerons les mâts et les bômes dans la coque et nous emboîterons les morceaux.

— Laisse-moi expliquer pour les cordages et le gréement, dit Cordevoile.

— Mais je suis capable de le faire..., répliqua plaintivement Tirebois.

— Laisse Cordevoile s'expliquer ! ordonna Brikolo.

— Il nous reste encore des cordes, dit Cordevoile, de la ficelle, du fil, du chanvre...

— Débrouillez-vous avec, dit Wingo.

— Stupide monsieur-je-sais-tout ! murmura Tirebois.

— Nous pouvons réaliser tous les cordages et les attaches nécessaires, acheva Cordevoile en se rasseyant.

Brikolo fut le seul à applaudir son exposé.

— Si nous nous y mettions tout de suite ? suggéra Sturm.

Ils se placèrent en cercle autour du tas d'étoffes et de vêtements qu'ils avaient rassemblés. Mais rien n'était simple.

Sturm ne savait pas coudre et Kitiara refusait même d'y songer. Elle se borna à découper les frusques sacrifiées de la pointe de son épée. Cordevoile et Brikolo se révélèrent d'adroits couturiers. Ils étaient bien entraînés ; c'était eux qui avaient taillé les vêtements qu'ils étaient en train de défaire.

Quelques heures plus tard, un joli patchwork en forme de voile était prêt. Tirebois et Eclair ayant terminé la fabrication du mât et des bômes, il était temps de passer à l'accastillage de l'*Etoile des Nuages*.

Les gnomes placèrent les mâts de chaque côté du sac d'*air éthéral* et hissèrent les rectangles d'étoffes bariolées. Le vaisseau changea de cap.

— Comment allons-nous nous diriger ? Normalement, il y a un gouvernail, dit Kitiara.

— Il faudra manœuvrer à la voile, répondit Sturm.

Tout ce que contenait le vaisseau fut entreposé à l'avant, ce qui lui donna une impulsion non négligeable. Il filait comme une flèche à travers les étoiles, qui défilèrent de plus en plus vite devant eux.

Le navire traversa un banc de nuages tièdes et humides. Au sortir des nuées cotonneuses, un spectacle grandiose les attendait.

Globe bleuté scintillant de lumières, Krynn avait l'aspect d'une bulle de verre et d'argent. Le vaisseau traversa un nouveau banc de nuages noirs zébrés d'éclairs. Cumulus soupira, les larmes aux yeux. C'était son premier contact avec les intempéries depuis de longs mois. Contrairement à Kitiara, il était ravi d'avoir perdu son pouvoir magique. Passer sa vie sous la pluie n'était pas une sinécure.

Entre les derniers grondements de tonnerre, Sturm cru entendre une sorte de couac, comme le son égaré d'une trompette.

— Tu as entendu ? s'exclama-t-il.

— Non, rien, répondit Eclair. Qu'est-ce que c'était ?

Le son se répéta deux ou trois fois, plus distinctement.

— C'est drôle, on dirait le cri d'un...

Avant qu'il ait achevé sa phrase, un canard vert et doré entrait en collision avec la voile.

— ... Canard !

— Mais pourquoi Eclair me traite-t-il de vantard ? s'indigna Cordevoile.

— Par Reorx, « canard » ! hurla Brikolo. Il a cru voir un canard !

Eclair fit descendre la voile. L'oiseau sortit la tête. Ses yeux noirs foudroyèrent l'équipage.

— Je me demande d'où il sort ! dit Cumulus.

— D'un œuf, crétin ! répliqua Tirebois.

— Tenez-le bien, dit Kitiara, ce sera notre repas.

Depuis qu'elle avait quitté Lunitari, elle avait perdu sa force et oublié les différentes saveurs des plantes dont ils s'étaient nourris. Celle du gibier rôti lui vint à la bouche.

— Un canard pour onze, c'est un peu juste, murmura Sturm. Si seulement il pouvait en arriver d'autres...

— Canards en vue ! cria Cordevoile.

Toute une compagnie de volatiles jaillit des nuages.

— Il faut les éviter ! cria Sturm. S'ils percutent le vaisseau, ce sera la catastrophe !

Les gnomes empoignèrent les cordages et tirèrent les voiles à bâbord.

Le vaisseau dévia de sa trajectoire. Des oiseaux heurtèrent la coque et rebondirent au loin, d'autres passèrent au ras du pont en poussant des cris perçants. Certains s'écrasèrent sur le plancher, où ils restèrent inanimés.

— C'est incroyable ! dit Kitiara. Que vont-ils chercher si loin de chez eux ?

Eclair tenait le canard prisonnier entre ses bras.

— Ils sont peut-être en route pour d'autres pays, répondit-il.

— Une théorie intéressante sur la migration..., dit Bego.

Kitiara lia les pattes et les ailes du canard avec une corde. Brikolo la regardait faire.

Agacée, elle l'interpella :

— Tu veux t'en occuper toi-même ?

— Non, je ne veux pas que tu lui fasses de mal.

— Lui faire du mal ! J'ai l'intention de le manger !

— Oh non ! Il est si joli. Regarde ses plumes vertes et dorées...

— Il sera encore plus beau rôti à la broche.

Les canards qui gisaient sur le pont revinrent à eux. Ils battirent frénétiquement des ailes et s'envolèrent sous l'œil anxieux de l'oiseau ligoté, qui voyait partir ses camarades.

Brikolo le regardait d'un air malheureux. De grosses larmes roulèrent sur ses joues.

— Par tous les dieux, garde-le, Brikolo, si cela t'amuse !

— Oh oui ! J'ai déjà trouvé un nom pour lui. Je l'appellerai Verdoret, à cause de son plumage !

— En fait de rôti, cela nous fait une bouche de plus à nourrir ! maugréa Kitiara.

— Ne t'apitoie pas trop sur lui, dit Sturm, il est comme nous : il s'est aventuré trop haut, et trop loin de chez lui.

CHAPITRE XIII

Il aurait été difficile de dire à quel moment le changement était survenu. Quelque part au milieu d'un tourbillon brumeux, l'*Etoile des Nuages* avait amorcé sa descente vers Krynn. Sturm demanda à Longuevue comment cela s'expliquait ; l'astronome lui exposa une théorie compliquée sur la densité de l'air, ce qui ne l'avança pas beaucoup. Longuevue ne comprenait pas non plus très bien le phénomène.

Krynn, qui se trouvait à présent sous eux, se rapprochait de plus en plus. A cause du vent, la vitesse du vaisseau s'était rapidement accrue.

— Le plus tôt nous atterrirons, le mieux ce sera pour moi, dit Kitiara. A force de manger des plantes roses et de boire de l'eau, je finirai par me transformer en chou-fleur.

A ces mots, Brikolo s'éloigna discrètement, Verdoret sous le bras.

L'air lourd et chaud devenait oppressant. Le moindre geste était un effort.

Sturm tira sur les cordages pour tendre les voiles.

— Par tous les dieux ! s'exclama-t-il, je n'ai jamais été aussi fatigué depuis le jour où les nains de la forêt nous avaient pris en chasse, Flint et moi, parce que Tass leur avait « emprunté » leur précieux métal.

Les jours et les nuits avaient repris le rythme de

Krynn, ce qui lui permit de recouvrer un sommeil paisible.

Le ciel était devenu bleu et des nuages blancs tapissaient l'horizon. On discernait distinctement les mers, les montagnes et les villes entourées de champs. Les voyageurs de l'espace eurent la sensation de retrouver la terre ferme.

Bego arriva sur le pont avec une corde munie d'un grappin.

— Hello ! Nous allons lancer ça par-dessus bord. Avec un peu de chance, le grappin s'accrochera à un arbre. Cela nous freinera et nous pourrons atterrir.

Kitiara lui demanda à quel moment il ouvrirait le sac pour lâcher l'*air éthéral.*

— Quand nous serons certains d'atterrir, répondit le gnome.

Il ne s'agit pas de plaisanter ! songea la jeune femme, la main sur le fourreau de son épée. *Au bon moment, c'est moi qui ouvrirai le sac !*

Wingo était occupé à démêler les cordages. Soudain, il pointa un doigt sur l'horizon.

— Au feu ! cria-t-il.

Longuevue déplia sa lunette télescopique et la dirigea sur la lueur orange qui brillait dans le lointain.

— Quel benêt ! C'est le lever du soleil ! fit-il en haussant les épaules.

— Du soleil ? s'étonna Kitiara.

S'ils étaient déjà en vue de l'astre qui éclairait Krynn, c'est qu'ils ne tarderaient plus à atterrir.

La brume se dispersa. Sous eux, l'océan s'étendait à perte de vue. L'air marin leur chatouilla les narines. Poussés par le vent du nord, ils atteignirent une vitesse de six nœuds.

L'humidité et la chaleur devinrent écrasantes. Les gnomes se débarrassèrent de leurs vêtements. Brikolo tailla leurs chemises en rectangles qu'ils nouèrent autour de leurs têtes pour se protéger du soleil. Ainsi affublés, ils avaient l'air de pirates miniatures.

Se dirigeant au moyen des voiles, ils approchèrent de

la surface de l'eau. Le grappin rebondit sur les vagues en soulevant des gerbes d'écume.

A l'aide de son astrolabe, Longuevue s'échinait à calculer où ils se trouvaient. Sans cartes ni compas, il ne parviendrait qu'à une vague estimation, malgré la quantité de calculs dont il avait couvert le pont.

— Alors ? demanda Kitiara.

— Nous sommes sur Krynn.

La jeune femme compta intérieurement jusqu'à vingt avant de s'énerver.

— D'après ce que je crois, nous sommes quelque part sur la mer de Sirrion, à quatre cents, huit cents, ou douze cents lieues de Sancrist.

— Quatre, huit ou douze ? demanda Sturm.

— Difficile à dire sans compas, répondit Longuevue en épongeant la sueur qui perlait sur son nez. Mais je suis sûr que c'est un multiple de quatre cents.

— Magnifique ! Si tout va bien, nous serons dans la baie de Thalan dans quatre jours, ou morts de faim en tentant d'aborder sur une île !

— Je ne pense pas que nous mourrons de faim, dit Wingo.

— Qu'est-ce qui te fait dire ça ?

— Je vois un navire, dit-il en pointant le doigt vers la mer.

Kitiara arracha la lunette des mains de Longuevue. Le bateau était une caravelle, d'une origine indéterminée. Il n'y avait pas de nom sur la coque, ni de pavillon flottant en haut du mât. Le pont était en ordre et les cuivres brillaient.

— Peux-tu voir d'où il vient ? demanda Sturm.

— Non, pas plus que je ne vois d'équipage, répondit Kitiara.

L'*Etoile des Nuages* avait ralenti, le vent ayant tourné ; les voiles claquèrent puis se dégonflèrent, pendant mollement le long du mât. Sturm et quatre gnomes les remirent dans le vent.

— Sturm ! appela Kitiara. Nous pourrions rattraper ce bateau et monter à l'abordage ?

— Pour quoi faire ? cria-t-il.

— Ils doivent avoir de l'eau et des vivres.

L'argument était de poids. Sturm en avait par-dessus la tête des haricots et des champignons de Lunitari, aussi exotiques fussent-ils.

— Oui, on pourrait essayer. Il faudra faire attention de ne rien écornifler en lançant le grappin. On risque de tout abîmer.

Le navire inconnu filait toutes voiles dehors. Personne sur le pont, ni à la barre. Hublots et sabords étaient fermées. *Par ce temps, ils doivent étouffer, là-dedans !* songea Kitiara.

Cordevoile et Oiseleur lâchèrent les voiles. Le vaisseau redoubla de vitesse. Le grappin vola dans les airs et retomba sur le pont de la caravelle où il resta accroché à un butoir.

La corde se tendit. L'*Etoile des Nuages* s'immobilisa, puis tourna sur lui-même, entraîné dans l'autre sens par la puissante caravelle.

Brikolo, le plus petit et le plus agile de tous, fut désigné pour descendre chercher un moyen de gagner le navire inconnu.

Il revint avec une grosse corde sur l'épaule.

— Regardez comme mon apprenti est débrouillard ! dit fièrement Cordevoile.

— As-tu repéré quelque chose de vivant sur ce bateau ? demanda Kitiara.

— Non, tout est impeccable, mais je n'ai vu personne.

— J'irai en premier pour reconnaître les lieux, déclara Sturm, épée en travers de l'épaule.

— Je te suis, dit Kitiara.

— Moi aussi, ajouta Brikolo.

Les gnomes voulurent tous venir.

— Il faut que quelqu'un reste à bord, décida Sturm.

Parcourir une distance de trois cents pieds suspendu à un câble présente une certaine difficulté. Couvert de sueur, Sturm arriva à destination en se demandant s'il parviendrait à faire le trajet en sens inverse.

Le pont était comme l'avait dit Brikolo : impeccable et désert. Sturm éprouva une sensation de malaise ; les marins n'abandonnent pas un tel bateau sans avoir de bonnes raisons de le faire.

Kitiara partit vers la poupe pour inspecter les lieux, Sturm vers la proue. N'ayant rien trouvé, ils descendirent sur le pont inférieur.

Bego et Longuevue étaient arrivés à bord. L'un portait un marteau, l'autre une équerre, les seules armes qu'ils avaient trouvées.

La barre était bloquée. Elle craquait sous le poids du navire ballotté par le vent. Sturm tentait de découvrir depuis combien de temps le bateau dérivait quand Kitiara l'appela.

— Regarde !

La queue en éventail, les ailes déployées, un corbeau avait été cloué sur la porte de la cabine du capitaine.

— Ce n'est pas la première fois que je vois ça, dit Kitiara. Quelqu'un a jeté un sort sur ce bateau, et pour le conjurer, on a sacrifié cet oiseau. Allons-nous-en d'ici !

— Ne t'affole pas, répondit Sturm. Rien n'indique qu'il s'agisse de magie. Entrons, nous arriverons peut-être à savoir d'où vient ce navire.

Dans la cabine, il faisait une chaleur étouffante.

— Bego, ouvre les sabords, s'il te plaît.

La lumière envahit la pièce.

— Voilà le capitaine, annonça Kitiara sur un ton lugubre.

Le maître de la caravelle était assis à sa table. Son crâne couleur d'ivoire luisait sous le soleil, ses yeux n'étaient que plus deux trous noirs au fond de leurs orbites. Encore jointes, ses mains squelettiques reposaient sur la table. Il portait une tunique bleue à brandebourgs dorés. L'assiette de son dernier repas se trouvait encore devant lui.

— Du poulet. Je dirais même une poularde, commenta Bego.

Sturm renifla le gobelet posé près de l'assiette. Pas de trace de poison.

Kitiara regarda sous la table.

— Oh !

Elle ressurgit en brandissant un crâne décharné.

— Je l'ai trouvé entre les pieds du capitaine. Regarde, on voit les marques laissées par la hache, dit-elle en posant sa macabre trouvaille sur la table. Quelles bottes avaient cet officier ! Boucles d'argent, cuir de daim, c'était un dandy !

Bego avait jeté son dévolu sur un grand coffre de voyage qui se laissa ouvrir sans difficulté. Il était rempli de pièces d'or et de bijoux. Kitiara y pêcha une fine émeraude qui lui arracha un sifflement d'admiration.

— Maintenant, je comprends, dit-elle. C'est un bateau de pirates.

— Comment peux-tu en être si sûre ? demanda Bego.

— Ce n'est pas dans un navire aussi raffiné qu'on transporte du poisson ! dit-elle en ouvrant un autre coffre.

Il était rempli de petites boîtes en bois. Curieuse de tomber sur un nouveau trésor, elle en ouvrit une. Et éternua bruyamment.

— A tes souhaits ! dit Bego. Que contient la boîte ?

— Du poivre ! répondit-elle en refermant le couvercle.

— Les épices sont plus recherchées que l'or, dit Sturm. Ce coffre vaut sans doute plus que l'autre.

— C'est bien possible, mais quand nous ferons le partage, je prendrai ma part en pièces d'or et en bijoux, déclara Kitiara.

— Partager ? Ne craignais-tu pas que le bateau soit ensorcelé ?

— Avec de l'or dans mon escarcelle, je me sens prête à affronter tous les sortilèges du monde.

Elle commença à remplir ses poches de pierres précieuses.

La porte de la cabine s'ouvrit. Ils sursautèrent.

Ce n'était que Cumulus.

— Je suis venu vous prévenir qu'une tempête approche. Ça m'a tout l'air d'être un cyclone.

— Nous avons juste le temps de sauver les meubles ! dit Kitiara en tirant le coffre vers l'escalier. Allez ! Ne restez pas là à ne rien faire, aidez-moi !

— Abandonne le trésor. Dépêchons-nous de retourner sur l'*Etoile des Nuages* !

— Pourquoi ne resterions-nous pas sur ce bateau ?

— Nous ne savons rien de lui, protesta Sturm. Il peut très bien être emporté au premier gros coup de vent qu'il essuiera.

— L'*Etoile des Nuages* aussi.

Bego dansait sur place, attendant que les deux humains aient fini de se disputer.

— Je vous en prie ! Moi, je m'en retourne ! dit-il en poussant Cumulus vers l'escalier.

— J'aimerais explorer ce bateau, mais ma place est auprès de mes collègues, renchérit Longuevue en s'inclinant.

Les gnomes partis, Sturm regarda Kitiara d'un air ennuyé.

— Alors, tu viens ou tu restes ?

— Je reste.

— Alors tu resteras seule.

Sturm remonta sur le pont. Une bise glacée soufflait du sud, et les voiles de la caravelle étaient gréées vers le nord. Poussés par le vent, les gros nuages noirs engloutiraient les deux bâtiments d'un instant à l'autre.

Sturm attrapa le câble qui claquait au vent. Une pluie chaude se mit à tomber. Les gnomes avaient replié toute la voilure, mais le sac d'*air éthéral* continuait d'entraîner le bateau. Accroché au câble, Sturm commença à se propulser vers l'*Etoile des Nuages*.

Une rafale de pluie s'abattit sur lui comme un mur. Il continuait de monter, mais le bateau ne se rapprochait guère.

— Sturm ! M'entends-tu ? cria Wingo dans les embruns. Le câble est trempé, il s'est détendu sous ton poids ! La charge est trop lourde !

— Je retourne sur la caravelle !

Sturm distinguait à peine les contours du vaisseau volant.

— Nous essayerons de revenir vous chercher ! cria Wingo. Que Reorx vous protège !

Sturm se laissa glisser le long du câble jusqu'au mât de la caravelle. A bout de souffle, il s'écrasa violemment contre la voile.

Les gnomes coupèrent le câble. L'*Etoile des Nuages* disparut, avalé par un tourbillon de nuages.

Kitiara accourut, affolée.

— Peux-tu tenir debout ? Relève-toi ! Essaye de marcher ! cria-t-elle à travers les rafales.

Dans la cabine, Sturm se laissa tomber sur une chaise, et posa la tête sur la table. Kitiara ferma les portes et les sabords.

— Les gnomes sont partis ? demanda-t-elle.

— Ils ont dû couper le câble pour sauver leur vaisseau.

Elle prit le briquet d'amadou du capitaine et alluma une chandelle de suif. A la lumière des flammes, le crâne décharné était encore plus lugubre.

— On dirait qu'il nous regarde, tu ne trouves pas ? fit Kitiara en se cramponnant à la table.

Il était difficile de se tenir debout avec ce roulis.

— Il faut descendre les voiles, dit Sturm. Au prochain coup de vent, nous risquons de sombrer. Je vais couper les attaches des bômes. Le vent fera le reste.

Quelques minutes plus tard, il revint dans la cabine, trempé jusqu'aux os.

— Bravo, dit Kitiara, le bateau tangue beaucoup moins.

— Qu'allons-nous faire à présent ? demanda Sturm.

— Descendons explorer la cale.

— Aurais-tu oublié qu'un sort pèse sur la caravelle ?

Kitiara se rembrunit.

— Je n'ai rien oublié. Mais si c'est dans le même genre que ce que nous avons vu jusqu'à présent, il n'y a pas de quoi se tracasser.

Elle tapota le crâne posé sur la table. Basculant en arrière avec un bruit sourd, il avait l'air de foudroyer du regard les intrus qui avaient pris possession du bateau.

CHAPITRE XIV

A plat ventre sur le plancher, Kitiara plongea la chandelle dans le trou noir. A la lumière de la flamme, les tréfonds de la caravelle ne présentaient rien d'inquiétant.

Ils ne trouvèrent que des cordages, des voiles enroulées et des chaînes. Toujours en quête d'un trésor, Kitiara inspecta tous les recoins. Elle ne découvrit que des squelettes de rats.

— Il est étrange que la seule chose que nous ayons trouvée soit des ossements, constata Sturm.

Ils passèrent dans la soute. Elle était remplie d'armures, d'épées, de maillets à pointes, de lances et d'arcs. De quoi équiper une armée.

— Regarde ces boucliers ! Ils ont été forgés par les nains : ils portent le sceau des Armuriers de Thorbardin, dit Sturm. Ces armes sont de première qualité. Crois-tu que des pirates auraient besoin de tout cet arsenal ?

— Ils les ont peut-être raflées au cours d'un abordage.

— Soit, mais sur un navire, l'espace est précieux ; pourquoi s'encombrer de tant d'armes ?

Kitiara ne répondit pas. Elle était entrée dans la pièce suivante.

— C'est là que dormait l'équipage, dit-elle.

Les squelettes étaient étendus sur leurs grabats dans la position où ils avaient succombé. D'après leurs dimensions, il s'agissait d'ossements de nains, de kenders et de gnomes. Ils avaient cependant quelque chose en commun : tous portaient des chaînes aux chevilles.

— Je n'aime pas ça du tout, dit Sturm. Il s'est passé des choses abominables sur ce bateau. Allons-nous-en.

— Et devant nous, c'est quoi ?

— La partie où on remise les ancres.

Ouvrir la porte ne fut pas une mince affaire. Elle était bardée de fer. Kitiara alla chercher une hache dans l'arsenal et fit sauter les loquets.

— Arrête ! dit Sturm. As-tu pensé à ce qui pourrait surgir de derrière cette porte quand elle tombera ?

— Non. Mais je crois que ces pauvres diables sont morts d'une épidémie ou de quelque chose de ce genre. Nous sommes les premiers êtres vivants à bord depuis des mois, et il est notre droit de sauveteurs de faire sauter les portes. Si tu veux qu'on partage, tu ferais bien de m'aider.

Débarrassé des barres de fer, le lourd battant de chêne s'abattit sur les armures avec un fracas qui ébranla la cale. Kitiara avança en brandissant sa chandelle, qui faillit s'éteindre à cause du courant d'air.

L'endroit était vide. Une descente d'escalier menait à un entrepont.

Kitiara fit un pas en avant.

— N'y va pas, dit Sturm.

— Mais qu'est-ce qu'il t'arrive ? Il suffit de trois crânes et de quatre squelettes pour que tu aies peur de ton ombre ! Tu n'es donc curieux de rien ? Où est ta vaillance de chevalier ?

— Elle va très bien, merci.

— Alors, tu viens ? dit-elle en avançant.

Sturm saisit un solide bouclier et suivit Kitiara.

— Il fait aussi noir que dans un four, dit-elle. Serait-ce de la suie ?

— Hum, il y a eu un incendie sur ce navire, répondit Sturm en tâtant un pilier.

Sa main était maculée de noir. Le pilier calciné était strié d'énormes griffures.

— A ton avis, qu'est-ce que c'est ? demanda Sturm.

— Des marques laissées par des griffes.

Un cylindre divisait l'espace en deux. De chaque côté du cylindre, il y avait une porte.

L'une était barricadée, l'autre avait été en partie enfoncée de l'extérieur.

— La chose venait de là, dit Kitiara, pointant un doigt sur le trou béant.

— De qui ou de quoi parles-tu ?

Sans répondre, elle s'engagea dans l'ouverture. Sturm la suivit.

Il faisait encore plus froid dans cette pièce que dans l'autre. Là encore, ils trouvèrent des ossements, des armes brisées et des casques cabossés. La bagarre avait dû être rude.

Kitiara trébucha sur un corps vêtu d'un robe brune. Quelque chose miroita dans la pénombre.

— C'était un prêtre, dit Sturm. Regarde cette robe et ces amulettes.

Il tira des plis du vêtement un collier de cuivre qu'il approcha de la chandelle.

— Une rose. Le symbole de Majere. Au moins, il servait un vrai dieu, dit-il en reposant le collier.

— Sturm ! Viens voir !

Il enjamba le corps du prêtre et rejoignit Kitiara. Sa chandelle éclairait une porte où était collé un sceau de cire.

— Arrives-tu à lire ce qui est écrit dessus ? demanda Kitiara.

— « Majere nous protège » et « Soumission à la volonté de Novantumus ». Le prêtre devait s'appeler comme ça.

Kitiara posa la pointe de son épée sur le sceau de cire.

— Qu'as-tu l'intention de faire ? demanda Sturm.

— Il y a quelque chose de très précieux derrière cette porte. Je veux savoir ce que c'est.

— Peut-être ce qui a entraîné la mort de tous ces hommes !

Elle toqua.

— Ouh, ouh ! Y a-t-il des monstres par ici ?

Le silence lui répondit.

— Tu vois bien, il n'y a aucun danger.

— Je ne te laisserai pas tomber dans cette chausse-trape ! fit-il en la tirant en arrière.

— Ce n'est pas toi qui m'en empêcheras ! Depuis quand me donnes-tu des ordres, Sturm de Lumlane ?

— Je ne te laisserai pas briser ce sceau. Cela peut signer notre arrêt de mort.

Kitiara pointa son épée sur la porte. Sturm la bloqua de son bouclier.

Avec un grognement rageur, elle posa la chandelle et lui brandit son épée sous le nez.

— Ote-toi de mon chemin, ordonna-t-elle.

— Te rends-tu compte de ce que tu es en train de faire ? Tu en arrives à me menacer avec une arme pour pouvoir ouvrir cette porte ! Regarde autour de toi, Kitiara. Crois-tu vraiment que ces hommes sont morts d'une épidémie ?

— Bon, eh bien disons qu'ils se sont entre-tués pour s'emparer d'un trésor. Ecarte-toi de mon chemin !

Kitiara pointa son épée sur lui. Il para avec le bouclier. Le jeu dura jusqu'à ce que Kitiara se lasse. Perdant patience, elle le visa à la tête. La pointe de la lame ripa sur le bouclier et vint se planter dans la porte, brisant le sceau de cire.

— Voilà ! Maintenant tu as réussi ! dit Sturm, haletant.

— Enfin !

Il y eut un épouvantable craquement. Kitiara fut projetée en arrière. Elle lâcha son épée, qui brisa des ossements en tombant sur le plancher.

Sturm l'aida à se relever. Derrière la porte, un autre craquement se fit entendre. Le bois plia en grinçant.

— Qu'est-ce que c'est ? cria Kitiara.

— Je n'en sais rien, mais cela vient de derrière la porte. Filons d'ici !

Ils partirent avec une telle hâte qu'ils en oublièrent la chandelle. Après avoir refermé le lourd vantail de chêne de la cale, ils remontèrent dans la cabine du capitaine. Kitiara poussa un gros coffre devant la porte qui donnait sur l'escalier de la cale.

Ils restèrent l'un près de l'autre dans le noir, écoutant la pluie tambouriner sur le toit. Le vent tourbillonnait en sifflant autour de la cabine.

Le plancher vibra sous leurs pieds. Ils entendirent un bruit de bois brisé. Une force mystérieuse se déchaînait sur la caravelle.

— J'ai perdu mon épée, se lamenta Kitiara.

La combattante aguerrie qu'elle était censée être avait abandonné son unique arme au milieu des squelettes.

— Peu importe ! L'équipage de ce bateau avait des épées et cela ne l'a pas empêché de trépasser.

— Très réconfortant, merci !

La « chose » devait se trouver dans l'arsenal, car ils entendirent des cliquetis métalliques qui se transformèrent vite en vacarme. La force inconnue laissait libre cours à sa rage de détruire.

Puis ce fut le silence.

Instinctivement, ils se serrèrent l'un contre l'autre.

— Entends-tu quelque chose ? chuchota-t-il.

— A part toi, rien. Chut !

La porte s'ouvrit. La pluie se déversa dans la cabine. Luttant contre le vent pour la refermer, Sturm eut le temps de voir que la porte, près du mât central, était arrachée.

— Il est sur le pont ! s'écria-t-il. Il peut être n'importe où !

— Si nous n'obstruons pas ce passage, le bateau risque de couler, n'est-ce pas ? demanda Kitiara.

Sturm acquiesça. Il était à bout de forces, et regrettait amèrement de ne pas être auprès des gnomes.

— Tu es prêt ? On y va ? fit Kitiara, la main sur le loquet.

Ils avancèrent au milieu des embruns. Sur le pont, les tangage et le roulis étaient beaucoup plus forts que dans la cabine. Autour d'eux les vagues soulevaient des montagnes d'eau verte atteignant la hauteur du mât.

Main dans la main, Sturm et Kitiara progressèrent sur le plancher inondé. Les paquets de mer qui s'abattaient sur eux les forcèrent à continuer à quatre pattes jusqu'à la porte arrachée.

Un terrifiant ricanement domina le tumulte de la tempête. Ils cherchèrent d'où venait ce son étrange. Kitiara finit par localiser, accrochée au gréement, une forme blanchâtre à l'aspect décharné, qui aurait pu être celle d'un homme, n'était sa taille gigantesque. Au moins dix pieds de haut.

Les yeux luisants comme des charbons ardents, la créature était suspendue aux cordages par des griffes démesurées. Sa tête était ronde et chauve, ses oreilles longues et effilées. Le spectre monstrueux hurla, découvrant une langue noire et pointue battant entre des crocs jaunes.

— Par tous les dieux, qu'est-ce que c'est ?

— Comment le saurais-je ! Regarde plutôt !

La créature sauta du gréement sur la bôme du mât, puis se laissa tomber sur le plancher en poussant un hurlement strident.

Sturm et Kitiara reculèrent précipitamment jusqu'à la cabine et barricadèrent la porte derrière eux.

Une étrange lueur blanche baignait le fond de la pièce. Ils n'étaient plus seuls.

CHAPITRE XV

La lueur blanche était un homme de six bons pieds de haut. Kitiara brandit son poignard, mais Sturm écarta l'arme.

— Au nom de Paladine et des dieux du Bien, esprit, retourne en paix d'où tu es venu, dit-il.

Un long soupir se fit entendre.

— Si seulement je pouvais partir, gémit une voix d'outre-tombe. Je suis épuisé, et je n'aspire qu'au repos.

— Qui es-tu ? demanda Kitiara.

— De mon vivant, j'étais le capitaine de ce navire. Je m'appelle Pyrthis.

— Il n'a pas l'air dangereux, dit Kitiara à Sturm, mais cherchons un endroit où le spectre qui rôde sur le pont ne nous trouvera pas.

— Tant que je suis dans cette cabine, le Gharm n'y entrera pas, répondit le fantôme.

Dehors, la créature infernale poussa un hurlement.

— Qui est ce *Gharm* ? demanda Sturm.

La forme indistincte avança sans remuer les bras ni les jambes. Sturm et Kitiara découvrirent des yeux vides et une mâchoire pendante dans un visage statufié. Même les lèvres du fantôme ne remuaient pas quand il parlait.

— C'était mon meilleur ami. Jusqu'au jour où la

malédiction nous a frappés. Il devint alors le Gharm, et moi, un esprit errant. L'équipage du *Verival* périt dans d'atroces souffrances.

— Les revenants réapparaissent dans le monde des mortels pour deux raisons, dit Sturm. Pour se venger ou pour avertir les vivants. Capitaine, pourquoi es-tu sorti du royaume des morts ?

Un profond soupir lui répondit.

— Sachez, mes amis, que j'ai joué avec les forces du Mal, et que j'ai perdu. J'étais le capitaine d'un bateau marchand. Plein d'audace et de projets, je ne refusais jamais un fret bien payé. Je connaissais la mer de Sirrion jusqu'au Malstrom de la Mer de Sang. J'ai transporté toutes les cargaisons possibles, depuis les épices jusqu'aux esclaves.

— Tu as tiré profit de la misère des autres, dit Sturm.

— Oui, c'est vrai. Remerciez vos dieux d'être encore en vie pour pouvoir expier les fautes que vous avez commises ! Car plus rien ne peut sauver mon âme.

Le pont vibra. Le Gharm faisait trembler les planches.

— Et cette créature, c'est qui ? demanda Kitiara d'une voix inquiète.

— Drott, mon second et mon meilleur ami, à qui j'ai appris tous les bons et les mauvais tours que je connaissais. Nos coffres ne désemplissaient pas et j'étais aussi satisfait que peut l'être un homme qui commence à prendre de l'âge. Mais Drott était jeune et avide. Il cherchait sans cesse à gagner davantage d'or. Jusqu'au jour fatal où il tomba sur les reptiliens en armures.

— Tu veux parler des draconiens ? demanda Sturm.

— Oui, certains les appellent ainsi, répondit le fantôme de Pyrthis.

Sturm se sentait oppressé par sa présence, aussi inoffensive fût-elle.

— Les draconiens nous proposèrent une coquette somme pour transporter des armes et de l'argent de

Nordmaar à Kolund, où des troupes à eux venant des mers du nord les attendaient. En acceptant ce fret et leur argent, Drott nous a menés à notre perte, dit le fantôme en exhalant un horrible râle. Je suis si fatigué...

Son bras gauche se détacha de son épaule et tomba sur le sol. Kitiara eut un haut-le-corps. Elle tendit la main pour ramasser le membre. Ses doigts se refermèrent sur le vide.

— Nous avons embarqué la cargaison d'armes et levé l'ancre pour Kolund. Pendant le voyage, Drott ourdit le plan suivant : les draconiens étant des envahisseurs et des barbares, pourquoi ne pas tenter de leur soutirer le plus d'or possible ? Il leur ferait payer le double, voire le triple pour le transport, sans que nous n'ayons rien à craindre. A qui seraient-ils allés se plaindre ? Ce qu'ils faisaient était bien pire que ce que nous projetions.

« J'ai souscris à ce plan. Je méprisais ces assassins à la peau écailleuse et j'en avais peur. Les tromper me paraissait à la fois juste et profitable. »

Le fantôme se tut. Sturm le relança :

— Que s'est-il passé quand vous êtes arrivés à Kolund ?

— Un bateau draconien nous attendait. Son capitaine monta à bord de la caravelle pour faire débarquer la cargaison. Drott exigea le double de la somme convenue. Le capitaine devait s'y attendre, car il offrit de payer une prime. Drott insista pour le double. Le reptilien lui tint tête un moment, puis finit par accepter. Il retourna sur son bateau et revint avec un deuxième coffre. Il avait amené avec lui un humain, un prêtre noir portant un masque draconien qui faisait vraiment peur à voir. Il assista aux transactions sans rien dire. Drott s'esclaffa et plaisanta quand le second coffre arriva à bord. Il était ivre. J'ai demandé à l'équipage de transférer la cargaison sur le bateau draconien. Drott m'a pris à part et m'a raconté son nouveau plan. « Nous pourrions garder une partie de la cargaison pour nous, ce serait un moyen de plumer un peu plus ces pigeons », me dit-il.

— C'était parfaitement stupide, dit Kitiara, avec un bateau rempli de draconiens en face.

— Nous n'avions pas peur d'eux, car nous étions plus nombreux et très bien entraînés au combat. On ne s'aventure pas sur des mers infestées de pirates sans être préparés.

— Mais vous ne saviez pas comment vous défendre contre un prêtre noir, dit Sturm.

— En effet, mortel, répondit le fantôme.

Son bras droit tomba sur le pied de Sturm, qui sursauta.

— Nous avons gardé les trois quarts des armes. Le capitaine draconien s'en rendit compte et vint se plaindre. Du bastingage, Drott lui dit en ricanant que c'était le tribut à payer pour ce trafic. Le draconien l'a menacé de monter à l'abordage du *Verival* et de nous tuer tous. L'équipage sortit ses armes et le mit au défi de donner l'assaut. J'ai tenté de lever l'ancre, mais Drott voulait se battre. Selon lui, après avoir tué les draconiens, nous pourrions récupérer les armes que nous avions vendues et les proposer à un autre acheteur.

« L'assaut n'eut pas lieu. Le prêtre noir se posta à la proue du bateau draconien, ouvrit les bras et harangua l'équipage :

« — Allez-vous-en, vermines, et emmenez le butin qui vous déshonore ! Soyez maudits, vous et les vôtres, jusqu'à la fin des temps ! Ceux qui ont convoité l'or seront pris de convoitise pour la viande de leurs camarades ! Pour s'être moqué des fidèles de la Reine Noire, ils connaîtront son courroux ! Que son rire méprisant résonne à leurs oreilles pour l'éternité ! »

« La malédiction était redoutable. Mais pendant des semaines, nous n'en avons pas senti les effets. Nous avons quitté la côte de Kolund pour Sancrist. Des vents contraires nous empêchèrent d'accoster. L'équipage commença à entendre des voix et des ricanements de femme. Peu à peu, la folie nous gagna. Les marins encore sains d'esprit enchaînèrent les déments dans la cale. L'eau et les vivres diminuaient ; où que nous nous dirigions, il n'y avait pas de terre en vue.

« Drott avait changé. Lui qui avait toujours été fier de sa belle gueule et de son esprit, se laissa aller. Il ne se rasait plus et ses vêtements étaient dans un état pitoyable. Il maigrissait à vue d'œil, sa peau ayant pris une teinte blafarde. La malédiction avait ravagé le corps de celui qui avait été mon second et mon ami. Drott chassait les rongeurs pour les manger, et les avalait tout crus. Rapidement, les rats ne lui suffirent plus. Il était devenu un Gharm, un monstre avide de chair humaine. »

— Pourquoi ne l'as-tu pas tué ? demanda Kitiara.

— Son nouvel état me répugnait, mais je n'arrivais pas à porter la main sur mon ancien ami. Les pauvres marins le tenaient à distance en lui donnant en pâture ceux qui étaient morts de faim ou de folie. Quand nous ne fûmes plus que cinq hommes valides à bord, nous décidâmes de tuer le Gharm. Notre jeune prêtre, Novantumus, lança un sort qui nous protégea quelque temps. Armés jusqu'aux dents, les marins acculèrent le Gharm à la poupe. Novantumus voulait l'emprisonner dans la remise des ancres. Il avait confectionné un sceau magique pour le garder prisonnier. Le Gharm se jeta sur les marins et les tua jusqu'au dernier. A l'agonie, ruisselant de sang, le courageux Novantumus réussit à enfermer le monstre dans la cale aux ancres. Le seul à s'en être sorti, je suis mort à ma table, de faim, de soif et de désespoir.

Le fantôme s'était recroquevillé sur lui-même. La lumière froide qu'il renvoyait n'était plus qu'une faible lueur. Sturm eut pitié du capitaine de la caravelle.

— J'ai une question à te poser, dit Kitiara, prenant le crâne qu'elle avait trouvé sous la table. Qui est-ce ?

— C'est la tête de Drott. Un marin lui a coupé avant que le Gharm le tue.

— Mais le monstre a une tête !

— Elle a poussé après.

— Peut-on tuer le Gharm ?

— Ni par le fer, ni par l'acier, ni par le bronze. Seul le feu purificateur peut assainir le bateau.

Le fantôme du capitaine Pyrthis s'évanouit.

— Magnifique ! dit amèrement Kitiara. Un monstre dont on ne peut se débarrasser qu'en mettant le feu au bateau qui est notre refuge !

— Il faut tenir jusqu'à ce que la tempête s'apaise, répondit Sturm. Les gnomes viendront nous chercher et nous parviendrons à quitter ce maudit navire...

Un craquement l'arrêta. Le Gharm avait passé une main griffue à travers le panneau de bois de la porte.

— Quelque chose me dit que notre immunité a pris fin ! dit Kitiara.

Sturm bondit, l'épée en avant, et trancha la main du monstre. Celui-ci poussa un mugissement de douleur et retira ce qui restait de son bras.

Le membre tronqué ne fut bientôt plus qu'un tas d'ossements, puis il tomba en poussière. Le Gharm colla un œil au judas et les regarda. Sturm leva de nouveau son épée. Le mangeur d'hommes recula.

Kitiara gagna le fond de la cabine et fouilla la couchette du capitaine.

— Que fais-tu ? s'alarma Sturm.

— Ne t'inquiète pas, essaie de le tenir encore un instant en respect !

Sturm entendit le bois craquer derrière lui, puis il sentit quelque chose de chaud dans son dos.

Kitiara avait confectionné une torche, qu'elle avait trempée dans l'huile de la lampe et allumée avec le briquet d'amadou du capitaine.

— Tiens, monstre, tâte de ça ! cria-t-elle en brandissant la torche enflammée devant la porte.

Le Gharm grogna et cracha, les crocs dégoulinant de bave.

— Fais-toi les dents là-dessus ! dit-elle en donnant un coup de pied dans la porte.

La pluie avait cessé, mais le vent faisait rage. Kitiara

fonça sur le pont en jouant de la torche comme d'une épée.

Le Gharm recula, fumant et crachant.

— Kitiara, sois prudente !

— Il est sorti de son repaire par ma faute. Je le tuerai !

La torche à la main, elle continua d'avancer, contraignant le monstre à battre en retraite dans le gréement. Pendu à vingt pieds au-dessus du pont, il ricanait comme une atroce parodie d'être humain. Kitiara marchait de long en large en agitant la torche pour raviver flammes et chaleur.

— Prends garde qu'il ne te tombe pas dessus ! cria Sturm derrière elle.

— S'il le fait, il repartira plus vite qu'il est venu, répondit-elle.

Les nuages gris s'ouvraient sur des morceaux de ciel bleu. Le vent avait perdu de sa fougue, mais il persistait. Ils se trouvaient dans l'œil du cyclone, au centre d'une tempête géante.

Le Gharm sauta sur le gréement de tribord. Kitiara traversa le pont pour le suivre. Elle était si concentrée sur l'ennemi qu'elle ne vit pas les cordages pendants, que Sturm avait coupés pour baisser les voiles. Une corde gorgée d'eau lui fouetta le visage. Elle tomba à la renverse et lâcha la torche. Alors le Gharm bondit.

— Non ! cria Sturm.

Il flanqua de furieux coups d'épée dans le dos du monstre, qui avait planté ses griffes dans l'épaule de Kitiara. L'estocade lui fit lâcher prise. Ses blessures auraient tué un homme, mais elles n'avaient pas ralenti la créature. Sturm remarqua que la main qu'il lui avait coupée repoussait.

Kitiara s'éloigna des deux combattants. Son épaule la brûlait. Elle se traîna vers la torche et prit la fiole d'huile qu'elle cachait dans sa poche. Au moment où Sturm commençait à perdre du terrain, elle jeta sur le monstre le contenu du flacon puis la torche.

L'huile s'enflamma aussitôt. Le Gharm poussa des

ululements de douleur. Il se jeta par terre et se vautra sur le plancher pour éteindre les flammes. Dans son élan, il rebondit sur la cabine et disparut à l'intérieur, laissant derrière lui un filet de fumée sulfureuse.

Sturm prit Kitiara dans ses bras. Elle claquait des dents. Les griffes du Gharm l'avaient empoisonnée.

— Kit ! Kit ! Ecoute-moi ! Ne te laisse pas aller ! Résiste !

Les yeux de la jeune femme s'étaient révulsés. Sa main chercha l'améthyste qu'elle portait au cou. Sur Lunitari, la pierre que lui avait donnée Tirolan Ambrodel avait repris sa couleur. Son pouvoir magique ne s'était pas altéré depuis son retour sur Krynn.

Kitiara n'arrivait plus à tenir l'améthyste entre ses doigts gourds. Il n'était plus temps de se poser des questions. Sturm prit le cristal magique dans son poing fermé et le serra. Il posa sa main libre sur l'épaule de Kitiara. La pierre avait-elle le pouvoir de lui sauver la vie ? Oserait-il, adversaire déclaré des pratiques magiques, user de l'Art pour la guérir ?

Elle faisait des efforts terribles pour respirer. La mort resserrait son étau sur Kitiara. Elle poussa un cri aigu et retomba inanimée dans ses bras. C'était trop tard, elle allait mourir, pensa-t-il.

Sturm ouvrit le poing. L'améthyste était devenue translucide. Il regarda la blessure : elle était guérie.

La fumée qui montait de la cabine devenait de plus en plus épaisse. Sturm chargea Kitiara dans ses bras. Il titubait sous le poids de son fardeau. Des cris étouffés s'élevèrent. Le Gharm n'avait pas pu échapper aux morsures du feu.

L'atmosphère était si étouffante que Sturm se réfugia à la poupe ; au lieu de la disperser, le vent rabattait la fumée sur le navire. Quand les flammes émergèrent de l'escalier, Sturm prit peur. Comment s'en tirer vivants ? Le *Verival* n'avait pas de chaloupe.

A bâbord, les nuages se déchirèrent. Il aperçut la coque brune de l'*Etoile des Nuages*. Le vaisseau volait sur les vagues, les effleurant à peine de sa coque. Les gnomes étaient accoudés au bastingage et agitaient leurs mouchoirs.

Sturm lâcha un grognement de triomphe.

— Kitiara, réveille-toi ! cria-t-il. Les gnomes arrivent ! Nous sommes sauvés !

Le feu avait pris sur le pont avant, où se trouvait le Gharm. Transformé en torche vivante, il bondissait entre les mâts, hurlant de douleur et maudissant le monde entier. Incapable d'endurer plus longtemps pareille torture, il se jeta dans les flots.

Le feu s'était attaqué aux bômes des voiles et le mât d'artimon commençait à brûler. L'*Etoile des Nuages* contourna la poupe et accosta la caravelle.

Sturm agrippa le bastingage avec un crochet trouvé sur le pont. Les gnomes s'accrochèrent à celui du *Verival*. Les deux bateaux étaient coque contre coque.

Portant Kitiara à bout de bras, Sturm sauta vers le salut. Les gnomes lâchèrent la caravelle et retirèrent le crochet.

L'*Etoile des Nuages* s'enfonça dans les flots.

— Nous sommes trop chargés ! cria Wingo. Larguez quelque chose !

Longuevue, Tirebois et Oiseleur jetèrent à la mer tout ce qui leur tombait sous la main. Le vaisseau remonta vers les nuages.

— Bienvenue à bord ! dit Bego avec une joie candide.

— Je suis content d'être là, répondit Sturm, affalé sur le pont.

— Que vous est-il arrivé ? demanda Wingo.

— C'est une longue histoire.

— La dame va bien ? On dirait qu'elle a perdu connaissance, dit Longuevue.

— Elle n'est plus en danger.

L'*Etoile des Nuages* dépassa la couche de nuages. Au-dessous d'eux, le cyclone déchaînait ses tourbillons de pluie et de vent. Les gnomes hissèrent les voiles et tournèrent le dos au soleil couchant.

— Il était très astucieux de votre part de faire du feu

pour signaler votre présence, dit Wingo. Mais il semblerait qu'il vous ait débordés, non ? Je crois que vous seriez arrivés à détruire la caravelle avant que nous arrivions.

Sturm fut pris d'une incoercible envie de rire. Mais il se contint.

— Les choses ne sont pas passées exactement de cette façon, répondit-il.

Il bâilla à se décrocher la mâchoire.

— As-tu trouvé quelque chose d'intéressant sur ce navire ? demanda Longuevue.

Sturm ne répondit pas. Il s'était endormi.

CHAPITRE XIV

Une odeur de terre fraîchement retournée, mêlée à un parfum de fleurs parvint aux narines de Sturm.

Dressé sur les coudes, il réalisa qu'il était étendu dans la cabine de pilotage, qui n'avait plus ni portes, ni fenêtres. Il sortit sur le pont.

L'œil vissé à sa lunette télescopique, Longuevue examinait le terrain qui défilait sous eux. Kitiara, Bego, Brikolo et Cumulus étaient assis près de lui, à la proue du vaisseau. Kitiara parlait à toute vitesse en faisant de grands gestes :

— ... et Sturm s'est avancé et a coupé le bras du monstre !

Les gnomes s'exclamèrent. Voyant arriver Sturm, Bego le salua avec sa jovialité coutumière :

— Enfin réveillé, messire de Lumlane ! Nous venons d'apprendre votre extraordinaire aventure sur le navire maudit.

Sturm marmonna une banalité et se tourna vers Kitiara.

— Comment te sens-tu ? demanda-t-il.

— Aussi en forme que possible. Et toi ?

— Bien reposé. Combien de temps ai-je dormi ?

— Deux nuits et un jour, répondit Bego.

— Je me suis réveillée il y a une heure, dit Kitiara. J'ai dormi d'un sommeil de plomb, et je me sens mieux que jamais.

— Tu as bien failli mourir.

Il raconta comment l'améthyste avait une fois de plus sauvé la jeune femme. Kitiara la sortit de sa chemise. Devenue translucide, la pierre était striée de fines craquelures.

— Je ne me souviens pas de l'avoir utilisée, dit-elle, surprise.

— Toi, non. C'est moi qui m'en suis servi, répondit Sturm.

Kitiara en resta bouche bée.

Sturm s'en fut dans la salle à manger et se versa un gobelet d'eau. Il entendit Wingo qui parlait dehors :

— Je croyais que les membres de l'Ordre des chevaliers ne faisaient usage de magie sous aucun prétexte.

— Ils sont censés ne jamais y toucher, confirma Kitiara.

L'améthyste qu'elle tenait à la main s'émietta sur sa tunique. Interdite, elle regarda les morceaux du cristal désintégré. Le cadeau de Tirolan Ambrodel avait vécu.

Elle se leva.

— Excusez-moi, les amis, j'ai un mot à dire à Sturm.

Kitiara le trouva appuyé au bastingage, contemplant le paysage.

— L'Ergoth du nord, dit-elle. Wingo a localisé un vol d'hirondelles de mer. Il les suit, car elles vont vers la terre. Ce n'est pas une méthode vraiment scientifique, mais notre petit ami prétend que tout ce qui donne de bons résultats est scientifique.

— Je me suis souillé, dit tranquillement Sturm.

— De quelle manière ?

— J'ai pratiqué la magie. J'ai failli à la Règle. Comment deviendrai-je chevalier ?

— C'est ridicule ! Tu faisais de la magie sur Lunitari, quand tu avais ces visions.

— Je les subissais ; je n'avais pas le choix. Mais sur la caravelle, je me suis servi de l'améthyste pour te guérir.

— C'était la seule chose à faire ! Regretterais-tu de ne pas m'avoir laissée mourir ? demanda-t-elle, ironique.

— Non, évidemment.

— Mais tu te sens néanmoins sali ?

— Je le suis.

— Alors tu es fou à lier, Sturm de Lumlane ! Crois-tu sérieusement qu'un ramassis d'antiques principes chevaleresques soit plus important que la vie d'un ami ? Que cela vaille plus que *ma* vie ? Ta façon de penser est complètement tordue, Sturm.

— Non, Kit. J'aurais donné ma vie pour sauver la tienne, mais un mauvais coup du destin m'a contraint à enfreindre le Code.

Kitiara serra les dents de colère et dit d'un ton glacial :

— Je ne m'étais jamais rendu compte que tu attachais si peu d'importance à l'amitié. Tu voudrais que j'adhère à ton code de malheur. Comme Tanis. Il a essayé de faire de moi ce que je ne suis pas. Il n'aura pas le dessus, ni toi non plus !

Incapable de contenir sa fureur, elle tapait du pied.

— La vertu est un maître exigeant, Kit. Le Code et la Règle ne font pas dans la facilité. Ils pèsent aussi lourd qu'un sac de pierres sur l'échine du chevalier, et c'est leur poids qui lui donne assise et droiture. Tu ne comprendras jamais ça, dit-il en affrontant son regard, parce que tout ce que tu désires dans la vie, c'est te débarrasser de ton fardeau sur quelqu'un d'autre : un amant, un serviteur, voire un dragon de bronze. Tant qu'il y aura quelqu'un pour porter le poids de l'honneur à ta place, tu éviteras de te sentir coupable, et de faire face aux conséquences de tes actes.

Kitiara devint livide. Personne ne lui avait jamais parlé ainsi, pas même Tanis.

— Nous n'avons plus rien à nous dire, fit-elle froidement. Dès l'instant où cette ruine volante touchera terre, nous en aurons terminé l'un avec l'autre.

Kitiara laissa Sturm en contemplation devant la cime

des arbres qui défilaient sous eux. Ils ne se reparlèrent plus.

*
* *

— Attention ! Tu vois bien qu'il y a des branches !

L'*Etoile des Nuages* planait en direction d'une clairière. Les cimes des aulnes, des sapins et des bouleaux éraflèrent la coque du vaisseau. Debout sur le toit de la cabine, Wingo dirigeait l'atterrissage. Eclair et Oiseleur avaient ouvert le sac et lâché un peu d'*air éthéral*. Sturm se tenait à la proue, hachant les frondaisons au passage avec le crochet ramassé sur le *Verival*. Ils ne possédaient plus ni ancre ni grappin pour s'amarrer.

Le vaisseau filait entre les arbres, fouetté par les branches, que les oiseaux fuyaient à tire-d'aile en pépiant.

— Nous sommes devant la clairière ! annonça Sturm.

— Tenez-vous prêts ! cria Wingo.

La quille effleura l'herbe de la prairie et rabota le sol, puis le vaisseau s'immobilisa.

Sturm sauta par-dessus le bastingage.

— Paladine soit loué ! Enfin la terre ferme ! dit-il.

Les gnomes se précipitèrent sur le sol de Krynn, Kitiara sur leurs talons. Sturm ne put s'empêcher de la suivre des yeux. Elle vérifia méticuleusement son paquetage et ne lui adressa pas un regard. Il voulut aller vers elle. Son expression butée le fit renoncer.

— Eh bien, Wingo, dit-elle en lui serrant la main, ce fut un drôle de voyage ! Jamais je ne l'oublierai.

— Sans toi, ma dame, nous ne l'aurions pas fait.

Elle se tourna vers Oiseleur, Longuevue, Tirebois et Eclair.

— Continuez à chercher des idées nouvelles, cela préservera le monde de l'ennui. A un de ces jours, les gars ! dit-elle en chatouillant Brikolo et Cordevoile sous le menton. Serrez-vous les coudes, vous faites une bonne équipe !

— Tu peux en être sûre ! s'écrièrent-ils en chœur.

Elle avança vers Cumulus et Bego.

— Tu as de la chance, Bego. Rares sont les gens qui réalisent leurs rêves. Continue à t'envoler, vieux frère. Je te souhaite encore beaucoup d'aventures.

— Cela me paraît peu probable. J'ai tellement de rapports à rédiger et de conférences à tenir. Après tout, l'Office des Brevets Gnomes peut être content du travail que nous avons fait. Adieu, ma dame, dit-il en s'inclinant respectueusement.

— Et où t'en vas-tu ? demanda Wingo.

— Où le vent me portera, répondit-elle avec un sourire en coin.

Elle regarda le ciel. Il n'était pas encore midi.

Sturm resta à l'écart. Sa résolution était ferme. Kitiara avait raison : ils en avaient fini l'un avec l'autre. Il sentit que la Kit enjouée et impétueuse du bon vieux temps lui manquerait.

Elle s'éloigna dans la prairie sans se retourner. Sturm baissa les yeux. Quand il les leva, elle avait disparu sous les frondaisons de bouleaux.

— Tu ne cours pas la rejoindre ? demanda Brikolo.

— Pourquoi le ferais-je ? Elle est capable de se débrouiller toute seule. C'est ce qu'elle sait le mieux faire.

— Je ne comprends pas, dit Brikolo. Je pensais que vous alliez vous marier un jour.

Sturm lâcha le gobelet qu'il allait ranger dans son paquetage.

— Où diable as-tu pêché une idée pareille ? s'exclama-t-il, abasourdi.

— Chez les humains, les hommes et les femmes se battent et braillent l'un contre l'autre, et ça finit toujours par un mariage, et par des enfants, dit Brikolo en rougissant.

— Il faudrait un homme plus riche et plus puissant que moi pour que Kitiara Uth-Matar consente à lui accorder sa main. Celui qui l'épousera devra avoir la patience de Paladine et la sagesse de Majere pour la garder.

Les gnomes se rassemblèrent autour de lui pendant qu'il bouclait son paquetage.

— Où iras-tu ? demanda Wingo.

— En Solamnie, comme prévu. J'ai des recherches à y faire. Ensuite il ne me reste pas grand-chose des visions que j'ai eues sur Lunitari, mais je sais que pour retrouver la trace de mon père, je dois commencer par le château de Lumlane. C'est là que je vais.

Les gnomes lui tapèrent amicalement dans le dos.

— Je te souhaite bonne chance, messire de Lumlane, dit Tirebois. Tu es vraiment très intelligent pour un humain.

— Venant de toi, c'est un grand compliment, répondit Sturm.

— Nous t'aurions emmené en Solamnie, si nous n'étions pas à pied, dit Bego.

— Voulez-vous que je vous raccompagne chez vous, à Sancrist ?

Cela semblait le moins qu'il puisse faire.

— Non, non, nous t'avons assez retardé, répondit Longuevue. Nous irons à Gwynned, où nous prendrons le bateau pour Sancrist.

— Tu vas me manquer, dit Cumulus, attendri, en lui tendant la main.

Sturm la serra avec solennité. Puis vint le tour des autres gnomes. Il chargea son paquetage sur son dos et se mit en route. *C'est bizarre,* songea-t-il, *aller si loin sans avoir fait un pas ! Marcher sera une excellente pénitence. J'aurai le temps de réfléchir à la faute que j'ai commise, et de l'expier. Peut-être trouverai-je de quoi faire face au choix qu'impose le Code.*

— Au revoir ! Au revoir ! crièrent les gnomes derrière lui.

Sturm leur fit signe. Quels braves petits bonshommes ! Il souhaita que rien de fâcheux ne leur arrive, mais les gnomes étant ce qu'ils sont...

En entrant dans la forêt, il en savoura la fraîcheur.

Quel bonheur de voir des buissons d'honnêtes feuilles bien vertes et des plantes qui ne réagissent pas quand on marche dessus ! Lunitari était une terre si peu naturelle !

Après avoir traversé deux bonnes lieues de bois touffus, il suivit le cours d'un ruisseau. Il arriva à un pont de pierre. Un écriteau y était fixé, indiquant « Caergoth, vingt lieues », vers le sud, « Garnet, six lieues », vers le nord.

Sturm fut pris d'un formidable fou rire. Les gnomes avaient atterri en Solamnie, à une vingtaine de lieues de leur point de départ, mais son hilarité avait d'autres causes. Il était de retour chez lui, pas seulement sur Krynn, mais en Solamnie. Il se sentais libre et allégé du poids de sa bizarre relation avec Kitiara. Leur séparation lui avait fait l'effet d'une dent gâtée qu'on arrache : elle lui laissait à la fois un sentiment de soulagement et une sensation de vide.

Il prit la route de Garnet, qui l'amènerait dans les plaines du nord. Tout en marchant d'un bon pas, il se régalait des odeurs et des paysages familiers qu'il retrouvait : pâturages et collines, paysans poussant leur bétail dans les champs et dans les enclos bordés de pierres.

Ce n'étaient pas les terres perdues de sa famille qui tracassaient Sturm, mais la chute injustifiée de la chevalerie. Le peuple avait mis le Cataclysme et les troubles subséquents sur le compte des chevaliers, comme s'ils avaient le pouvoir de faire basculer le monde ou de le faire exploser !

Sturm réprima un mouvement de colère. *Patience,* songea-t-il. *Un chevalier doit garder son sang-froid ; sinon il risque de devenir un barbare.*

*
* *

Jusqu'au lendemain après-midi, Sturm ne rencontra personne. Cela lui parut d'autant plus bizarre qu'il approchait de Garnet. Habituellement, des caravanes de marchands sillonnaient les routes pour se rendre au marché de la ville. Quelque chose ou quelqu'un devait retenir les gens chez eux.

La route commença à monter. Il arriva en vue de Garnet. Des voyageurs venaient de passer par là. Les empreintes de fers à chevaux, de roues et de bottes, fort nombreuses, en témoignaient.

Au détour de la route, il vit de la fumée. Il posa la main sur son épée.

Plusieurs chariots renversés brûlaient au milieu du chemin. D'après ce qu'il en restait, ils avaient dû être incendiés quelques heures plus tôt.

Les corbeaux et les rapaces s'envolèrent à son approche. Entre les chariots, il y avait des cadavres. L'un, gras et richement vêtu, devait être celui d'un marchand aisé. Il avait deux flèches plantées dans la poitrine.

Un grognement fit sursauter Sturm. Quelques pas plus loin, il vit un grand gaillard musclé assis au pied d'un arbre. Il saignait de toutes parts. A ses pieds gisaient six cadavres de gobelins.

— A boire, murmura le guerrier.

Sturm lui mit sa gourde entre les lèvres.

— Qu'est-il arrivé ? demanda-t-il.

— Des bandits... ont attaqué le convoi. Nous nous sommes battus... Trop nombreux.

Sturm examina les blessures du guerrier. Nul besoin d'être grand clerc pour comprendre que l'homme ne survivrait pas. Reconnaissant en lui un frère d'armes, Sturm ne lui cacha pas la vérité.

— Merci, répondit le mourant.

Sturm demanda s'il pouvait faire quelque chose pour lui.

— Non. Que Paladine te bénisse.

Il y eut un bruissement sous la ramure. Sturm saisit son épée. Le museau alezan d'un cheval apparut entre les feuilles.

— Brumbar, dit le guerrier, mon fidèle camarade.

Le cheval sortit du buisson. C'était un splendide animal, noir comme du charbon, qui posa la tête dans le giron de son maître.

— Je vois que tu es un homme d'armes, dit le guerrier d'une voix rauque. Je t'en prie, emmène Brumbar avec toi quand je serai mort.

— Compte sur moi. Veux-tu que je prévienne quelqu'un à Garnet ?

L'homme ferma les yeux.

— Personne. Ne va pas à Garnet, si tu tiens à la vie, fit-il dans un râle.

— Pourquoi ? Pourquoi éviter cette ville ?

— Détache ma cuirasse...

Sturm s'exécuta. Sous son armure, l'homme portait une chemise brodée d'une fleur rouge. Sturm resta bouche bée. Le mourant était un chevalier du plus élevé des trois Ordres, celui de la Rose Rouge ! Seuls les nobles pouvaient accéder à cet honneur.

— Les ennemis des chevaliers ont pris la ville. Je sais que tu es des nôtres. Tu cours un grand danger en allant à Garnet... Assassins...

— Qui es-tu ? Quel est ton nom ? insista Sturm.

Le chevalier de la Rose Rouge ne parlerait plus.

Sturm le mit en terre avec le respect qui lui était dû. Le soleil se couchait quand il eut terminé. Il alla chercher Brumbar et passa en revue le contenu des sacoches accrochées à la selle. Il trouva de la viande séchée et des pièces de cuivre sans grande valeur.

Il comprit pourquoi il ne s'agissait pas de thalers d'argent. Les chevaliers étant haïs, le défunt avait tenté de fuir incognito. Il s'était déguisé en mercenaire, transportant ses fonds en monnaie de cuivre pour ne pas attirer l'attention. Il ne serait venu à l'idée de personne qu'un simple mercenaire pût être chevalier.

Sturm quitta la route de Garnet. Au loin, il voyait briller les lumières de la ville. Il arrêta Brumbar et épia les bruissements qui troublaient le silence. Le vent soufflait sur les montagnes. Un loup hurla dans le lointain.

CHAPITRE XVII

Sa nouvelle monture était une bête solide qui cheminait d'un pas pesant. Dans le vieux langage des nains, Brumbar signifiait ours noir. Le destrier était aussi sombre qu'imposant. Son dos était si large que Sturm aurait pu y faire la sieste. Malgré l'important paquetage de son cavalier, Brumbar maintint allègrement l'allure tout au long de la journée.

La forêt de Lemish débouchait sur une plaine à la végétation clairsemée. L'air devint sec, la chaleur intense. Sturm ne vit pas grand monde de chaque côté de la route. La région était trop aride pour les cultures et le bétail. Pour les brigands aussi, il n'y avait rien à voler.

Sturm avait le loisir de s'abandonner à ses pensées. Depuis qu'il avait quitté Solace en compagnie de Kitiara, l'idée qu'un danger se profilait à l'horizon avait fait son chemin dans son esprit. D'étranges mercenaires ressemblant à des lézards, qu'on appelait les draconiens, étaient apparus dans différents ports. Des armes circulaient secrètement. Les brigands infestaient les routes, au nord du pays. La magie était à l'œuvre. Des gobelins entraient au service de magiciens humains. Quel était le lien entre tous ces événements ?

Guerre. Invasion. Magie noire.

Sturm donna des éperons. Brumbar se mit au trot. De

vagues impressions enfouies dans sa mémoire refirent surface. Certains détails de ses visions, sur Lunitari, lui vinrent à l'esprit. Son père était sûrement encore en vie. Il s'était passé quelque chose au château.

Et Kitiara. Où était-elle à présent ?

Avec la chaleur, de gros nuages noirs s'étaient formés. Des éclairs déchirèrent le ciel, suivis de coups de tonnerre. Humant la pluie, Brumbar se dirigea vers l'orage. Sturm le laissa faire ; lui aussi avait soif.

La tempête semblait reculer à mesure qu'ils avançaient. Pataugeant dans les fondrières, Brumbar avait du mal à rattraper la pluie. Des éclairs étincelèrent au-dessus d'un bosquet de pins. Sturm tira sur les brides, mais le cheval n'en fit qu'à sa tête et fonça vers les arbres.

Il commença à pleuvoir. Brumbar marchait au pas entre les pins, sous la pluie qui tombait de plus en plus drue. Loin devant lui, Sturm aperçut une ombre qui se mouvait entre les troncs. Il s'essuya les yeux et scruta le bosquet.

Un cavalier lui faisait des signes. De temps à autre, il se retournait pour le regarder. Sturm crut voir sur ce visage une longue moustache tombante comme la sienne.

Brumbar s'arrêta pour boire dans une flaque, mais Sturm, curieux, le poussa en avant. Il devait rattraper le cavalier.

— Hello ! appela-t-il. Je voudrais te parler !

La foudre tomba à quelques pas d'eux, laissant un cratère fumant dans le sol. Le cavalier ne répondit pas. Il poursuivit sa course en faisant des signes.

Sturm éperonna Brumbar, qui partit au galop.

Les cheveux sombres du cavalier dégoulinaient d'eau, et il avait effectivement une moustache, signe distinctif des Chevaliers de Solamnie.

Brumbar eut tôt fait de le rejoindre ; l'homme fit volter son cheval et s'arrêta quelques pas plus loin.

— Je n'ai pas l'intention de te prendre en chasse, cria Sturm, mais...

Il n'entendit pas le bruit du tonnerre lorsque la foudre tomba entre lui et l'étranger. Il ne sentit rien, mais il se retrouva étendu dans l'herbe, trempé par la pluie. Ses bras et ses jambes étaient de plomb.

Une forme sombre se pencha sur lui. Une fraction de seconde, il eut peur. Il était à terre, sans défense, peut-être face à un voleur ou un assassin.

Du haut de son cheval, l'étranger regardait Sturm sans rien dire.

— Qui es-tu ? demanda-t-il au cavalier impassible.

L'homme souleva sa cape, découvrant le pommeau de son épée, finement sculpté. Ebahi, Sturm reconnut l'arme de son père.

— Prends garde à Merinsaard, dit l'étranger.

Sturm fit un effort surhumain pour se mettre debout.

— Qui es-tu ? demanda-t-il en tendant la main vers le cheval de l'inconnu.

Sa main rencontra le vide. Le cavalier et sa monture s'étaient évanouis.

La pluie avait cessé. Le soleil réapparut entre les nuages. Brumbar se désaltérait près de l'arbre foudroyé.

Sturm douta de lui-même. Avait-il réellement vu ce qu'il venait de vivre ? Qui était ce cavalier fantôme ? Qui était Merinsaard ? Une personne ou un lieu ?

Il se remit en selle. Sous son poids, les sabots de Brumbar s'enfoncèrent dans l'herbe boueuse. Sturm regarda autour de lui. La boue ne portait pas d'autres empreintes que celles de sa monture.

*

* *

La plaine de Solamnie, très vallonnée, était parcourue de ruisseaux qui formaient de petits ravins pendant la saison sèche. Des bouquets d'arbres constellaient la vaste étendue.

Sturm se retrouva au milieu de troupeaux gardés par des paysans aux mines farouches, armés d'arcs et de maillets. Ils le regardèrent passer avec insistance ; les mercenaires brigands étaient chose courante. A leurs yeux, Sturm pouvait être en reconnaissance pour le compte d'une bande. De plus, il arborait le casque et la moustache des Chevaliers de Solamnie, ce qui n'était pas pour le rendre populaire parmi ceux qui avaient combattu l'Ordre.

Sturm s'en moquait. Il portait l'épée de façon à montrer qu'il était prêt à s'en servir. Le soir, il astiqua son casque et ses bottes pour les faire reluire.

Il décida d'éviter Solanthus qui, après la chute des chevaliers, s'était déclarée ville libre. Sturm savait que des compatriotes et des amis de son père y étaient emprisonnés ou y avaient été exécutés. Inutile d'aller se jeter dans la gueule du loup. Son but était de revendiquer son héritage.

Derrière Solanthus, il descendit vers la fertile vallée où coulait le fleuve Vingaard.

Les troupeaux devinrent plus nombreux, la terre se fit plus grasse. Il passa la journée à guider Brumbar entre des vaches tachetées et leurs veaux. La chaleur était telle qu'il troqua son casque contre le mouchoir noués des gardiens de troupeaux.

Les bêtes se dirigeaient vers un passage à gué appelé le Kerdu, créé il y a des siècles par les chevaliers. Des milliers de pierres avaient été placées en travers de la rivière pour ménager un passage. A mesure que le courant les emportait, les riverains en ajoutaient d'autres. Le ramassage et l'étayage des pierres étaient devenus une tradition et une fête.

La fraîcheur du soir commençant à venir, Sturm lâcha les brides de Brumbar et le laissa aller à sa guise. Le cheval marcha vers la berge, où brillaient des feux de camps.

Une demi-douzaine de têtes tannées par le soleil se tournèrent quand Sturm approcha. Il tendit la main et prononça les paroles traditionnelles :

— Je viens les mains nues.

— Assieds-toi, dit le chef, identifiable à la corne de cerf sculptée qu'il portait au cou.

Sturm attacha les rênes de Brumbar à un arbre et s'assit.

— Sturm, dit-il pour se présenter.

— Onthar, répondit le chef.

Il pointa un doigt sur chacun de ses compagnons.

— Rorine, Lillo, Ostimar et Beling.

Sturm les salua d'un signe de tête.

— Veux-tu partager la potée ? demanda Onthar.

Une marmite était accrochée au-dessus du feu. Chacun mettait quelque chose à cuire dans le pot commun. On trouvait un peu de tout dans le ragoût des bergers.

Sturm tira des provisions de son sac. Il ne lui restait qu'un morceau de viande séchée, deux carottes et un peu de farine de seigle. Il coupa la viande en tranches.

— La saison a été bonne ? demanda-t-il.

— Il a fait trop sec, répondit Onthar. Une partie du fourrage nous manquera.

— Mais nous n'avons pas eu d'épidémie, fit remarquer Lillo, balançant sa tresse blonde. Nous n'avons pas perdu un seul veau. La fièvre en tue beaucoup.

— En revanche, il y a beaucoup de brigands, dit Rorine. Humains et gobelins font cause commune.

— J'en ai vu, dit Sturm, plus au sud, vers Caergoth et Garnet.

Onthar le regarda, le sourcil levé.

— Tu ne m'a pas l'air d'être d'ici ?

Sturm commença à couper les carottes.

— Je suis né en Solamnie, mais j'ai grandi à Solace.

— On élève beaucoup de cochons par là-bas, à ce qu'on dit, commenta Ostimar d'une grosse voix qui contrastait avec sa minceur.

— Oui, beaucoup.

— Où te diriges-tu, Sturm ? demanda Onthar.

— Vers le nord.

— Tu cherches du travail ?

— Pourquoi pas ? Si j'en trouve...

— As-tu déjà gardé des bêtes ?

— Non, mais je sais monter à cheval.

Ostimar et Beling rirent de bon cœur.
— Nous avons perdu un homme la semaine dernière, dit Onthar. Il a été tué par des gobelins. Tout ce que tu auras à faire sera d'empêcher les bêtes de quitter le troupeau. Demain nous traverserons le Vingaard pour aller au donjon.
— Le donjon ? Mais il est vide depuis des années, répondit Sturm.
— Nous y allons pour rencontrer des acheteurs.
— Cela me paraît intéressant. Et la paye ?
— Quatre cuivres par jour, à toucher quand tu partiras.
Sturm savait qu'il fallait marchander.
— Pas à moins de huit cuivres par jour !
— Huit cuivres ! s'exclama Lillo. Tout ça pour un cavalier d'opérette !
— Je pourrais aller jusqu'à cinq, dit Onthar.
Sturm alla verser sa farine dans la marmite.
Onthar sourit, découvrant une mâchoire édentée.
— Je t'en donne six. Pas tant de farine ! Nous faisons une potée, pas du pain !
Rorine tendit à Sturm une écuelle et une cuiller. Ils mangèrent en silence puis se passèrent la gourde.
— Qui vient au donjon acheter le bétail ? demanda Sturm.
— Je n'en sais rien, dit Onthar. Des gens qui sont allés là-bas ont raconté que quelqu'un y payait fort bien les belles bêtes. C'est pourquoi nous y allons.
Le feu déclinait. Lillo se mit à jouer une mélodie lancinante sur sa flûte. Les bergers s'allongèrent sur le sol pour dormir.
Sturm dessella Brumbar et le nettoya. Puis il se glissa dans ses couvertures et contempla la lune d'argent qui descendait vers le sud, tandis que Lunitari montait au zénith.
Avait-il réellement foulé son sol ? Avait-il vraiment rencontré les fourmis géantes et libéré un dragon bavard d'un obélisque de marbre rouge ? Parmi ces hommes simples de la terre de Krynn, ces souvenirs

semblaient sortis d'un cauchemar. Il les bannit de son esprit. Des problèmes plus importants lui restaient à résoudre.

Le jeune chevalier s'endormit. Il rêva qu'il traversait Solace au galop, poursuivant un homme qui portait l'épée de son père. Il n'arriva pas à rattraper l'inconnu. Les grands arbres s'agitaient sous le vent, lui renvoyant l'écho d'un rire de femme.

CHAPITRE XVIII

Quelqu'un réveilla brutalement Sturm avant le lever du soleil. Tout au long de la rivière, les bergers affairés pliaient bagage pour commencer une nouvelle journée de voyage. Sturm eut à peine le temps d'avaler un gobelet d'eau. Lillo lui donna un peu de viande séchée et le pressa de se mettre en selle.

Beling arriva au galop et lui tendit un bâton terminé par une lame de bronze. C'était sa pique de vacher. Si des bêtes s'écartaient du troupeau, il se servirait de cet aiguillon pour les ramener dans le droit chemin.

— Malheur à toi si tu leur transperces le cuir ! prévint Beling. Onthar se vante d'avoir des bêtes au pelage intact.

Avec un mouvement de tête plein d'arrogance, il repartit à la tête du troupeau.

Sensible à l'agitation, les bêtes, il y en avait environ neuf cents, cherchaient à sortir de l'espace limité par les cordes tendues par les bergers. Avant celui d'Onthar, deux troupeaux devaient en effet traverser le gué.

Large d'un quart de lieue, le gué en avait une demie de long. Onthar recommanda à Sturm de ne pas disperser les pierres.

— J'ai vu des cavaliers tomber à l'eau et disparaître dans les flots, l'avertit-il. On n'a retrouvé que leur pique et leurs bandeaux.

— Je m'en souviendrai.

Le troupeau se regroupa. Sturm cala la pique sous son bras. Avec sa hampe de huit pieds de long, il pouvait toucher le sol du haut de sa monture. Plus grand que ses compagnons, Sturm les dépassait aussi grâce à la hauteur de son cheval. Devant lui, les bêtes avançaient, serrées les unes contre les autres, leurs cornes brillant à travers la poussière.

Une trompe sonna, signalant que le passage était libre. Debout sur ses étriers, Onthar agita sa pique. Un groupe de vaches surgit devant Sturm, qui balança la sienne sous leurs mufles en criant. Les bêtes firent volte-face et suivirent celles qui les précédaient.

La berge était marécageuse. Des milliers de pattes l'avaient piétinée et une forte odeur s'en dégageait, renforcée par le soleil du matin. Onthar et les cavaliers de tête entrèrent dans l'eau avec les taureaux. Les vaches et les bœufs suivirent, encadrés par les cavaliers de l'arrière-garde. Les mouches devinrent féroces et l'odeur, infernale.

Brumbar posa un pied dans la rivière. Avec ses fers, il n'avait aucune prise sur les cailloux. D'un pas mal assuré, il continua d'avancer sans s'effrayer.

A trente pas de la berge, Brumbar se laissa déborder et quitta le passage. Le flot submergea Sturm, qui vida immédiatement les étriers. Il refit surface. La tête hors de l'eau, il poussa un grand soupir. Entraîné par le courant, Brumbar nageait vers la rive qu'il avait quittée.

Lillo freina sa monture.

— Ça va, Sturm ?

— Oui ! Ce stupide animal a glissé !

Il nagea vers Lillo et remonta sur le passage. L'eau lui montait jusqu'aux genoux.

— Peux-tu me prendre en croupe jusqu'à la rive ? demanda Sturm.

— Je ne peux pas laisser le troupeau. Tu n'as qu'à nous rattraper.

Sturm pataugea dans l'eau boueuse et gagna la berge

où Brumbar avait grimpé, heureux de s'être si bien sorti de l'épreuve.

— Viens ici, brute ignorante ! cria Sturm.

Il sourit. Aussi stupide que fût l'animal, il attendait tranquillement le bon plaisir de son maître en s'ébrouant au soleil. Sturm sauta en selle.

Onthar était presque arrivé sur l'autre berge. Sturm avait perdu sa pique et son prestige, mais il n'avait pas dit son dernier mot.

— Heya ! cria-t-il en fouettant l'encolure de Brumbar.

Le cheval entra dans l'eau. Au beau milieu du gué, il partit au galop dans des gerbes d'éclaboussures. Ils atteignirent la rive au moment où le dernier vacher sortait de l'eau.

— Le bain était bon ? demanda Rorine avec un grand sourire.

— Excellent. Prête-moi une pique, s'il te plaît. Je vais reprendre ma place.

Rorine décrocha une longue lance de sa selle et la lui tendit.

Le troupeau s'achemina sur le versant sablonneux du nord du Vingaard. Sur ce terrain, les sabots ferrés de Brumbar s'avérèrent fort utiles. Tandis que les poneys sans fers des vachers peinaient dans le sable, Sturm et Brumbar réussirent à endiguer la débandade.

Bêtes et cavaliers arrivèrent dans la prairie sèche et drue. Onthar les mena jusqu'à un vallonnement où il fit arrêter le troupeau.

— Reste à ta place, dit-il à Sturm.

Il vérifia qu'aucune bête ne traînait en arrière.

— J'ai cru comprendre que tu étais tombé à l'eau, continua-t-il.

— Les sabots ferrés n'ont aucune prise sur les pierres mouillées, répondit Sturm.

— Hé, hé. Tu as perdu la pique que je t'ai donnée.

— Oui, Rorine m'en a fourni une autre.

— La pique te coûtera deux sous. Je les déduirai de ta paye.

Onthar piqua des deux talons vers Rorine.

Sturm remâcha sa fureur. Le pénaliser pour la pique perdue lui semblait d'une mesquinerie intolérable. Les préceptes de la Règle lui revinrent à l'esprit. Il considéra la chose du point de vue d'Onthar. Peut-être personne ne s'était-il aperçu que Brumbar avait glissé sur les pierres. Onthar avait payé la pique qu'il lui avait confiée. Attendu la dureté du métier de berger, demander deux sous n'était pas grand-chose. Une simple nécessité.

Sturm retira son bandeau et compta sur le soleil pour sécher ses vêtements. Onthar fit le tour complet du troupeau. Certain que tout était en ordre, il prit la tête et donna le signal du départ pour le donjon de Vingaard, à quelque soixante lieues de là.

*

* *

La journée fut longue et fatigante. Les vachers n'eurent pas le loisir de mettre pied à terre. Sturm s'était toujours considéré comme un cavalier accompli sur les longues distances ; comparé aux hommes d'Onthar, il était un néophyte.

Les vachers changeaient de poste en tournant autour du troupeau. Chacun prenait son repas, composé d'oignons, de viande et de fromage, au moment où il atteignait la tête du troupeau, n'ayant à surveiller que le terrain devant lui.

Le soleil était encore haut dans le ciel lorsque Onthar ordonna une halte. Ils avaient parcouru environ vintcinq lieues depuis qu'ils avaient quitté la rivière. Lillo, Beling et Rorine poussèrent les bêtes dans un creux, entre deux mamelons. Ostimar et Onthar emmenèrent Sturm faire le tour de l'endroit et lui montrèrent comment placer les barrières pour empêcher le bétail de se promener la nuit.

— Des barrières ? demanda Sturm, étonné.

Onthar sortit d'un sac un pieu fourchu de deux pieds

de long et le planta dans le sol. Il attacha le bout d'une corde dans la fourche et la tira jusqu'au pieu suivant. Ils continuèrent ainsi jusqu'à ce que le troupeau soit enfermé.

— C'est suffisant pour les retenir ? demanda Sturm.

— Les bœufs et les vaches ne sont pas très malins, explique Ostimar. Ils ne savent pas qu'ils peuvent pousser les cordes. Bien sûr, si la panique éclate, un mur de pierre ne pourrait les retenir.

— Qu'est-ce qui pourrait les effrayer à ce point ?

— Les loups. Ou les hommes.

Les bergers campèrent au-dessus du troupeau. Rorine et Lillo coupèrent de l'herbe pour les bêtes, mais elles ne boiraient pas avant le lendemain, quand ils atteindraient l'étang de Brantha.

Onthar fit un feu autour duquel tout le monde se rassembla. La marmite bouillait au-dessus des flammes. Quand chacun y eut mis sa part de nourriture, Lillo s'agenouilla pour remuer la potée.

— Une bonne journée, dit Rorine.

— Chaude ! Il va pleuvoir, déclara Ostimar.

— Certains ont préféré prendre un bain plutôt que de travailler, dit Beling.

Sturm lut le défi dans son regard.

— D'aucuns devraient prendre un bain plus souvent, rétorqua-t-il, ils sentiraient moins mauvais.

Lillo s'arrêta de tourner le ragoût. Les vachers regardèrent Sturm.

— Il n'y a qu'un crétin des villes pour vouloir traverser un gué avec un cheval ferré, dit Beling.

— Certainement. Combien de fois l'as-tu fait avant d'enlever les fers de ton cheval ?

Sturm vit les poings de Beling se serrer. Pour se faire respecter de ces hommes simples et rudes, il devrait rendre insulte pour insulte. S'il trahissait la moindre faiblesse, ils laisseraient Bering le traiter comme un chien.

Soudain Onthar bondit sur ses jambes et se mit à crier :

— Debout, tas d'idiots ! Les brigands ! Des brigands attaquent le troupeau !

Un piétinement sourd et des beuglements confirmèrent ses dires.

— Je vais chercher mon épée ! dit Sturm en courant vers Brumbar.

Les vachers sautèrent sur leurs poneys et prirent leurs piques.

Dans la pénombre, Sturm entrevit une douzaine d'assaillants. Armés de poignards et d'arcs, ils portaient des masques fantasmagoriques, avec des yeux peints et des cornes. Plusieurs bœufs gisaient dans l'herbe, transpercés par leurs flèches.

Onthar chargea. Sa pique atteignit un assaillant à la poitrine, mais la hampe cassa. Le voleur de bétail tomba de son cheval avec trente pouces de bois dans le cœur.

Rorine lui lança une autre pique.

Sturm attaqua par l'autre côté. Brumbar fit culbuter deux poneys et leurs cavaliers tandis que Sturm embrochait un bandit au masque grimaçant. Un autre prit sa place et attaqua avec un long poignard grossièrement forgé. Sturm retourna la lame recourbée sur la gorge de son propriétaire, qui tomba de cheval, mais son pied resta coincé dans l'étrier. La monture partit au galop, traînant son cavalier derrière elle.

Les voleurs semblaient avoir essuyé une déroute totale quand Sturm s'aperçut qu'il restait des agresseurs à pied. Des silhouettes masquées avaient rampé dans l'herbe près des animaux abattus. Profitant de la bataille, ils avaient dépecé les bêtes. Laissant la peau et les os, ils emmenaient la viande.

Lillo épingla un fuyard de sa pique et passa sur l'autre, piétiné par son cheval. Le combat était atroce.

Sturm reçut un coup dans le dos. Il sentit la hampe d'une flèche. Le voleur qui l'avait décochée était à quelques pas de lui. L'expression ahurie du visage peint en disait long sur sa surprise : la flèche n'avait pas désarçonné Sturm. L'agresseur ne pouvait pas savoir qu'il portait une cotte de mailles sous sa tunique.

Sturm précipita Brumbar sur l'archer. Il le rattrapa vite. Au moment de frapper, un mouvement de compassion lui fit tourner sa lame. Le plat de son épée s'abattit sur l'homme, qui lâcha son arme et glissa sur le sol.

Les voleurs de bétail ne demandèrent pas leur reste. Ils s'enfuirent à toutes jambes. Les vachers les poursuivirent un moment, puis retournèrent s'occuper du troupeau.

Sturm mit pied à terre. Il chargea le voleur inanimé sur Brumbar, puis s'en retourna auprès d'Onthar.

— Bande de salopards ! fulminait-il. Ils m'ont pris trois bêtes ! Ah ! ils vont faire ripaille ce soir !

— Pas tous ! dit Sturm. Quatre d'entre eux sont morts. Et j'en ai attrapé un.

Les vachers s'approchèrent. Lillo saisit le voleur par sa queue-de-cheval et lui arracha son masque.

— Ouah ! C'est une fille ! grogna-t-il.

C'était une gamine de quinze ou seize ans, aux cheveux blonds raides et crasseux et au visage maculé de couleurs.

— Elle pue !

Sturm ne s'en était pas rendu compte. Les vachers eux-mêmes dégageaient une odeur plutôt âcre.

— Egorgeons-la et laissons-la dans la plaine pour que ses amis la trouvent, dit Bering. Cela leur apprendra à s'attaquer au troupeau d'Onthar.

— Non, dit Sturm en s'interposant entre la fille et les bergers.

— Mais c'est une voleuse ! protesta Ostimar.

— Elle est sans armes, et inconsciente.

— Il a raison, dit Onthar après un moment de réflexion. Elle vaut plus cher vive que morte.

— Pourquoi ? demanda Rorine.

— C'est un otage. La savoir entre nos mains éloignera peut-être le reste de la bande.

— Ça va faire des histoires, grommela Beling. Liquidons-la, nous serons débarrassés.

— Ce n'est pas à toi d'en décider, répliqua Onthar. Sturm l'a capturée, elle est à lui. Il peut en faire ce qu'il en veut.

Rorine et Lillo ricanèrent. Sturm rougit.

— Je vais suivre ton conseil, Onthar, dit-il, je la garderai en otage.

— C'est ton problème. Tu seras responsable de ce qu'elle fait. Et ce qu'elle mange te sera compté.

Il s'y attendait.

— D'accord.

La fille poussa un gémissement. Rorine la tira par sa queue-de-cheval et la mit debout. Elle secoua la tête et ouvrit les yeux.

— Ma'troya ! cria-t-elle, se voyant prisonnière.

Elle voulut s'enfuir, mais Rorin l'attrapa par les jambes. Elle lui donna de tels coups de pieds qu'il la plaqua sur le sol. Alors elle brandit un couteau à double lame. Sturm la pris par le poignet et le serra comme un étau.

— Ma'troya ! répéta-t-elle d'une voix désespérée.

— Que dit-elle ? demanda Sturm.

— C'est un dialecte oriental, dit Onthar. Mais je parie qu'elle parle notre langue. N'est-ce pas, ma fille ?

Les yeux bleus foncé répondirent à sa place.

Sturm aida la jeune fille à se relever.

— Quel est ton nom ?

— Tervy.

Elle prononçait Tchair-vie.

— Eh bien, Tervy, tu vas rester avec ce troupeau un peu plus longtemps que tu t'y attendais.

— Tuez-moi tout de suite !

— Je n'y compte pas.

— Ils veulent me tuer ? demanda-t-elle en regardant les bergers.

— Reste tranquille. Personne ne te fera de mal si tu fais ce qu'on te dit.

Onthar arracha la flèche de la tunique de Sturm et la lui tendit.

— Garde-la en souvenir, dit-il.

Tervy regarda la flèche sans comprendre, puis leva les yeux vers Sturm.

— La flèche ne t'a pas fait saigner, tu n'es pas mort. Pourquoi ?

Il retira sa tunique et lui montra sa cotte de mailles. Tervy n'en avait jamais vu de sa vie. Elle toucha timidement les mailles.

— Peau de fer, dit-elle avec respect.

— Oui, c'est une peau de fer. Elle arrête les flèches et les lames. Maintenant que tu es ma prisonnière, tu vas rester près de moi. Si tu te conduis bien, je te nourrirai et je prendrai soin de toi. Si tu me joues des tours, je t'enchaînerai et tu marcheras avec les bêtes.

— Je ferais comme tu diras, Peau de Fer.

C'est ainsi que Sturm acquit une prisonnière, un otage, une servante, et un surnom. Car à partir de ce jour, les bergers ne l'appelèrent plus que Peau de Fer.

CHAPITRE XIX

Pendant que les bergers se battaient contre les voleurs, le dîner avait complètement refroidi. Comme il faisait trop sombre pour aller chercher du bois, Onthar demanda à Lillo de ramasser des bouses sèches dans l'enclos.

— Pouah ! Quel sale boulot ! grommela Lillo. Tu n'as qu'à dire à la fille de le faire.

Onthar interrogea Sturm du regard.

— C'est vrai qu'elle peut difficilement se salir davantage, admit Sturm. Je vais l'accompagner.

Tervy accepta de bon cœur quand il lui expliqua le travail. Ecartant les bêtes, elle plongea au milieu du troupeau et remplit un mouchoir avec les bouses sèches qu'elle put trouver.

Elle les montra à Sturm.

— Suffisant ?

— C'est suffisant. Va les porter à Lillo.

Le berger remua les braises et le feu repartit. Le dîner fut distribué. Tervy attendait en se léchant les lèvres. Sturm demanda une autre écuelle.

— Il n'y en a pas, dit Ostimar. Pas pour cette racaille.

Sturm laissa les deux tiers de son repas dans son écuelle et la tendit à Tervy. Elle se jeta dessus, poussant la nourriture dans sa bouche avec ses doigts.

Même Rorine, qui n'était pas le plus raffiné du groupe, en fut dégoûté.

Quand le repas fut terminé, Sturm proposa de monter la garde, au cas où les voleurs reviendraient.

— Ils ne reviendront pas de sitôt, assura Onthar.

— Il peut en venir d'autres.

— Pas cette nuit, grommela Rorine en se recroquevillant sous sa couverture.

— Et pourquoi pas ?

— Les voleurs ne se déplacent pas la nuit, expliqua Ostimar. Dans le noir, ils ont toutes les chances de se faire attraper par les loups.

Les loups ? Les bergers ne semblaient pas s'en soucier. Sturm interrogea Lillo.

— Onthar possède un pouvoir contre les loups, dit-il. Ils ne lui ont pas pris une bête depuis trois ans. Bonne nuit !

Autour du feu, on n'entendit plus que les ronflements des bergers. La tête sur ses genoux pliés, Tervy contemplait les flammes.

— Faut-il que je t'attache, ou es-tu capable de te tenir correctement ? demanda-t-il.

— Je ne m'enfuirai pas. Il y a des loups.

Il lui sourit.

— Quel âge as-tu, Tervy ?

— Tu dis ?

— Depuis combien d'années es-tu sur terre ?

Elle regarda autour d'elle sans comprendre.

— Quand es-tu née ?

— Les bébés ne peuvent pas savoir quand ils sont nés.

Ces gens étaient peut-être trop primitifs pour compter le temps, songea Sturm. Ils devaient mourir trop vite pour que cela leur importe.

— Et ta famille ? Où est ta mère ? As-tu des frères et des sœurs ?

— Un oncle. Il est mort. Là-bas, par terre. C'est toi qui lui as ouvert la gorge, dit-elle en montrant son cou.

— Je suis désolé, fit Sturm, contrit. Je ne pouvais pas le savoir.

Elle haussa les épaules avec indifférence.

Il étendit ses couvertures et s'allongea les pieds devant le feu.

— Ne t'inquiète pas, Tervy, je veille sur toi. Tu es sous ma responsabilité.

Pour combien de temps ? songea-t-il.

— Peau de Fer gardera Tervy. Tervy ne s'enfuira pas.

Sturm cala sa tête sous son bras et s'endormit.

Au milieu de la nuit, le hurlement d'un loup le tira de son sommeil. Il voulut se lever, mais le poids qui pesait sur lui l'en empêcha. C'était Tervy. Elle s'était endormie, les bras autour de son corps.

Sturm la fit glisser sur le côté. Elle se débattit dans son sommeil et murmura :

— Si le charme n'agit pas, les loups vont venir, mais il faudra qu'ils me tuent avant de te prendre. Je te protège.

Il sourit.

— Je me protégerai moi-même, assura-t-il.

Tervy s'enroula dans sa couverture et se rendormit.

*

* *

Tervy passa la matinée à courir derrière Brumbar et Sturm. Il lui avait proposé de monter en croupe, mais elle avait refusé. Cependant, avec le soleil qui tapait sur la plaine, elle commença à ralentir. Finalement, elle sauta sur le dos de Brumbar et s'installa derrière Sturm.

— C'est le plus grand cheval du monde ! décréta-t-elle.

Sturm sourit. La remarque était facile à comprendre ; comparés à Brumbar, les poneys des plaines étaient des miniatures.

Vers midi, le troupeau sentit de loin l'étang de Brantha. Les bêtes accélérèrent le pas. Les bergers se groupèrent en tête pour les empêcher de partir au galop, ce qui aurait déclenché la débandade. Sturm s'étonna de cette hâte, mais Tervy huma l'air et l'informa qu'elle aussi sentait l'eau.

Une heure plus tard, le petit lac bleu fut en vue. Un troupeau plus important que celui d'Onthar était massé sur la rive.

A l'idée de rencontrer des gens, Sturm sortit de sa torpeur. Les bergers étaient de braves garçons, mais peu enclins à la conversation ; il se surprit à regretter le distrayant babil des gnomes.

Le troupeau quitta la berge pour faire place aux nouveaux venus. Les bêtes assoiffées d'Onthar s'alignèrent le long du rivage. A peine Sturm avait-il arrêté Brumbar que Tervy mettait pied à terre.

Elle courut vers l'étang.

— Eh ! Où vas-tu si vite ? cria le jeune homme.

Sous ses yeux, elle se dépouilla de ses oripeaux. Elle sauta sur le dos d'une vache en train de boire, passa sur une deuxième puis une troisième et plongea tête la première dans l'étang.

Sturm pressa sa monture vers la rive. Tervy nagea jusqu'au milieu de l'étang puis disparut. Pas une onde ne vint rider la surface de l'eau.

Elle émergea à dix pas de lui, rhabillée, au milieu des vaches, qui s'écartèrent, effrayées.

Elle lui tendit la main. Sturm se pencha vers elle et la hissa sur la selle.

— Je ne pue plus, n'est-ce pas ? fit-elle.

— Plus autant, répondit-il en rougissant. Tu t'es jetée à l'eau parce que nous avons dit que tu sentais mauvais ?

— Je me moque de ce que les autres disent. Je ne veux pas sentir mauvais pour Peau de Fer.

Son geste le toucha.

Ils se dirigèrent vers les bergers qui s'étaient réunis pour prendre leur déjeuner. Tervy avait faim, elle aussi. Elle trouva le moyen de chiper un morceau de viande séchée dans le sac de Beling. Furieux, il lui flanqua un coup sur la tête. La réaction de Tervy ne se fit pas attendre : elle lui enfonça son pouce dans l'œil. Beling poussa un grognement rageur et dégaina son couteau.

— Range ça tout de suite, ordonna Sturm.

Beling regarda d'un air effaré la lame d'acier étincelant pointée sur lui.

— Cette voleuse a failli m'arracher l'œil ! vociféra-t-il.

— Tu l'as frappée plutôt fort. Cela devrait te suffire. Tu te bats contre les filles, maintenant ?

Sturm décida d'acheter quelque chose à manger pour Tervy. Il l'emmena auprès des chariots du convoi précédent.

— Peau de Fer va vraiment payer avec de l'argent ? dit-elle en trottinant derrière lui.

— Bien sûr. Je ne vais pas voler des victuailles...

— As-tu assez d'argent ?

— Je n'en ai pas beaucoup. Je ne suis pas riche.

— J'imagine... Les riches volent tout le temps.

Ce bon sens fit sourire Sturm.

Il tomba sur un groupe d'Abanasiniens qui faisaient route vers Palanthas. Il y avait parmi eux un mercenaire, un devin et un vieux tanneur accompagné de son apprenti. Sturm les entretint de Solace et les quitta en emportant des pommes séchées, des raisins secs et un poulet fumé. Il paya avec vingt pièces prises sur ce que lui avait laissé le défunt chevalier, ce qui dépassait largement ses gages de vacher.

Tervy dansait d'un pied sur l'autre autour de lui, impatiente de goûter ces merveilles. Les pommes ne l'intéressèrent pas du tout, mais elle dévora le poulet, y compris les os les plus tendres. Sturm ouvrit le sachet de raisins secs.

— Qu'est-ce que c'est ? demanda-t-elle.

— Des raisins qu'on a fait sécher. Goûte !

Elle en prit une poignée qu'elle fourra dans sa bouche.

— Hum, c'est sucré.

Eparpillant les grains sur le sol, elle plongea à pleine main dans le sachet. Sturm lui tapa sur les doigts.

— Tu vas manger tout ça ? s'étonna-t-elle.

— Non. *Tu* les mangeras, à condition de le faire d'une manière civilisée. Regarde.

Il prit quatre grains qu'il posa dans sa paume et les dégusta un par un. Tervy l'imita, sans toutefois se retenir de les fourrer tous ensemble dans sa bouche.

— Ça ne va pas assez vite ! commenta-t-elle.

Sturm la prit par le poignet.

— Les gens arrêteront de te traiter comme une sauvage quand tu cesseras de te comporter ainsi. Maintenant, fais comme je te l'ai montré.

Elle s'exécuta.

— Tu manges toujours de cette façon ? demanda-t-elle.

— Toujours.

— Ah ! C'est parce que tu es grand : personne ne te vole ta nourriture. Moi je suis petite, je mange vite pour qu'un ne me la chipe pas.

— Personne ne te volera quoi que ce soit. Prends ton temps et délecte-toi.

Après avoir mangé, ils retournèrent au campement.

Onthar annonça qu'il leur faudrait deux jours de marche pour arriver au donjon de Vingaard. Une fois le bétail vendu, chacun recevrait ses gages et pourrait reprendre du service.

Sturm fut le seul à décliner l'offre.

— J'ai affaire dans le nord. Je suis à la recherche de mon père.

— Oh ! Quel est son nom ? demanda Onthar.

— Arman de Lumlane.

Ce nom n'inspira de commentaire à personne. Seul Beling fut sur le point de dire quelque chose, mais il se ravisa et prit une mine renfrognée.

— Je te souhaite bonne chance, dit Onthar. Tu te débrouilles bien avec les bêtes et tu manies habilement l'épée. Ceux-là ne sauraient pas distinguer un bâton d'une lance.

— Merci, Onthar. Votre compagnie m'a fait paraître le voyage moins long.

Lillo joua quelques airs de flûte. Assise à côté de Sturm, Tervy s'émerveillait des sons que le berger tirait de son instrument. Il lui tendit la flûte.

Elle n'en sortit qu'un gémissement plaintif, et la lui rendit aussitôt.

— Magie ! décréta-t-elle.

— Non, ma fille, cela s'apprend.

Il monta la gamme.

— Tu bouges tes doigts comme un sorcier, dit-elle.

— Pense ce que tu veux, répondit Lillo.

Il se remit à jouer. Tervy ne le quitta pas des yeux.

Les jours qui suivirent, les talents oratoires de Tervy se développèrent considérablement. Elle raconta à Sturm que, parmi les siens, personne ne parlait en dehors de la présence du chef, ce qui leur avait donné l'habitude de faire au plus court.

Sa bande avait suivi le troupeau d'Onthar huit heures avant de l'attaquer.

— Nous ne savions pas que tu avais une épée, dit-elle. Sinon, nous aurions procédé autrement.

— De quelle manière ?

— Nous t'aurions attaqué en premier.

Assise en croupe derrière Sturm, qui allait et venait pour veiller sur les bêtes, la jeune fille ne montrait aucun signe de fatigue. Le soir venu, elle gagnait sa part de la potée en nettoyant les bottes, le ceinturon et l'épée de Sturm.

— Tu t'es trouvé un écuyer, dit Beling, voyant Tervy s'activer avec ardeur.

— Et dans un an, elle sera sur mesure pour réchauffer tes longues nuits d'hiver, ajouta Ostimar avec un sourire entendu.

— Que veulent-ils dire ? demanda Tervy.

— Rien du tout, répondit Sturm.

Tervy était aussi innocente que sauvage, et Sturm ne voyait aucune raison pour que cela change.

CHAPITRE XX

Bien que les murailles du donjon de Vingaard ne fussent pas très élevées, elles dominaient la vaste plaine. Bergers et troupeau étaient à quelques lieues de la forteresse, qui se dressait devant eux comme une montagne. A la vue de l'ancienne place forte des chevaliers, Sturm fut saisi d'impatience et de nostalgie. Le château de Lumlane n'était qu'à une journée de marche de Vingaard.

— Pourquoi les gens construisent-ils des maisons pareilles ? demanda Tervy.

— Un donjon est une place forte destinée à se protéger des attaques, répondit Sturm.

— Et pour abriter des Peaux de Fer.

— Oui, ainsi que leur famille.

— Les Peaux de Fer ont des familles ?

— Evidemment. D'où crois-tu que viennent les petits chevaliers ?

Un voile de brume flottait au-dessus du donjon tombé en ruine. Après le Cataclysme, des pillards l'avaient incendié. Ses murs étaient encore debout mais ce n'était plus qu'une coquille vide.

De près, Sturm constata que la brume provenait de la poussière et de la fumée dégagée par des feux de camps. Des troupes assez considérables avaient établi leur camp au pied des remparts. En l'absence de bannières, Sturm ne put reconnaître pour qui elles combattaient, mais leur présence expliquait le besoin de viande fraîche.

Des cavaliers vinrent observer les nouveaux venus. Leurs armures ne portaient aucun signe distinctif. A distance, il était impossible de dire avec certitude qu'il s'agissait d'humains.

Tervy était très intriguée.

— Encore des Peaux de Fer, chuchota-t-elle.

— Tous les hommes en armures ne sont pas des chevaliers, corrigea Sturm. Sois très prudente. Ce sont peut-être de mauvaises gens.

Elle lui enroula les bras autour de la taille ; l'éducation de Tervy n'était pas sans lacunes, mais elle connaissait le Mal.

A mesure qu'ils approchaient du donjon, les cavaliers se firent de plus en plus nombreux autour du troupeau.

— Que penses-tu de tous ces hommes ? demanda Sturm à Onthar.

— Manœuvres de cavalerie, répondit-il. Je suis content qu'ils soient là, cela nous évitera les brigands.

Onthar s'arrêta pour donner les consignes à ses hommes :

— C'est moi qui parlerai et qui ferai la transaction. Une parole déplacée peut nous coûter la vie. J'ignore si ces hommes sont des mercenaires ou la nouvelle armée d'un grand seigneur, mais je ne veux pas d'ennuis. Alors n'ouvrez pas la bouche et ne montrez pas vos armes.

A quelques centaines de pas du donjon, une petite escouade de cavaliers galopait au devant du troupeau. Onthar alla leur parler.

Sturm était trop loin pour entendre ce qui se disait. Mais Tervy marmonna quelque chose dans son dos. Il tourna la tête vers elle.

— Qu'est-ce que tu dis ? demanda-t-il.

— Je guette leurs mots.

— Tu guettes quoi ? dit-il en haussant la voix.

— Leurs mots ! Je regarde comment bougent leurs

lèvres, ainsi je sais quels mots ils prononcent, même s'ils sont trop loin pour que je les entende.

— Me prendrais-tu pour un imbécile ?

— Découpe mon cœur en morceaux si je mens, Peau de Fer. Onthar a dit qu'il avait amené son troupeau, parce qu'il paraît qu'un grand seigneur achète le bétail à bon prix. Et l'homme à la toque de fer a répondu qu'ils étaient preneurs de toute la viande fraîche qu'on pouvait leur fournir.

— Peux-tu vraiment répéter ce qu'ils sont en train de se dire ?

— Oui, si tu me laisses les regarder.

Sturm fit volter Brumbar pour lui fournir un meilleur angle de vision.

— Onthar dit qu'il veut parler avec le grand seigneur et avec personne d'autre. Toque de fer répond : « C'est moi qui m'occupe des affaires courantes à la place du seigneur. » « Ecoute-moi, dit Onthar, mon troupeau n'est pas une affaire courante. Soit le seigneur vient me parler, soit je continue sur Palanthas, où les bêtes se négocient à un prix élevé. » Alors, comment tu trouves ça ? dit Tervy, joyeuse.

Le cavalier casqué tourna effectivement la bride et galopa vers le donjon.

— Comment as-tu appris ce truc ? demanda Sturm.

— Un vieil homme de chez nous pratique cet art. Il était le meilleur éclaireur de la plaine. Il arrivait à attraper des mots à la distance d'un vol de flèche. Il m'a appris comment faire.

— D'où le savait-il lui-même ?

— D'un kender, disait-il.

Ils attendirent sous le soleil tapant que le cavalier revienne. Quand il rejoignit Onthar, Tervy plissa les yeux et se remit au travail.

— Il dit de faire entrer le troupeau à l'intérieur des remparts et que le grand seigneur traitera directement avec lui. Onthar est d'accord.

A grands renforts de coups de sifflet et d'aiguillons, les bergers mirent le troupeau en route. Les neuf cents bêtes s'engouffrèrent dans l'enceinte de la forteresse. Les portes des remparts se refermèrent.

Onthar et ses compagnons attachèrent leurs chevaux près des tentes qui longeaient le mur et suivirent l'officier.

— Tous tes hommes sont là ? se renseigna l'officier. Vous êtes bien peu nombreux pour un troupeau de cette importance !

— Ils sont assez compétents pour que ce soit suffisant, répondit Onthar.

Sturm compta les tentes. Soixante, à raison de quatre soldats chaque... Ce n'était pas rassurant.

Ils arrivèrent devant un pavillon de damas bleu nuit frangé d'or. Les sentinelles qui le gardaient croisèrent leurs hallebardes devant l'entrée. L'officier présenta Onthar et ses hommes. Les soldats se mirent au repos.

L'intérieur était somptueusement orné de tapis et de tentures. Sturm remarqua que leur motif principal était un dragon rouge brandissant une gerbe de lances dans une patte, une couronne dans l'autre.

— Peau de Fer ! appela Tervy à voix haute.

— Pas maintenant !

Un rideau de perles rouges donnait accès aux profondeurs de la tente. Onthar le poussa, d'un air innocent. Sturm vit les perles briller comme des rubis.

Deux hallebardes surgirent sous le nez d'Onthar, lui barrant le passage. Il les regarda avec l'air ennuyé de quelqu'un que cela ne concerne pas. Derrière les gardes, un homme de solide stature était assis à une table nappée d'or. Il portait une armure émaillée de bleu et de rouge. Un heaume d'aspect effrayant reposait sur la table. L'homme leva la tête. Bien qu'il fût encore jeune, il avait des cheveux blancs qui lui tombaient jusqu'aux épaules.

— Entre. Tu es le berger Onthar, n'est-ce pas ?

— Oui, messire. Puis-je demander qui tu es ?

— Je suis Merinsaard, seigneur de Bayarn.

Sturm serra les poings. Merinsaard ! C'était le nom prononcé par le fantomatique chevalier de l'orage ! Il regarda attentivement ce visage pâle et dur, dont émanait quelque chose d'inquiétant.

Il n'y avait pas de chaise pour faire asseoir les visiteurs. Les hommes comme Onthar devaient rester debout en présence d'un seigneur.

— Je suis heureux que tu nous aies amené ton troupeau. Cela fait des semaines que nous n'avons pas mangé de viande fraîche. Combien de bêtes as-tu ?

— Environ neuf cents. Six cents mâles, deux cents vaches et une centaine de veaux. Nous ramènerons les taureaux, dit Onthar avec assurance.

Il ne semblait nullement impressionné.

Le seigneur ouvrit un registre et y nota quelque chose.

— Combien demandes-tu pour le troupeau, maître Onthar ?

— Douze cuivres par veau, quinze par bœuf et un thaler d'argent par vache.

— C'est cher payé, mais vu la qualité des bêtes...

Onthar se permit un sourire.

Merinsaard claqua des doigts. Deux soldats entrèrent avec un coffre qu'ils posèrent au milieu de la pièce.

— Voici vos gages, dit le seigneur.

Onthar tendit la main. C'était une fortune ! Sa famille fêterait ce succès pendant des jours ! Il ouvrit le coffre, puis laissa retomber le couvercle.

Il était vide.

— Qu'est-ce que cela signifie ? dit Onthar.

Sturm dégaina son épée.

— Saisissez-les ! cria Merinsaard.

— Trahison ! Trahison !

Les bergers s'égaillèrent. Sturm tira Tervy près de lui.

— Reste derrière moi !

Un soldat darda sa hallebarde sur Sturm. Il para le coup. Les bergers furent vite maîtrisés par les gardes.

— Peau de Fer, derrière toi ! cria Tervy.

Sturm pivota à temps pour écarter un coup de hallebarde. Son épée atteignit le soldat en pleine poitrine. Tervy se pencha sur l'homme à terre et prit la hache qu'il portait à son ceinturon.

— Hai ! Tirima ! hurla-t-elle.

— Tervy ! Non !

Trop tard. Elle avait sauté sur la table de Merinsaard. Par Paladine, quelle bravoure ! Le seigneur recula devant la hache qu'elle brandissait devant lui. Il mit son heaume et leva les mains au ciel.

Sturm cria à Tervy de battre en retraite, mais elle n'en avait cure. Elle prit son élan et lança sa hache.

L'arme atteignit le seigneur à la poitrine et rebondit sur son armure.

La voix caverneuse de Merinsaard emplit la tente. Il prononçait une incantation. Sturm sentit ses membres s'alourdir comme si l'air était devenu pesant. Impossible de lever son épée. Le silence se fit, suivi d'une explosion de lumière blanche qui l'aveugla. Il tomba à genoux. Son épée lui fut arrachée, et les soldats lui tombèrent dessus.

*
* *

Quelqu'un poussa un gémissement.

Sturm ouvrit les yeux. Il ne voyait rien. La lumière qui l'avait ébloui semblait lui avoir brûlé les yeux.

— Je suis aveugle ! cria une voix.

— Chut ! Restez tranquilles ! fit Sturm. Qui est là ?

— C'est moi, Onthar !

— Lillo !

— Ostimar !

Tout le monde était là, sauf Tervy. Ils étaient assis autour d'un poteau auquel on leur avait lié les mains.

— Elle a frappé le seigneur avec une hache, dit Lillo.

— Elle a fait ça ? s'étonna Rorine.

— Oui. Ça ne l'a même pas égratigné.

— Du calme. Le sortilège commence à s'estomper. Je vois déjà mes pieds.

Quelques minutes plus tard, ils avaient récupéré la vue.
Onthar s'excusa de les avoir attirés dans un traquenard.
— Tu n'y peux rien, dit Sturm. Merinsaard a dû leurrer pas mal de gens en faisant courir le bruit qu'un riche acheteur attendait au donjon de Vingaard.
— Que fait-il donc de tout ce bétail ? demanda Lillo. Il n'a pas plus de quelque centaines d'hommes avec lui.
— Ce n'est pas un simple voleur, dit Sturm. Je crois qu'il procure des vivres à toute une armée.
— Quelle armée ? demanda Onthar.
— Je suppose...
La tenture s'ouvrit sur Merinsaard. La tête couverte d'un heaume terrifiant, il fut très satisfait de l'effet qu'il produisit.
— Je t'en prie, épargne-nous ! gémit Beling. Nous sommes de pauvres gens ! Nous n'avons pas de rançons à offrir !
— Silence ! Qui est celui que la fille appelle Peau de Fer ?
Personne ne répondit. Marchant parmi les prisonniers, Merinsaard sortit un poignard et fit claquer la plat de la lame sur sa paume. Il s'arrêta devant Beling et pointa l'arme sur sa poitrine.
— Il y a un moyen simple de vérifier qui de vous porte une cotte de mailles. Planter ce poignard dans vos poitrines, dit-il en appuyant la lame sur le thorax de Beling, qui haletait de peur.
— Non ! Je vais te le dire !
— Ferme-la, imbécile ! cria Onthar.
Merinsaard approcha et le frappa du pommeau de son arme. Onthar tomba la tête en avant.
— Le premier qui parle est un homme mort, dit Merinsaard. Ça ne vaut pas pour toi, mon ami.
Beling esquissa un sourire servile.
— C'est lui, le moustachu ! Oui, lui !
Sturm fixait obstinément le plancher.

Merinsaard appela les gardes. Ils détachèrent Sturm.

— Celui-là aussi, dit le seigneur en montrant Beling.

Sturm et Beling se retrouvèrent dehors, encadrés par les gardes.

— Où est Tervy ? demanda le jeune homme.

— En sécurité, répondit Merinsaard. Je ne lui ai fait aucun mal.

— Tu peux en faire ce que tu veux, seigneur, c'est de la graine de brigand, dit Beling.

— Elle possède un courage et une intelligence que tu es loin d'avoir, répliqua le seigneur sans lui accorder un regard.

Ils entrèrent sous la tente où avait eu lieu le combat. Tervy était assise par terre près de la table. Voyant Sturm, elle bondit sur ses pieds. Un cliquetis de ferraille signala qu'elle était attachée.

— Peau de Fer ! Je savais que tu viendrais me chercher !

— Les choses ne sont pas si simples, dit Merinsaard.

Les gardes obligèrent Sturm et Beling à s'agenouiller devant la table nappée d'or. Le seigneur prit place dans son fauteuil.

— Il y a un problème, dit-il en retirant son heaume. Je découvre parmi un groupe de bergers un jeune guerrier vigoureux, homme d'armes chevronné, qui porte une cotte de mailles et monte un cheval de combat élevé à Garnet. N'est-il pas normal que je me demande ce qu'il fait avec des vachers ?

— Je gagne ma vie, répondit Sturm.

— Je sais qui il est, maître, dit Beling.

— Oui ? fit Merinsaard.

— Il s'appelle Sturm de Lumlane. Il est chevalier.

— Comment le sais-tu ?

— Il a dit son nom. Et je me rappelle que dans mes jeunes années, j'ai participé au sac du château de son père.

Sturm sursauta.

— Tu as fait quoi ?

Un coup de hallebarde derrière les genoux le fit basculer sur le sol.

— Je vois. Autre chose ?

— Il est à la recherche de son père, mais il est mort. J'étais avec la bande qui a mis le feu au donjon. Tous les chevaliers se sont jetés du haut des remparts plutôt que de brûler vifs. Il suffit de quelques flammes pour leur faire peur.

— Merci. Quel est ton nom ?

— Beling, maître, pour vous servir.

Merinsaard hocha la tête. Le soldat posté derrière Beling leva sa hallebarde. La tête du berger roula aux pieds de Tervy qui la repoussa en crachant. Ecœuré, Sturm secoua la tête. Beling était sans aucun doute un fieffé imbécile, mais il aurait pu lui donner des informations sur son père.

— Ramassez ça, ordonna Merinsaard. Un homme qui trahit si facilement ses camarades n'est utile à personne. Ainsi tu es Sturm de Lumlane, de la famille des Lumlane ?

— En personne !

Merinsaard fit un signe. Un garde apporta une chaise à Sturm. Les soldats se retirèrent, laissant le seigneur seul avec Tervy et le jeune homme.

— Je souhaiterais que tu te joignes à mes forces, dit Merinsaard. J'ai besoin de jeunes guerriers habiles de ton espèce. Trop souvent la racaille que j'enrôle ne vaut pas mieux que la tête qui vient de tomber. En très peu de temps, tu pourrais accéder à un commandement. Qu'en dis-tu ?

Le sang encore frais sur le tapis fit réfléchir Sturm.

— Je n'ai jamais été mercenaire, répondit-il pour gagner du temps. Relâcheras-tu cette enfant ?

— Si elle se conduit bien, dit Merinsaard en posant une clé sur la table.

Sturm la prit et ouvrit les fers qui enserraient les chevilles de Tervy.

— Avant de m'engager, puis-je poser une question ? demanda-t-il. (Merinsaard opina du chef.) A qui obéirai-je dans cette armée ?

— A moi, et à personne d'autre.

— De qui reçois-tu tes ordres ?
— C'est moi qui les donne.
Sturm lança un coup d'œil à Tervy, qui massait ses chevilles endolories.
— Je ne te crois pas, répondit-il avec un calme olympien.
— Tu doutes de moi ? rugit Merinsaard.
— Le chef suprême ne se cantonne pas dans un donjon. Il ne se contente pas non plus de voler du bétail comme un vulgaire pillard.
Le seigneur devint cramoisi de rage. Sturm se dit qu'il était allé trop loin. Merinsaard allait-il les condamner à mort ?
Le seigneur prit appui sur la table. Son visage se détendit.
— Tu es avisé pour ton âge, finit-il par dire. J'ai pour mission de collecter des armes et des vivres destinés à une importante armée qui va envahir l'Ansalonie. C'est une tâche à laquelle je me consacre entièrement. Quand à mon chef suprême... *Elle* se fie à moi pour tout ce qui relève des affaires de ce monde.
— Je vois. Et quels seront les devoirs et les droits de ma charge ?
— Je ne peux t'offrir un contrat, si c'est que tu veux dire. Mais sache que si tu te joins à nous, la puissance et la gloire seront tiennes. Tu commanderas tes hommes et tu feras des conquêtes. Tu seras roi parmi les humains.
Le seigneur se rassit.
Sturm se tourna vers Tervy. Leurs regards se rencontrèrent. Elle acquiesça imperceptiblement.
Merinsaard attendait sans rien dire.
— Voici ma réponse ! cria Sturm.
Tervy tira aussi fort qu'elle put sur la chaîne rivée au pied de la table. Le plateau de bois tomba sur les jambes du seigneur. Sturm bondit sur lui et lui cloua les mains au sol. Cette fois, il n'y aurait pas d'incantation magique pour l'aveugler.
Tervy prit le heaume de Merinsaard et le lui abattit sur la tête.

— Assez, dit Sturm. Il a perdu connaissance.

— Si on le tuait ?

— Par les dieux, quelle enfant sanguinaire ! Non, nous n'allons pas le tuer. Nous ne sommes pas des assassins.

Contemplant le seigneur inanimé, Sturm fut pris d'une idée folle.

— Aide-moi à lui retirer son armure.

— Ah ! je comprends ! Tu vas l'écorcher vif ! dit Tervy.

Roulant des yeux effarés, Sturm entreprit de délacer les pièces d'armure.

*

* *

Le seigneur Merinsaard écarta la tenture. Les gardes lui présentèrent aussitôt les armes. L'effrayant heaume draconien se tourna vers eux.

— J'ai jeté un sort sur Lumlane, dit-il. Il est immobilisé et restera ici. Que personne n'entre avant mon retour, c'est bien compris ? Sinon, le sort qui le paralyse sera brisé. Est-ce clair ?

— Oui, seigneur !

— Parfait. Suis-moi, fille ! dit-il à Tervy.

Traînant la chaîne qui lui liait les pieds, elle trottina vers lui d'un air misérable.

— Si tu te conduis loyalement, je te libérerai, dit Merinsaard sur un ton plus amène.

— Oh merci, seigneur ! répondit-elle.

— Ça suffit maintenant !

Après avoir erré à travers un dédale de tentes, Sturm finit par trouver l'endroit où Onthar et ses compagnons étaient retenus prisonniers.

Ostimar releva la tête en voyant entrer quelqu'un. Quand il reconnut le heaume draconien, son expression passa de la peur à la haine.

— Je vais vous faire sortir d'ici, déclara Sturm.

Il tendit le poignard de Merinsaard à Tervy, qui coupa les liens des bergers médusés.

— Où sont Sturm et Beling ? demanda Onthar.

— Beling a perdu son honneur et il en est mort, dit Sturm en enlevant le heaume. Et Sturm est avec vous.

Les bergers l'acclamèrent. Même le taciturne Onthar s'esclaffait en lui flanquant de grandes tapes dans le dos.

— Pas le temps de fêter ça. Allez vite chercher vos chevaux et filez d'ici.

— Tu ne viens pas avec nous ? demanda Rorine.

— Je ne peux pas. Le destin m'appelle ailleurs. Je pars vers le nord. De toute façon, cela vous donne une chance que Merinsaard se venge sur moi plutôt que sur vous.

Onthar prit Sturm par le bras.

— Nous affronterons les hordes de Thakisis si tu le désires, Peau de Fer.

— Il se peut que vous y soyez contraints. Maintenant, partez. Alertez tout le monde au sujet de Merinsaard. Veillez à ce que personne ne lui livre plus de bétail ou de vivres. La mésaventure se répéterait.

— Je répandrai la nouvelle dans toute la plaine, jura Onthar. Pas une perdrix n'atteindra les entrepôts de Merinsaard.

Les bergers gagnèrent la sortie.

— J'ai une dernière chose à régler, ajouta Sturm.

— Laquelle ? dit Onthar.

— Je te demande d'emmener Tervy avec vous.

— Non ! Je reste avec toi !

— Ce n'est pas possible. Je dois aller très vite, et ce sera trop dangereux pour toi.

— Ce n'était pas trop dangereux quand j'ai renversé la table sur Merinsaard et tapé sur sa tête avec le heaume !

— Tu es plus brave que dix hommes réunis, Tervy, mais ce qui m'attend est autre chose que l'épée et les flèches. Une magie pernicieuse s'est répandue dans le pays et je vais en connaître les effets au cours de ce voyage.

— Je m'en moque, dit-elle, les lèvres tremblantes.

— Moi, non. Tu es quelqu'un de bien, Tervy. Tu mérites une vie longue et heureuse.

Il se tourna vers Lillo.

— Tu veilleras sur elle, n'est-ce pas ?

Surpris des prouesses de la jeune fille, le berger répondit :

— J'ai comme l'impression que c'est elle qui veillera sur moi !

La décision était prise. Sturm hésita, puis embrassa Tervy sur le front avant de la quitter. Le pincement au coeur qu'il ressentit était une nouvelle blessure.

Voyant apparaître les bergers, les gardes se raidirent. Le heaume de Merinsaard sur la tête, Sturm leur ordonna de les laisser passer.

— Ces hommes vont revenir avec d'autres vivres, tonna-t-il.

Ils montèrent sur leurs poneys. Lillo prit Tervy en croupe.

— Vous amènerez le prochain troupeau au même endroit ! ordonna Sturm.

— D'accord, messire ! répondit Onthar. Mille têtes, c'est promis !

Onthar tourna son poney vers le sud et lui laboura les flancs. Les bergers partirent au galop, Tervy et Lillo fermant la marche. La jeune fille se retourna et ne quitta pas Sturm du regard aussi longtemps qu'elle put le voir.

Puis la petite troupe disparut à l'horizon.

Les mains croisées derrière le dos, Sturm passa devant les tentes comme un général en inspection. Il finit par trouver ce qu'il cherchait : la garde-robe de Merinsaard.

Il se débarrassa de son armure. Le seigneur était plus corpulent que lui, mais ils avaient à peu près la même taille. Sturm enfila une tunique de laine et prit des gants. Dans la plaine, brûlante le jour, les nuits étaient fraîches. Il garda le heaume et jeta une cape sur ses épaules. Ce n'était pas le moment de se mettre à la recherche de son épée, aussi emprunta-t-il celle de

Merinsaard. Tass aurait été fier de son larcin, songea-t-il, plein de remords. Il accrocha l'arme impeccablement fourbie à son ceinturon et rabattit sa cape.

Devant l'entrée de la grande tente, il interpella les gardes :

— Mon cheval !

Un soldat accourut, tenant par la bride un magnifique destrier blanc.

— L'herboriste fait dire que son onguent a guéri le pied de Mai-Tat, dit-il dans un halètement. Il prie sa seigneurie de bien vouloir lui laisser la vie sauve.

Pourquoi pas ?

— Accordé ! jeta Sturm du ton le plus arrogant possible en mettant le pied à l'étrier.

Le destrier se cabra. Les soldats s'écartèrent.

Sturm allait leur donner des explications sur son départ, quand il réalisa que jamais Merinsaard ne ferait une chose pareille.

— Je serai de retour demain matin, dit-il.

— Devrons-nous changer les positions de la garde ? demanda le soldat.

— Inutile. Soyez vigilants. La moindre erreur vous coûtera la tête !

Il éperonna Mai-Tat et partit au galop vers le nord. Sa destination était le château de Lumlane. Il n'y avait pas de temps à perdre. A l'instant où le véritable Merinsaard se réveillerait, la chasse à l'homme commencerait.

CHAPITRE XXI

Mai-Tat allait bon train. Bientôt le donjon de Vingaard ne fut plus qu'un point sombre à l'horizon. Les étoiles guidaient Sturm vers le nord.

Le château de Lumlane se trouvait dans la fertile bande de terre entre l'affluent du Vingaard qui coulait du nord et les collines de Verkhas, à l'ouest.

Le bruit du galop de Mai-Tat résonnait dans toute la plaine. Plusieurs fois, Sturm s'arrêta pour vérifier qu'il n'était pas suivi. Mais à part le chant des grillons, rien ne troublait la quiétude de la steppe.

Peu avant l'aube, ils arrivèrent devant la vieille cabane, près d'un indicateur de routes. La plaque à moitié arrachée portait encore le dessin d'une rose et d'une épée. Lumlane. Sturm avait atteint les limites du domaine. Il pressa l'étalon blanc. Ces riches terres autrefois verdoyantes étaient envahies par les broussailles. Les rangées de pommiers et de poiriers croulaient sous le lierre et les herbes folles envahissaient les sentiers.

Le ruisseau qui traversait le verger était toujours là. Mai-Tat trotta dans l'eau fraîche qui coulait le long des remparts. En découvrant les tourelles du château, Sturm eut un coup au cœur. Elles étaient dans un état lamentable. Les murs s'éboulaient et les toits avaient été consumés par l'incendie.

Sturm conduisit son cheval vers la porte située à l'ouest. Les sabots de Mai-Tat résonnèrent sur les pavés semés d'herbes folles qui menaient au portail. La silhouette sombre du château se découpa sur le ciel illuminé par l'aube.

Les douves étaient réduites à une coulée marécageuse. Sans le ruisseau qui les abreuvait encore, elles auraient été asséchées. Sturm arrêta Mai-Tat sur le pont-levis. Il se souvenait du récit de Beling à propos des chevaliers qui s'étaient jetés du haut des remparts.

Du portail ne restait plus que les gonds qui dépassaient du mur. Dans la cour intérieure, les feuilles mortes tournoyaient. Les fenêtres du donjon n'étaient plus que des trous noirs encadrés de suie. L'envie de crier « Père, c'est moi, je suis revenu ! » saisit Sturm.

Il n'y avait plus personne pour l'entendre, sinon des fantômes. Le château avait visiblement hébergé des animaux. Sturm réalisa que le donjon de Vingaard n'était pas le seul endroit où Merinsaard entreposait ses vivres. Que la noble demeure ait été utilisée à des fins aussi triviales souleva sa colère.

Il contourna le donjon et entra dans la cour, côté nord. C'était là que sa mère et lui avaient fait leurs adieux à son père. Il la revit étreindre son mari pour la dernière fois. Dame Ilys de Lumlane ne s'était jamais remise de la grippe qu'elle avait contractée ce jour-là. A la fin de sa vie, elle était devenue froide, rigide et aigrie.

Alors il remarqua le cadavre.

Il mit pied à terre. Tenant Mai-Tat par la bride, il retourna le corps, qui gisait face contre terre dans les feuilles. L'homme était mort depuis un jour ou deux. Sturm lui ouvrit les doigts, serrés sur un sac. Il ne contenait que quelques objets sans réelle valeur. L'homme n'avait pas été tué pour de l'argent. A en juger par le poignard et le passe-partout qu'il portait à son ceinturon, il devait être lui-même un voleur.

Plus loin Sturm trouva les restes d'un feu de camp et des couvertures piétinées. Sous une couverture, il découvrit un autre cadavre. Lui aussi avait péri par l'épée. Divers ustensiles indiquant un campement étaient dispersés au quatre coins de la cour. Les voleurs s'étaient-ils querellés à propos du butin ? Dans ce cas, pourquoi les vainqueurs n'avaient-ils rien emporté ?

Sturm avisa un couloir sans porte. Les cuisines, songea-t-il. Il attacha Mai-Tat à un pieu et entra.

Les murs noirs de suie étaient éclairés par le soleil. Il entendit un bruit. Dégainant son épée, il se retourna et regarda autour de lui. Il n'y avait rien.

La découverte des cadavres avait troublé les retrouvailles de Sturm avec le château de ses ancêtres. Il s'était imaginé un mélancolique retour aux sources qui l'amènerait sur les traces de son père. Mais rien ne semblait avoir échappé à l'emprise du Mal, pas même l'antique château d'un Chevalier de Solamnie.

Envahies d'immenses toiles d'araignées, les cuisines avaient été vidées de leur contenu, y compris la cheminée et les chenets. Il arriva dans la salle à manger où son père recevait les seigneurs. La table de chêne avait disparu. La cheminée décorée des symboles des chevaliers tombait en ruine.

Le bruit qu'il avait entendu s'éleva de nouveau. Sturm aurait juré que quelqu'un marchait dans le château.

— Qui va là ? Montre-toi !

Il tendit sa torche vers la voûte. Elle était couverte de chauves-souris. Sturm s'avança jusqu'à l'escalier qui menait aux chambres. Il posa le pied sur la première marche.

— Hello ! murmura une voix.

Sturm sentit ses cheveux se dresser sur sa tête.

— Qui va là ? demanda-t-il.

— Par là ! reprit la voix, au pied de l'escalier de la cave.

L'épée dans une main, la torche dans l'autre, Sturm descendit les marches.

Il faisait froid. Un courant d'air fit vaciller la flamme. Le couloir suivait le dessin des fondations de l'ancienne citadelle, sur laquelle le château avait été construit.

— Par où ? appela Sturm sur un ton ferme.

— Par là..., murmura la voix.

Sturm n'avait pas fait quatre pas dans le couloir de gauche qu'il buta sur un troisième cadavre.

C'était celui d'un homme âgé, au visage buriné par les intempéries. Il avait un poignard planté dans les côtes. Son bras droit replié sur sa tête était tourné vers le sol. Sturm reconnut Bren, l'un des plus anciens serviteurs de la famille. S'il était ici, son père ne pouvait pas être bien loin...

— Que veux-tu me montrer, mon vieux ? demanda Sturm au cadavre.

Il ouvrit le gilet du vieillard dans l'espoir de trouver un indice qui le rapprocherait de son père. Le cadavre glissa. Sa main pointait à présent vers le haut. Sturm tendit la torche. Rien d'autre qu'une lampe tordue.

En regardant plus attentivement, il découvrit des marques circulaires autour du fer forgé. On avait dû faire pivoter l'armature de la lampe. Sturm poussa les tiges de métal pour la faire tourner.

Le sol se mit à trembler. Une sorte de grondement fit vibrer le couloir. Le plancher s'ouvrit sur un grand trou sombre. Ainsi, il y avait des pièces secrètes dans le château de son enfance, et il n'en avait jamais rien su...

— Descends... Descends..., chuchota la voix fantomatique.

Cette fois, Sturm sentit que la voix était associée à une présence. Il se retourna.

Un homme enveloppé de fourrure se tenait devant lui. Sturm tendit sa torche, mais il n'entrevit qu'une moustache tombante. L'homme qui lui était apparu pendant l'orage !

— Viens par ici ! cria-t-il en brandissant la torche sous son nez.

Il reconnut son propre visage.

— Par Paladine ! fit-il en reculant. Qu'est-ce que tout cela signifie ?

— Descends, répéta le double de Sturm sans remuer les lèvres. Descends...

— Que fais-tu ici ? dit Sturm. D'où viens-tu ?

— De très loin...

Comme le fantôme persistait à lui ordonner de descendre dans la pièce secrète, il rassembla son courage et obéit.

Il faisait très froid dans l'escalier. Au bout d'une dizaine de marches, il tomba sur deux autres cadavres qui ne portaient pas de traces de blessure. La trappe s'était sans doute refermée sur eux, et ils étaient morts asphyxiés.

La lumière de sa torche se refléta sur un objet massif. Il approcha et découvrit une armure complète. La gorge serrée, il essuya la poussière qui la couvrait. C'était bien elle.

L'armure de son père, ornée de la rose symbolique et du heaume aux cornes recourbées.

L'armure était suspendue à un cadre de bois. Sous la cotte de mailles, Sturm vit une cordelière rouge ficelée autour d'un parchemin. Une main avait tracé d'une écriture ferme « Pour mon fils ».

Une joie intense submergea Sturm. L'enveloppe charnelle d'un homme était destinée à flétrir puis mourir, mais les vertus d'un Chevalier de Solamnie restaient pour toujours attachées à son armure.

Sa quête n'était pas achevée. Il restait à découvrir quelle fatalité s'était acharnée sur son père.

Il retira la tunique de Merinsaard et revêtit une à une les pièces de l'armure. Elle lui allait à la perfection. Un peu large aux épaules, mais il s'étofferait avec le temps.

Prolongeant la poignée gracieusement ouvragée, la lame de l'épée brillait comme si elle venait d'être forgée. Le pommeau en cuivre était gravé de la rose symbolique.

C'était plus que Sturm pouvait en supporter. Les larmes roulèrent sur ses joues, et il ne fit rien pour les retenir. Il n'avait pas pleuré depuis la nuit où il avait quitté son père, douze ans plus tôt.

Sa main allait parfaitement à la poignée de l'épée. On eût dit qu'elle avait été forgée pour lui. Il dégaina celle de Merinsaard et la jeta sur le sol. Il achevait de boucler une pièce d'armure quand il entendit une sorte de bourdonnement.

L'épée de Merinsaard était devenue incandescente. C'était d'elle qu'émanait le bourdonnement. Médusé, Sturm la vit s'élever dans les airs et prendre la direction de l'escalier. Sturm posa en hâte le heaume de son père sur sa tête et la suivit. L'arme continuait de monter vers la voûte.

Elle flotta jusqu'aux cuisines et franchit la porte. Dehors, Mai-Tat attendait, figé comme une statue. Le fougueux étalon n'avait jamais fait preuve d'un tel calme. L'épée continua son trajet, contourna le cheval et lui effleura l'encolure. Une auréole de lumière nimba le destrier ; ses contours s'estompèrent.

Sturm avança, déterminé à abréger les souffrances de l'animal, mais la chaleur intense qu'il dégageait l'en empêcha. Un éclair de lumière aveuglante le frappa avec un claquement de tonnerre. Le souffle coupé, il fut projeté contre le mur.

Un rire caverneux résonna dans la cour. La gorge irritée, Sturm toussa en se frottant les yeux. A la place de Mai-Tat, se tenait Merinsaard, écumant de rage.

— Alors, Lumlane ? Voilà le trésor pour lequel tu es venu. Vaut-il la peine de mourir pour ce tas de ferraille ? tonna-t-il.

La tête en feu, Sturm fit un pas en arrière.

— Les reliques d'un noble passé n'ont pas de prix, répondit-il, et je n'ai nullement l'intention de mourir.

Il se mit en garde. Merinsaard fit tournoyer son épée mais n'attaqua pas. Il leva sa lame vers le ciel et déclara :

— Sais-tu ce que tu emportais avec toi en quittant mon campement, imbécile ? Cette épée, c'est Mâchefer, la clé de tous mes projets ! C'est moi qui ai permis ta fuite, misérable vermisseau ! Cinq secondes après que tu m'aies ligoté et bâillonné, j'étais libre de choisir le meilleur moyen de te suivre. N'était-ce pas la solution rêvée que de te laisser jouer mon rôle, tandis que sous forme d'équidé je t'emmenais sur mon dos jusqu'ici ?

Un bouffée d'air chaud fouetta le visage de Sturm.

— Quel dommage que tu ne sois pas resté un cheval ! crâna-t-il. Ainsi, tu servais à quelque chose !

Une boule de feu argentée jaillit de la pointe de Mâchefer. Elle monta en spirale vers le toit du donjon, faisant voler les tuiles. Sturm fit le dos rond sous la pluie de débris et se réfugia dans les cuisines.

Merinsaard ricana.

— Fuis donc, homme de rien ! Réalises-tu de qui tu voulais te jouer ?

Sans relâche, Merinsaard flanquait de furieux coups d'épée qui projetaient des volutes lumineuses autour de lui.

Sturm esquiva les langues de feu qui le poursuivaient et battit en retraite dans le grand hall. Merinsaard se riait de lui. Il aurait pu lui faire tomber le château sur la tête, s'il l'avait voulu.

Sturm choisit de faire face et de se battre. Il entraîna le seigneur vers le second étage, jusqu'au corridor où se trouvait sa chambre d'enfant.

Merinsaard fit jaillir une gerbe de feu qui ouvrit un trou de trois pieds de large dans le mur.

Sturm avala le troisième puis le quatrième étage. Il atteignit le toit.

— Arrête-toi, Lumlane ! Tu ne peux pas fuir éternellement !

Une atmosphère lourde de maléfice pesait sur le château. Sturm arriva à une section de la charpente qui avait brûlé. Il se hasarda sur les poutres calcinées, pensant qu'elles ne supporteraient pas le poids de Merinsaard. Puis il se terra derrière un tas de pierres éboulées, et se prépara à attaquer.

Arrivé devant la charpente branlante, Merinsaard croisa les bras sur sa poitrine et prononça une incantation. D'épais nuages noirs se formèrent. Il s'en servit comme passerelle et fondit en ricanant sur la retraite de Sturm.

Sturm poussa des pierres devant Merinsaard pour lui barrer le chemin. Mâchefer réduisit les blocs en poussière.

— Où comptes-tu aller à présent ? Tu t'es laissé prendre au piège. Tu n'as plus rien sous les pieds, Lumlane ! Quelle déception ç'aurait été pour ton père, un vrai guerrier, qui valait dix fois ce que tu arriveras jamais à être ! Mes hommes l'ont poursuivi pendant des mois après avoir mis son château à sac.

— Que t'avait-il fait ? Pourquoi voulais-tu sa mort ?

— Il était un chevalier et un seigneur de guerre. Pour mener à bien ses projets, Takhisis devait l'écarter. Quelle ironie du sort ! Tu mourras dans son armure. Ce sera une joie suprême pour ma Reine Noire.

Il a raison, songea Sturm. *Je fuis, et je ne suis pas l'homme qu'était mon père.*

Il se retourna et constata qu'il avait le dos au mur. Il n'y avait plus d'autre solution que redescendre.

Des gouttelettes de feu tombèrent à ses pieds. Il dut reculer au bord du vide.

— Saute, mon garçon. Tu me raviras ainsi ma vengeance. Cette mort-là sera plus douce que celle que je te réserve.

Merinsaard n'était qu'à quelques pas de lui.

Sturm regarda en bas. La chute serait longue.

— Fais le premier pas. Saute. Ce sera vite fini, susurra le magicien.

Sturm était acculé. C'était la fin. Jamais il ne reverrait ses amis, jamais il ne lèverait le voile sur le mystère entourant son père.

Le choix de sa mort était tout ce qu'il lui restait. Tout homme ne désire-t-il pas la fin la plus douce quand sa dernière heure a sonné ? « Mais tu n'es pas n'importe quel homme », dit une voix en lui. « Tu es fils et petit-fils de Chevaliers de Solamnie ! »

Bombant le torse, il fit face à Merinsaard.

Et il pointa l'épée des Lumlane sur sa poitrine.

— Je crache sur ton offre abjecte. Si tu as la prétention d'être un guerrier et un seigneur, battons-nous à l'épée ! Nous verrons bien qui de nous deux gardera son honneur !

Merinsaard sourit de toutes ses dents. La lueur aveuglante de Mâchefer s'évanouit. Sturm se mit en garde. Le magicien pointa la lame sur lui, et sans prévenir, lui fit lâcher une gerbe de feu. Frappé à la poitrine, Sturm tomba à la renverse et s'écrasa contre le mur.

— Comme tu peux le voir, je ne suis pas un homme d'honneur, dit Merinsaard.

Il leva Mâchefer pour porter le coup final. Ses yeux s'écarquillèrent. Sturm tenta de pointer sa lame sur lui.

Merinsaard hoqueta, puis s'effondra sur le créneau. Sturm découvrit avec surprise qu'une flèche était plantée dans son dos. Dans la lumière de l'aube, la silhouette noire d'un archer se détachait contre le ciel.

Sturm se releva. Merinsaard s'était agrippé au muret, mais ses gants métalliques ne lui assuraient aucune prise. Il tomba dans la cour. Il y eut un cri, le bruit sourd d'une chute, puis le silence.

Sturm chercha des yeux le mystérieux archer. Il avait disparu.

Il trouva Merinsaard mort sur le pavé de la cour. Sa main avait lâché Mâchefer. Sturm vit l'épée s'illuminer un bref instant puis disparaître. A la place où elle se trouvait, les dalles avaient éclaté.

Sturm vacilla et se retint à la muraille. Il essayait de rassembler ses idées quand une flèche se planta à ses pieds, la plume de son bois balançant au vent.

Le mystérieux archer était debout sur les remparts. Il leva le bras et salua Sturm, puis disparut.

Sturm se pencha sur la flèche et vit qu'un un parchemin était accroché au bois. Il le déroula et le lut.

Cher S.

Je savais que tu viendrais ici. Je t'ai trouvé aux prises avec un magicien dans un combat perdu d'avance. Mes nouveaux amis ne voulaient pas d'un combat loyal, mais j'ai décidé de faire table rase de nos différends, au nom de notre ancienne amitié. La prochaine fois, tu n'auras peut-être pas cette chance !

K.

P.S. L'avoir laissé pointer sa lame ensorcelée sur toi est digne d'un nourrisson.

— Kitiara ! appela Sturm dans le silence des pierres. Kitiara, où es-tu ?

Elle était bel et bien partie. Pour toujours.

CHAPITRE XXII

Cela prit un certain temps, mais le message que Sturm avait envoyé de Palanthas à Sancrist reçut une réponse. Bego, l'inventeur du vaisseau volant, envoya à Sturm seize feuillets grand format, remplis recto verso. Il en ressortait que les gnomes avaient utilisé l'*Etoile des Nuages* comme un vulgaire navire à voile pour rentrer au Mont Sasufi. Le rapport soumis au Haut Conseil Gnome de Technologie Appliquée comportait trente volumes.

« Le plus fort, écrivait Bego, est que nous n'avons pas réussi à ramener le moindre échantillon de terre, d'air, de roche ou de plante de Lunitari. Toute notre collection est passée par-dessus bord pour permettre d'alléger le vaisseau. Malgré nos relevés, le Haut Conseil a rendu sur notre expédition le verdict suivant : sans intérêt. Ça a rendu Longuevue fou furieux, mais je ne m'en suis pas trop ému. Pendant que je t'écris, la coque de l'*Etoile des Nuages*, modèle II, est en train de prendre forme sur le versant du Mont Sasufi. Il aura quatre paires d'ailes, deux sacs d'*air éthéral* et pourra contenir... »

Sturm sourit. Le reste de la missive était une liste des objets que les gnomes projetaient d'emmener dans leur prochaine expédition. Les dernières lignes étaient intéressantes :

« Si dame Kitiara et toi désirez prendre part au voyage, mettez-vous en route pour Sancrist dix jours avant le solstice d'hiver. C'est à cette date que nous décollerons pour Lunitari. Tirebois voulait aller sur Solinari, mais la majorité était contre ! Nous avons encore beaucoup de choses à apprendre sur la lune rouge. De plus, il reste quelque espoir de retrouver Belcar. »

La lettre était signée d'une dizaine de noms et des titres gnomes de Bego. Sturm reposa la missive.

— Tu désires quelque chose ? demanda la serveuse de l'auberge où Sturm était attablé.

Blonde et bouclée, Zerla lui adressa un sourire chaleureux. Elle lui rappela Tika.

— Non, merci, répondit-il.

— Tu es à Palanthas depuis longtemps ?

— Quelques semaines.

— Pour y rester ?

— En fait, je m'apprête à partir.

Zerla prit une mine faussement désolée.

— Pas à cause de moi, j'espère ?

— Non, j'ai à faire dans le sud, dit Sturm.

— Une femme ?

Tervy lui revint à l'esprit, mais pour l'heure, ce qui le préoccupait, c'était de retrouver la piste de son père. Cela le conduirait à la Tour du Grand Prêtre. Après l'affrontement avec Merinsaard, il était venu à Palanthas pour reprendre ses esprits et considérer les choses plus calmement. Entre-temps, il avait entendu dire que des chevaliers se rassembleraient à la Tour pour un conclave. S'il voulait retrouver la trace de son père, c'était un passage obligé.

— Les plus jolies sont déjà prises, dit Zerla en essuyant la table. Es-tu marié ?

— Non.

Le visage de Zerla s'éclaira.

— De quel contrée viens-tu ?

— De Solamnie.

— Je m'en doutais ! J'avais remarqué ton heaume et

ta moustache. Tu es chevalier, n'est-ce pas ? Mon grand-père m'a raconté des histoires de l'ancien temps, quand les chevaliers régnaient sur le pays et veillaient à la justice. J'aurais aimé vivre à cette époque. J'aurais vu les chevaliers sur leurs beaux destriers, avec leurs armures étincelantes. Désolée, dit-elle en rougissant, je parle trop.

— Cela ne m'ennuie pas, répondit Sturm. Tes paroles me font plaisir. Je croyais que la plupart des gens avaient oublié l'Ordre, ou le détestaient.

Il vida son gobelet de cidre et posa deux pièces sur la table.

— La monnaie est pour toi, dit-il en se levant.

— Merci ! répondit Zerla en ramassant le tout.

Sturm se retrouva dehors, sous le soleil de l'après-midi. Pendant son séjour à Palanthas, des nouvelles étaient arrivées, apportées par les marins. Il était souvent question d'étranges forbans venus de régions lointaines. Il aurait beaucoup de choses à raconter aux chevaliers en arrivant à la Tour du Grand Prêtre.

A Palanthas, le danger semblait fort théorique. Les enfants continuaient de jouer dans les rues, les chariots de rapporter des marchandises pour les boutiques de la ville. Pour les Palanthiens, bien nourris et bien vêtus, la guerre était la dernière chose qui pût arriver.

Des hauteurs de la ville, Sturm vit la baie constellée de voiles blanches gonflées par le vent. Y avait-il des gnomes dans ces bateaux ? Un navire elfe tout blanc ancré derrière la pointe ? Il n'avait pas le loisir de s'attarder. Rien ne devait le détourner de sa quête. Le temps était venu d'assumer ses responsabilités. Le devoir pesait aussi lourd que son armure ; l'armure de son père et l'épée des Lumlane, qu'il portait à sa hanche. Il soupira et descendit la ruelle.

Ainsi ses pas le conduiraient vers le sud, à la Tour du Grand Prêtre. Il y a un an, il disait au revoir à Tanis, à Flint et à tous ses amis de Solace.

Hier à Tervy.

Voilà qu'il repartait pour le sud. L'Abanasinie et

Solace. A la date fixée, ses amis se retrouveraient à l'*Auberge du Dernier Refuge*. Ils demanderaient ce que Kitiara et lui avaient fait. Comment leur expliquer ? Que dire à Tanis ? Et aux frères de Kitiara ? Comprendraient-ils ce que lui ne s'expliquait pas ?

Un nuage voila le soleil. D'autres, plus menaçants, ne tarderaient pas à poindre à l'horizon. Même s'il le criait sur les toits, Palanthas ne voudrait rien entendre. La vie était belle, pourquoi s'inquiéter de la guerre ? Ces gens n'étaient-ils pas protégés par de hautes montagnes ? Des bateaux armés ne patrouillaient-ils pas dans la baie ?

Palanthas était en sécurité.

Mais les montagnes et les navires n'empêchaient pas le Mal de se répandre. Dans tout acte d'avidité et de haine couvait une force insidieuse. Sur terre et sur mer, les idées voyageaient aussi vite que le vent. Le ciel lui-même était devenu un ailleurs possible, les gnomes l'avaient prouvé.

Le nuage passa. Sturm mit une main en visière pour se protéger du soleil.

Il entendit des ailes qui battaient dans le ciel.

LISTE des MAGASINS PARTENAIRES
PASSION Jeux de Rôles

FRANCE

13 - BOUCHES DU RHÔNE
CRAZY ORQUE SALOON
11 rue Jean Roque, 13001 Marseille
Tel: 91 33 14 48

LE DRAGON D'IVOIRE
64 rue Saint-Suffren, 13006 Marseille
Tel: 91 37 56 66

21 - CÔTE D'OR
EXCALIBUR
44 rue Jeannin, 21000 Dijon
Tel: 80 65 82 99

25 - DOUBS
CADOQUAI
7 quai de Strasbourg, 25000 Besançon
Tel: 81 81 32 11

31 - HAUTE GARONNE
JEUX DU MONDE
Centre commercial Saint-georges, 31000 Toulouse
Tel: 61 23 73 88

33 - GIRONDE
LE TEMPLE DU JEU
62 rue du pas Saint-Georges, 33000 Bordeaux
Tel: 56 44 61 22

34 - HÉRAULT
EXCALIBUR
8 rue Cauzit, 34000 Montpellier
Tel: 67 60 81 33

LIBRAIRIE DES JOURS MEILLEURS
8 promenade Jean Baptiste Marty, 34200 Sète
Tel: 67 74 86 99

35 - ILLE-ET-VILAINE
L'AMUSANCE
Centre commercial des Trois Soleils,
35000 Rennes
Tel: 99 31 09 97

38 - ISÈRE
EXCALIBUR
18 rue Champollion, 38000 Grenoble
Tel: 76 63 16 41

44 - LOIRE-ATLANTIQUE
BROCÉLIANDE
2 rue J.-J. Rousseau, 44000 Nantes
Tel: 40 48 16 94

51 - MARNE
EXCALIBUR
9 rue Salin, 51100 Reims
Tel: 26 77 91 10

54 - MEURTHE-ET-MOSELLE
EXCALIBUR
35 rue de la commanderie, 54000 Nancy
Tel: 83 40 07 44

57 - MOSELLE
LES FLÉAUX D'ASGARD
2 rue Saint-Marcel, 57000 Metz
Tel: 87 30 24 25

59 - NORD
ROCAMBOLE
41 rue de la Clé, 59800 Lille
Tel: 20 55 67 01

67 - BAS-RHIN
PHILIBERT
12 rue de la Grange, 67000 Strasbourg
Tel: 88 32 65 35

69 - RHÔNE
LE TEMPLE DU JEU
268 rue de Créqui, 69007 Lyon
Tel: 72 73 13 26

74 - HAUTE-SAVOIE
VIRUS
13 rue Filaterie, 74000 Annecy
Tel: 50 51 71 00

75 - PARIS
TEMPS LIBRE
22 rue de Sévigné, 75004 Paris
Tel: (1) 42 74 06 31

GAMES IN BLUE
24 rue Monge, 75005 Paris
Tel: (1) 43 25 96 73

76 - SEINE MARITIME
LE DÉ D'YS
160 rue Eau de Robec, 76000 Rouen
Tel: 35 15 47 46

86 - VIENNE
LE DÉ À TROIS FACES
35 rue Grimaud, 86000 Poitiers
Tel: 49 41 52 10

87 - HAUTE-VIENNE
LA LUNE NOIRE
3 rue de la boucherie, 87000 Limoges
Tel: 55 34 54 23

94 - VAL-DE-MARNE
L'ECLECTIQUE
Galerie Saint-Hilaire
94210 La Varenne Saint-Hilaire
Tel: (1).42 83 52 23

EUROPE

SUISSE
AU VIEUX PARIS
1 rue de la Servette, Genève 1201
Tel: 41 22 734 25 76

DELIRIUM LUDENS
Rüschli 17/CP 677, CH 25 02 Bienne
Tel: 41 32 236 760

BELGIQUE
CHAOS
Galerie Gerardrie, 4000 Liège
Tel: 32 41 212 920

Les Magasins **PASSION Jeux de Rôles** sont des spécialistes des jeux de rôles, des jeux de plateau et des wargames, demandez-leur le catalogue.

Achevé d'imprimer en juillet 1996
sur les presses de Cox & Wyman Ltd
(Angleterre)

FLEUVE NOIR – 12, avenue d'Italie
75627 PARIS – CEDEX 13.
Tel: 44.16.05.00

Dépôt légal : Septembre 1996
Imprimé en Angleterre